U0132384

金瓶梅版本史

馮其庸題

王汝梅 著

責任編輯　王　穎
書籍設計　吳冠曼
書籍排版　何秋雲

書　　名　《金瓶梅》版本史
著　　者　王汝梅
出　　版　三聯書店（香港）有限公司
香港北角英皇道 499 號北角工業大廈 20 樓
Joint Publishing (H.K.) Co., Ltd.
20/F., North Point Industrial Building,
499 King's Road, North Point, Hong Kong
香港發行　香港聯合書刊物流有限公司
香港新界荃灣德士古道 220-248 號 16 樓
印　　刷　美雅印刷製本有限公司
香港九龍觀塘榮業街 6 號 4 樓 A 室
版　　次　2024 年 7 月香港第 1 版第 1 次印刷
規　　格　大 32 開（140 mm × 210 mm）368 面
國際書號　ISBN 978-962-04-5450-9

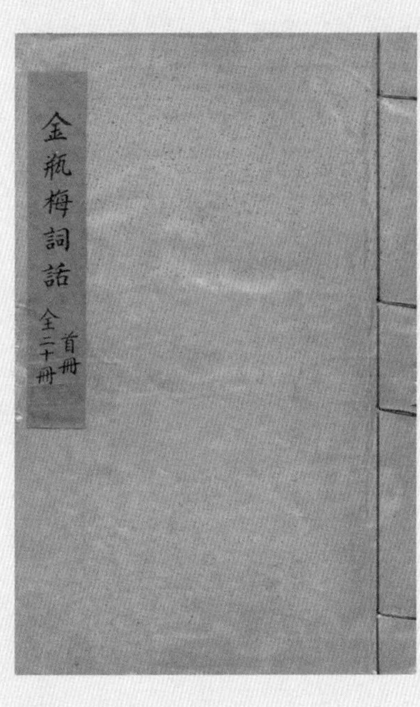

※北平圖書館購藏本封面書影

金甁梅詞話序

竊謂蘭陵笑笑生作金甁梅傳
寄意於時俗蓋有謂也人有七
情憂鬱爲甚上智之士與化俱
生霧散而氷裂是故不必言矣
次焉者亦知以理自排不使爲

※北平圖書館購藏本〈金瓶梅詞話序〉首葉書影

新刻金瓶梅詞話卷之一

第一回

景陽岡武松打虎　潘金蓮嫌夫賣風月

詞曰丈夫隻手把吳鈎欲斬萬人頭如何鉄石打成心性却為花柔請看項籍并劉季一似使人愁只因撞着虞姬戚氏豪傑都休

此一隻詞兒單說着情色二字乃一體一用故色絢于目情感于心情色相生心目相視亘古及今仁人君子弗合忘之晉人云情之所鍾正在我輩如磁石吸鐵隔礙潛通無情之物尚爾何況為人終日在情色中做活計一節須而丈夫隻手把吳鈎吳鈎乃古劍也古有干將莫邪太阿吳鈎魚腸䦆鏤之名言丈

※北平圖書館購藏本第一回首葉書影

金蓮淫婦至此遂心足意了

人媳婦看見西門慶只顧哭起來把喉音也叫啞了問他與茶也不吃只顧沒好氣月娘便道你看恁勞叨死也死了你沒的哭的他活哭兩聲丢開手罷了只顧扯長絆兒哭起來了三兩夜沒睡頭也沒梳臉也還沒洗亂了恁五更黄湯辣水還沒嘗着就是鐵人也禁不的把頭梳了出來吃些甚麼還有個主張好小身子一時摔倒了却怎樣兒的玉樓道他原來還沒梳頭洗臉哩月娘道洗了臉倒好我頭裡使小廝請他後邊洗臉他把小廝踢進來誰再問他來金蓮接過來道你還沒見頭裡進他屋裡尋衣裳教我是不是倒好意說他都相恁一個死了你恁般起來把骨禿肉兒也沒了你在屋裡吃些甚麼兒出去再亂也不遲他倒把眼睜紅了的罵我狗攮的淫婦管你甚麼事

金蓮當此快意之時話頭却少了

我如今鎮日不教狗攮却教誰攮哩恁不合理的行貨子只說人和他合氣月娘道熱突突死了怎麼不疼你就疼也還放心裡那裡就這般顯出來人也死了不管那有惡氣沒惡氣就口遞着口那等叫喚不知甚麼張致吃我說了兩句他可可兒來三年沒過一日好日子鎮日教他挑水挨磨來孟玉樓道娘不是這等說李大姐倒也罷了沒甚麼倒吃了他爹恁三等九格的金蓮道他得過好日子那個偏受用着甚麼哩都是一個跳板兒上人正說着只見陳經濟手裡拿着九疋水光絹爹說教娘每剪各房裡手帕剩下的與娘每做裙子月娘收了絹便道姐夫去請你爹進來扒口子飯這咱七八待晌午他茶水還沒嚐着哩經濟道我是不敢請他頭裡小廝請他吃飯差些沒一

※北平圖書館購藏本正文第六十二回部分朱批書影

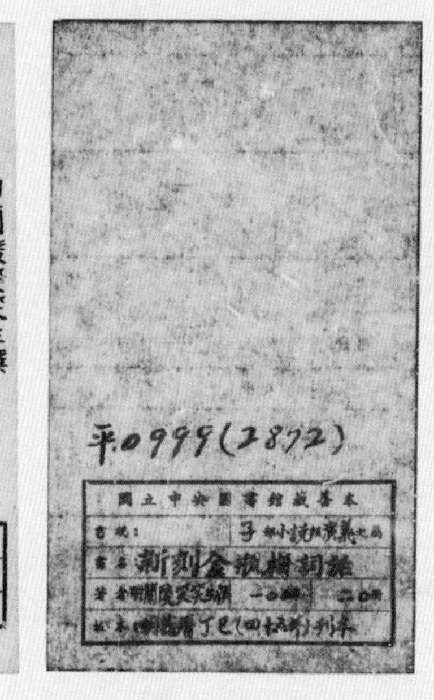

※北平圖書館購藏本（現藏台北故宮博物院）圖書館藏編號

※台北聯經出版事業公司據北平圖書館購藏本朱墨二色影印本書影

一陣走出街上。大嘍喝說。誰家女婿。要娶丈母。還來老娘屋裡放屁。這經濟慌了。一手扯進婆子來。雙膝跪下。央及王奶奶禁聲。我依了奶奶價值一百兩銀子罷。爭奈我父親在東京。我明日起身。往東京取銀子去。婦人道。你既爲我一場。休與乾娘爭執。上緊取去。只恐來遲了。則八要了奴去了。就不是你的人了。經濟道。我雇上頭口。連夜兼程。多則半月。少則十日就來了。婆子道。常言先下米先食飯。我的十兩銀子在外。休要少了。我的說明白着。經濟道。這個不必說。恩有重報。不敢有忘。說畢。經濟作辭出門。到家收拾行李。次日早僱頭口。上東京取銀子去。此一去正是

青龍與白虎同行　吉凶事全然未保

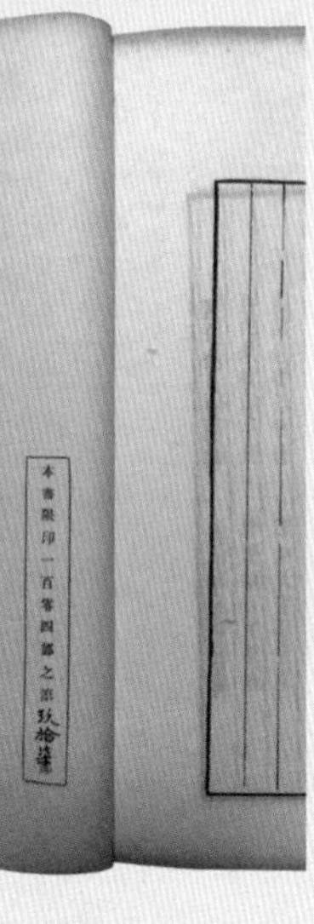

※古佚小說刊行會影印北平圖書館購藏本第九十七號編號

新刻金瓶梅詞話卷之一

第一回

景陽岡武松打虎　潘金蓮嫌夫賣風月

詞曰：丈夫隻手把吳鈎，欲斬萬人頭，如何鐵石打成心性，却為花柔。請看項籍并劉季，一似使人愁，只因撞着虞姬戚氏，豪傑都休。

此一隻詞兒，單說着情色二字，乃一體一用。故色絢于目，情感于心，情色相生，心目相視，亘古及今，仁人君子，弗合忘之。晉人云：情之所鍾，正在我輩。如磁石吸鐵，隔礙潛通，無情之物尚爾，何况為人終日在情色中做活計一節。須知丈夫隻手把吳鈎，吳鈎乃古劍也。古有干將、莫鋣、太阿、吳鈎、魚腸、躅鏤之名。言丈

金瓶梅詞話〈卷一〉第一回

※古佚小說刊行會影印北平圖書館購藏本第一回首葉蓋有「古佚小說刊行會章」（篆字，紅色，豎刻長方形）

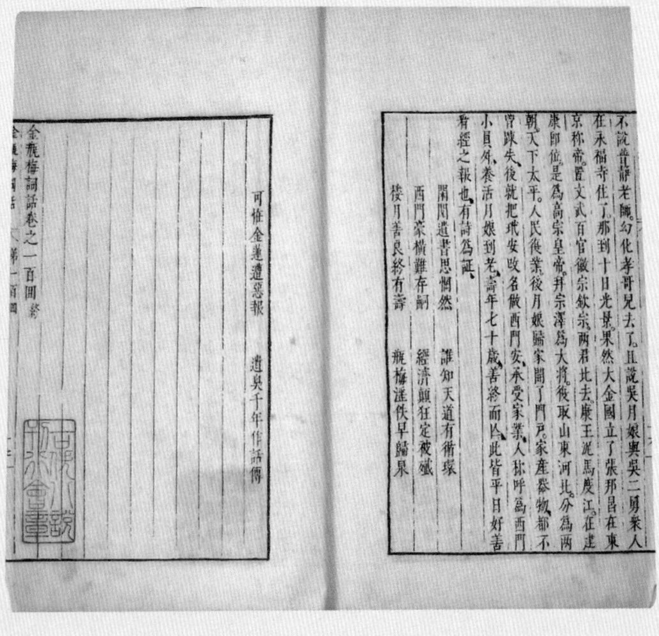

不說普靜老師幻化孝哥兒去了，且說吳月娘與吳二舅衆人在永福寺住了十日光景，果然大金國立了張邦昌在東京稱帝，置文武百官。徽宗、欽宗兩君北去，康王泥馬渡江，在建康即位，是為高宗皇帝。拜宗澤為大將，復取山東、河北，分為兩朝，天下太平，人民復業。後月娘歸家，開了門戶，家產器物都不曾疎失。後就把玳安改名做西門安，承受家業，人稱呼為西門小員外。養活月娘到老，壽年七十歲，善終而亡。此皆平日好善看經之報也。有詩為証：

閑閱遺書思惘然，誰知天道有循環。
西門豪橫難存嗣，經濟顛狂定被殲。
樓月善良終有壽，瓶梅淫佚早歸泉。
可惜金蓮遭惡報，遺臭千年作話傳。

金瓶梅詞話卷之一百回終

金瓶梅詞話〈卷〉第一百回

※古佚小說刊行會影印北平圖書館購藏本第一百回第十七葉蓋有「古佚小說刊行會章」（篆字，紅色，豎刻長方形）

※北京大學圖書館藏崇禎本第一回首葉書影

一部炎涼景光盡此數語中

新刻繡像批評金瓶梅卷之一

第一回

西門慶熱結十弟兄　武二郎冷遇親哥嫂

詩曰

豪華去後行人絕　簫箏不響歌喉咽
雄劍無威光彩沉　寶琴零落金星滅
玉階寂寞墜秋露　月照當時歌舞處
當時歌舞人不回　化為今日西陵灰

又詩曰

二八佳人體似酥　腰間仗劍斬愚夫

金瓶梅　第一回

※天津圖書館崇禎本第一回首葉書影

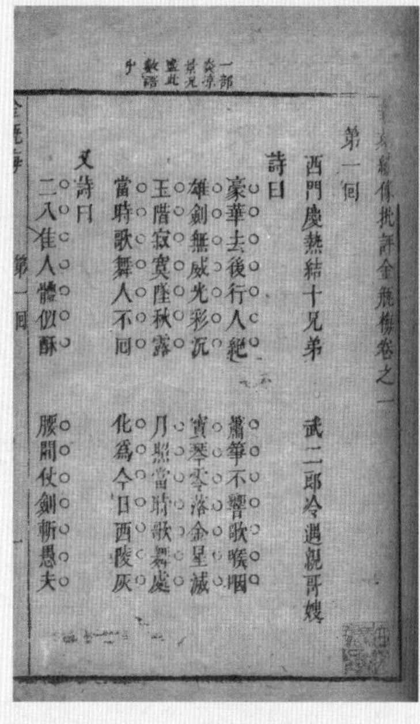

一部炎涼景光盡此數語中

新刻繡像批評金瓶梅卷之一

第一回

西門慶熱結十兄弟　武二郎冷遇親哥嫂

詩曰

豪華去後行人絕　簫箏不響歌喉咽
雄劍無威光彩沉　寶琴零落金星滅
玉階寂寞墜秋露　月照當時歌舞處
當時歌舞人不回　化為今日西陵灰

又詩曰

二八佳人體似酥　腰間仗劍斬愚夫

金瓶梅　第一回

彭城張竹坡批評金瓶梅

第一奇書

本衙藏板翻刻必究

※張青松先生藏張竹坡評本扉頁書影

※韓國首爾梨花女子大學圖書館藏張竹坡評本書影

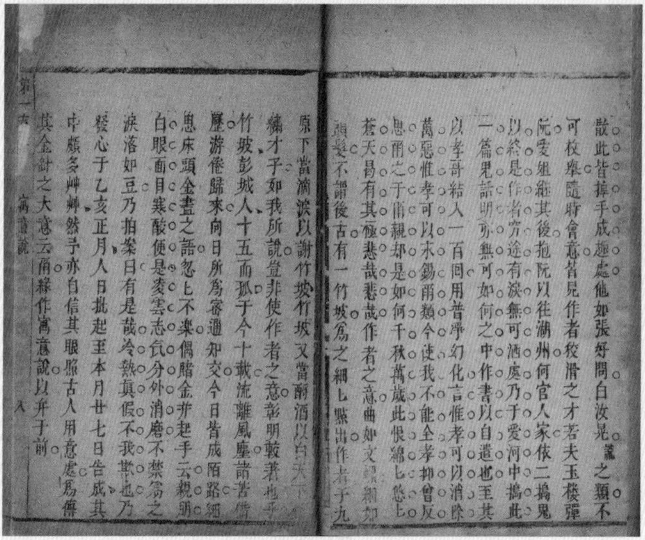

散此皆掉手成趣處他如張好問白汝晃叢之類不可校舉隨時會意皆見作者狡滑之才若夫玉樓彈阮爱姐繼其後抱阮以往湖州何官人家依二搗鬼以終是作者穷途有淚無可洒處乃于爱河中搗此二篇鬼話明亦無可如何之中作書以自遣也至其以孝哥結入一百回用普淨幻化言惟孝可以消除萬惡惟孝可以永錫爾類今使我不能全孝抑曾反思爾之于爾親却是如何千秋萬歲此恨綿綿悠悠蒼天曷有其極悲哉悲哉作者之意曲如文螺細如頭髮不謂後古有一竹坡爲之細細點出作者于九原下當滴淚以謝竹坡竹坡又當酹酒以白天下錦繡才子如我所說豈非使作者之意彰明較著也乎

竹坡彭城人十五而孤于今十載流離風塵諸苦備歷遊倦歸來向日所爲寄邇知交今日皆成陌路細思床頭金盡之語忽忽不樂偶睹金并起手云親朋白眼面目寒酸便是夌雲志氣分外消磨不禁爲之淚落如豆乃拍案曰有是哉冷熱真假不我欺也乃發心于乙亥正月人日批起至本月廿七日告成其中頗多草草然予亦自信其眼照古人用意處爲傳其金針之大意云爾緣作寓意說以弁于前

第一奇書　寓意說　八

※張青松先生藏張竹坡評本〈寓意說〉書影

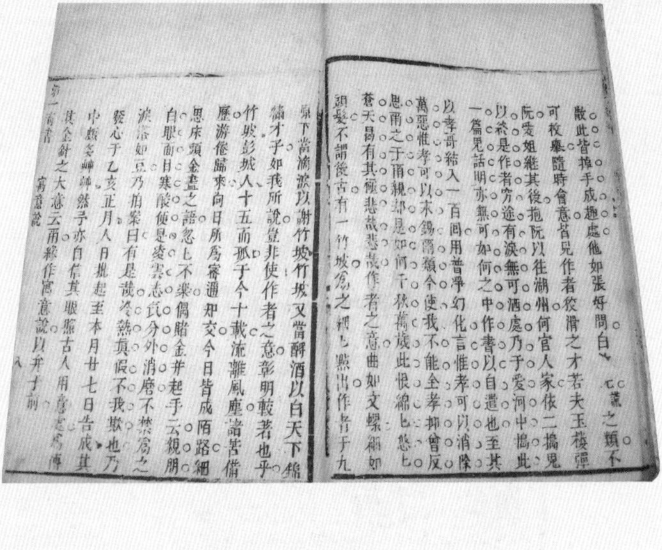

※韓國首爾梨花女子大學圖書館藏張竹坡評本〈寓意說〉書影

※ 首都圖書館藏張竹坡評本扉頁書影

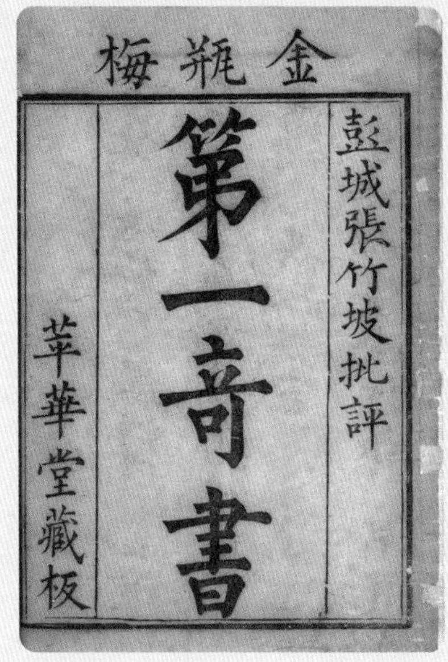

※ 張竹坡評本蘋華堂本扉頁書影

彭城張竹坡批評金瓶梅
第一奇書
影松軒藏板

※張竹坡評本影松軒本扉頁書影

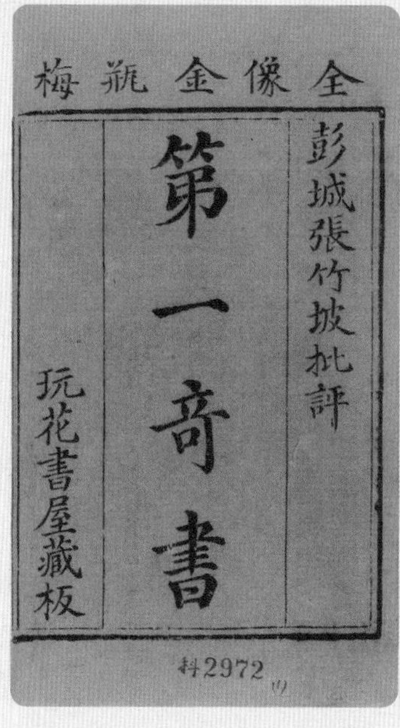
全像金瓶梅
彭城張竹坡批評
第一奇書
玩花書屋藏板

※張竹坡評本玩花書屋本扉頁書影

※《新鐫繡像批評原本金瓶梅》內閣文庫藏本
封面書影

新刻繡像批評金瓶梅目錄

卷之一

第一回 西門慶熱結十弟兄 武二郎冷遇親哥嫂

第二回 俏潘娘簾下勾情 老王婆茶坊說技

第三回 定挨光虔婆受賄 設圈套浪子挑私

第四回 赴巫山潘氏幽歡 鬧茶坊鄆哥義憤

第五回 捉奸情鄆哥設計 飲鴆藥武大遭殃

卷之二

第六回 何九受賄瞞天 王婆幫閒遇雨

第七回 薛媒婆說娶孟三兒 楊姑娘氣罵張四舅

第八回 盼情郎佳人占鬼卦 燒夫靈和尚聽淫聲

※《新鐫繡像批評原本金瓶梅》內閣文庫藏本
封面書影

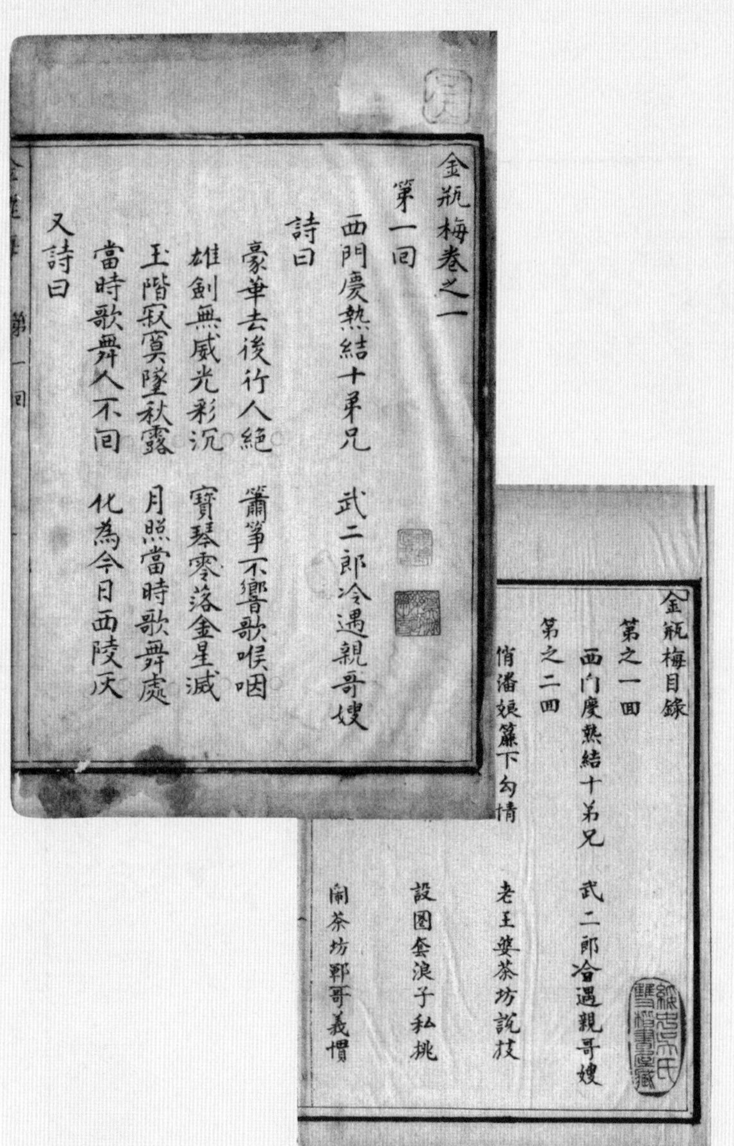
金瓶梅卷之一
第一回
西門慶熱結十弟兄　武二郎冷遇親哥嫂
詩曰
豪華去後行人絕　簫箏不響歌喉咽
雄劍無威光彩沉　寶琴零落金星滅
玉階寂寞墜秋露　月照當時歌舞處
當時歌舞人不回　化為今日西陵灰
又詩曰

金瓶梅目錄
第之一回
西門慶熱結十弟兄　武二郎冷遇親哥嫂
第之二回
俏潘娘簾下勾情　老王婆茶坊說技
設圈套浪子私挑
鬧茶坊鄆哥義慣

※吳曉鈴先生藏乾隆抄本《金瓶梅》書影

金瓶梅　第一回　西門慶熱結十弟兄

※《新刻繡像批評金瓶梅》王孝慈舊藏本第一回圖一

※《新刻繡像批評金瓶梅》王孝慈舊藏本第一回圖二

※ 吉林大學圖書館藏滿文譯本《金瓶梅》抄本書影

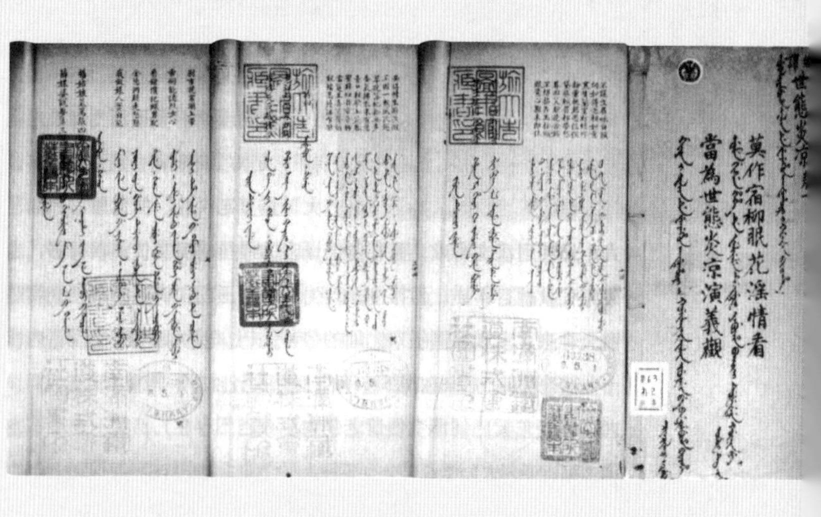

※ 大連圖書館藏滿文譯本《翻譯世態炎涼》清抄本書影

怎樣理解《金瓶梅》（代序）

王汝梅教授與《金瓶梅》結緣，走上探索之路，已三十五個年頭。三十五年如一日地研究，他無怨無悔，從不言放棄。他在《王汝梅解讀〈金瓶梅〉》後記中說："筆者認定了它的偉大不朽，它的永久的藝術魅力，認定了它在中國小說史上的高峰地位，它的世界影響。"王汝梅教授堅持閱讀研究《金瓶梅》，達到愛不釋手、時時在心的程度。

他認為，要讀《金瓶梅》，愛上《金瓶梅》，要把一百回當一回讀，從整體形象上把握。粗讀、略讀不可能愛上，甚至還可能有錯覺、誤解。每讀一遍都會有新感覺，《金瓶梅》是一部十分耐讀的經典名著。

《王汝梅解讀〈金瓶梅〉》是王汝梅教授三十多年研究成果的結晶。黃霖先生在序文中說，這部論著有"獨特的滋味"，意在說有著者自己的閱讀體會感受。同時，著者也願讀者朋友讀後引發閱讀興趣、產生快樂、受到啟發。該著於 2007 年初版，受到讀者的歡迎。現在，王汝梅教授經過三十五年的積累，取得國內外幾十家圖書館大力支持，又推出《〈金瓶梅〉版本史》這一專著，評述了近百種《金瓶梅》版本，全面記錄了《金瓶梅》的傳播歷史。該著圖與文相輔相成，使文獻性和欣賞性、學術性結合，集《金瓶梅》版本之大成。既有可讀性，又有永久珍藏價值。《王汝梅解讀〈金瓶梅〉》與《〈金瓶梅〉版本史》，是王汝梅教授《金瓶梅》研究的雙璧。

綜覽《王汝梅解讀〈金瓶梅〉》與《〈金瓶梅〉版本史》，有如下觀點值得關注，給我們理解《金瓶梅》有所啟發。

一、對女性形象的新塑造，對小說藝術的新開拓

《金瓶梅》之所以偉大，在於它對女人的發現，對商業社會的發現。在描述諸多發現時，蘭陵笑笑生顯示出他是曹雪芹藝術革新的先驅，是表現人類性愛的大手筆，是晚明社會開始轉型期的敏銳觀察者、感受者，他以超前的意識思考人生、探索人性。

《金瓶梅》藝術世界，是女性佔據舞台中心，以描寫女性主體意識、性格、心理、生存狀態為重點的女性群體世界。潘金蓮是《金瓶梅》女性世界中的第一號人物。潘金蓮性格多面複雜，精神苦悶壓抑，人生道路曲折。她叛逆封建倫理道德，不滿男性中心社會，有很強的自我意識，爭生存，求性愛，不逆來順受，不安於現狀，反叛三從四德。在晚明這一特定歷史階段，作者敏銳感受到女性意識的初步自覺，女性的美與真，以及被社會扭曲的悲哀。作者用如椽之筆傾力塑造潘金蓮，從

潘金蓮的複雜性格、爭生存寵愛的困境中，讓我們今天的讀者能觸摸到晚明社會初步轉型期的社會震蕩與時代的矛盾危機。面對社會新舊因素交織，靈與肉、自然情慾與傳統倫理的複雜呈現，作者是困惑的。他不是婦女解放的呼喚者，時代距離這一要求還很遙遠。但是蘭陵笑笑生是一位發現女人，認為“女人也是人”的古代不自覺的“女性主義者”。他給我們塑造了眾多有內在美與外表美的女性，揭示了她們的美的被毀滅。他給我們形象地描寫了晚明的真實歷史。潘金蓮形象是只能出現在晚明的藝術典型，她不可能出現在晚明之前。潘金蓮形象有巨大的歷史深度和前所未有的開拓意義。作者以新的發現、新的感受，創造性地塑造了潘金蓮等成功的藝術典型，實現了小說藝術的重大突破，樹立了中國小說史上一塊重要里程碑。

《金瓶梅》以市井平凡人物為主要角色，貼近現實日常生活，不再是帝王將相、神魔、英雄的傳奇，標誌著中國小說藝術進入一個歷史新階段。

二、西門慶：晚明社會開始轉型期的富商形象，出現在 16 世紀，是中國文學史上亘古未有的人物形象

《金瓶梅》中的西門慶形象集富商、官吏、情場能手於一身，而主要身份是商人。他經營五六個專營店：生藥舖、典當舖、絨線舖、綢絹舖、緞舖等。經營的緞舖，由西門慶和喬大戶兩方投資，正式簽訂合同，按股分紅。夥計韓道國、甘潤、崔本三人管理店舖，將他們算入三股之一的股份，佔有一定份

額，利益按份額分配，實行的是股份制經營，建立了管理激勵機制。典當舖成本為兩千兩，後發展到佔銀兩萬兩，增長了十倍。西門慶經營商舖的獲利情況，顯示出他經營上的智慧和商業上的才幹。

西門慶一生以生子加官為分界，之前他只不過是一個城鎮小商人。有了錢財，買通官府，拜當朝太師蔡京為乾爹，得了理刑副千戶的官職，從此以後，他與朝廷大臣、巡按、知府各方面官員交往甚密，周旋於勳戚大臣之間。情慾上，有一妻五妾，肆意淫人妻子，梳籠妓女李桂姐，霸佔鄭愛月。《金瓶梅》生動形象地描寫了西門慶暴發後賄賂權貴、納妾嫖妓、吃喝玩樂、追求高消費的行為。他只看到商品流通，沒看到商品生產。

西門慶是晚明社會機體內在發展變化震蕩期生長出來的，而不是歐洲式的西方商人，也不是所謂"停滯"的封建社會商人，其悲劇性是由晚明社會結構特點的悲劇結局決定的。他不是"贅瘤"，也不是"新人"，而是亦舊亦新、亦商亦官、亦惡亦善、亦情亦慾的一個特殊的商人。所謂"新"，即具有與傳統重農抑商思想不同的意識。就當時的環境而言，說他是一個強人，也未嘗不可。西門慶形象，是作者對中國小說藝術的偉大貢獻。

三、《金瓶梅》是《紅樓夢》之祖，《紅樓夢》繼承與發展了《金瓶梅》的藝術經驗，二者不但有繼承關係，還是互補的

《金瓶梅》產生在明嘉靖、萬曆年間，《紅樓夢》沿《金瓶

梅》而產生，《金瓶梅》因《紅樓夢》而更具藝術魅力，《金瓶梅》重寫性、寫實，開掘至人性更深處。《紅樓夢》重寫情寫意，通向人類未來。以前，兩部書在讀者中是隔離的，讀者對《金瓶梅》有道聽途説的誤解，對《金瓶梅》的誤解，也影響了對《紅樓夢》更深刻的理解與研究。把《金瓶梅》與《紅樓夢》合璧閱讀，有人生價值觀修煉與文學創新研究的重要意義。

《金瓶梅》以家庭為中心，聯繫整個社會，反映廣闊的晚明社會現實，給《紅樓夢》寫貴族家庭的興衰開闢了道路。《金瓶梅》塑造了眾多女性形象，人物之間形成群體結構關係，相互依存又相互矛盾衝突。《紅樓夢》女性形象塑造，借鑒了《金瓶梅》，王夫人形象有吳月娘的影子，晴雯形象有春梅的影子，王熙鳳形象有潘金蓮的影子。兩部書寫了兩個不同時代的女兒國，儘管有的女性有淫蕩、爭寵、狠毒的負面品格，但又都有美好的一面。打破敘好人完全是好，壞人完全是壞的單一寫法，是從《金瓶梅》開始的，《紅樓夢》又加以發展的。《金瓶梅》《紅樓夢》打破大團圓的傳統結局，如實描寫人生悲劇。《紅樓夢》《金瓶梅》分別表現了少年之情感至上與成年之情慾，從這種意義上説，兩書是互補的，是性愛人生的“上下卷”。

在《金瓶梅》中西門慶與妻妾之間，金錢權力凌駕於感情之上，男女在性與情感上是不平等的，從人的自然屬性出發的生理需求更突出，物慾、性慾橫流，在慾望的泥潭中掙扎、沉淪、毀滅。在《紅樓夢》中，賈寶玉的意淫，林黛玉的情癡，屬真正的愛情，寶、黛愛情有共同一致的思想基礎，對傳統社會具有顛覆性作用，是通向未來的。

四、謝肇淛〈金瓶梅跋〉在全面把握《金瓶梅》形象體系基礎上，發現了《金瓶梅》之美與藝術獨創特點，達到了時代的最高水平。《金瓶梅》崇禎本評語和〈金瓶梅跋〉是互補的，似應出自一人之手

《金瓶梅》崇禎本評者是誰，是學界關注的諸多疑難問題之一。早在 1986 年，有學者提出李漁是崇禎本評改者之說。王汝梅教授發表〈"李漁評改《金瓶梅》"考辨——兼談崇禎本系統的某些特徵〉(《吉林大學社會科學學報》1992 年第 5 期)，不贊同李漁是評改者之説。他多年思考研究評改者到底是誰這一問題，並認為：評改者是加工修改者，也是蘭陵笑笑生身後的合作者，為《金瓶梅》的定型與傳播做出了重大貢獻，説他是《金瓶梅》第二作者也當之無愧。他在〈試解《金瓶梅》崇禎本評改者之謎〉中提出謝肇淛是評改者之説，並從五個方面進行了論證。根據新的材料，他還要做進一步的補證。

五、《金瓶梅》中性描寫文字約有一萬兩千字，分散在二十五個回目之中。《金瓶梅》不是單純孤立地寫性，它描寫慾望和生命的真實，批判虛偽，批判縱慾，探索人性，把性描寫與廣闊的社會生活、刻畫人物性格、探索人性聯繫起來

我們應以極嚴肅的態度、極高尚的心理，以現代性科學知識為指導，閱讀理解《金瓶梅》的性描寫。《金瓶梅》中的兩性不是互愛與平等的，更不是和諧與美好的。性愛生活的更新、美化，是未來社會的一項偉大工程。以寫實見長的《金瓶梅》，不可能寫出這種理想的性愛。從現在的觀點和文學審美角度看，《金瓶梅》中的性描寫，多屬純感官的再現，實多虛少，缺少情愛的昇華，並濃重地反映了封建文人落後的性情趣、性觀念與性恐怖，這些都是應加以分析批判的。

〈《金瓶梅》《紅樓夢》合璧閱讀〉〈《金瓶梅》：晚明世情的斑斕畫卷〉以及三種整理校註本的三篇前言等重點篇章，可作為讀者閱讀理解《金瓶梅》的主要參考。另有王汝梅教授撰著與主編、參編的《金瓶梅資料彙編》、《金瓶梅詞典》、《金瓶梅藝術世界》、《張竹坡批評第一奇書金瓶梅》（校點本）、《新刻繡像批評金瓶梅》（會校本）、《皋鶴堂批評第一奇書金瓶梅》（校註本）等，為我們今天閱讀理解《金瓶梅》鋪設了道路，提供了文獻資料。

《金瓶梅》像《紅樓夢》一樣，是屬全人類的文學瑰寶，不僅屬我們民族，更屬全人類。今天，我們應該更深刻地理解到這一點。

王汝梅先生是當代“金學”大家。他的《金瓶梅》研究，是當代“金學”學術史上的重要組成部分，也是吉林大學古代文學研究的標誌性成果之一。予生也晚，但有幸在吉林大學中國文化研究所《金瓶梅》研究室成立甫初，王汝梅先生整理校註的《張竹坡批評第一奇書金瓶梅》校點本出版不久，即成為先生開設的《金瓶梅》專題課學員，參加研究討論。自留校工作迄今二十多年來，筆者在“金學”內外受王汝梅先生點撥、沾溉甚多。作為共和國培養的20世紀50年代的大學生，王汝梅先生身上體現的那一代人對於學術的執著與虔誠，乃是後輩所望塵莫及的。

王汝梅先生新著《〈金瓶梅〉版本史》共分二十章，內容豐富厚重，在文字表達上又高度精練、濃縮，言約旨遠，蘊含了潛在的學術效應，會給讀者以閱讀快樂、閱讀享受和閱讀趣味。王汝梅先生的《〈金瓶梅〉版本史》撰寫，從20世紀80年代初研究張竹坡小説評點，整理校註張評本、崇禎本開始，經過了跨世紀的研究歷程。王汝梅先生曾榮獲“老有所為貢獻獎”，他能葆有學術青春，保持濃厚的學術興趣，在學術陣地上持續戰鬥、發展、成長，達到了一種新境界。王汝梅先生曾説：“向偉大的前輩大師學習，讓我們懂得什麼是人生的最高境界，什麼是人性的成熟之美。”（見台灣學生書局版《王汝梅〈金瓶梅〉研究精選集 · 後記》）這種生命不息、奮鬥不止的學術精神給我們後輩以鼓舞。

王　昊

記於吉林大學困學齋

例　言

一、《金瓶梅》各種版本稱謂，以刊本題署為準，如《新刻金瓶梅詞話》《新刻繡像批評金瓶梅》《張竹坡批評第一奇書金瓶梅》等。如需用簡稱，則用通行之簡稱，如詞話本、崇禎本（繡像本）、張評本（第一奇書本）等。

二、以《金瓶梅》實存的版本文獻為依據，取代表該種版本版式特徵的版面。著錄的書影圖片足以說明《金瓶梅》版本特點。讀者通過本書可以瞭解《金瓶梅》各種版本的面貌及其流變情況。

三、每幀書影圖片輔以說明文字，客觀地描述特徵。需加以分析論述之處，列述主要的不同觀點。如關於詞話本有現存詞話本為初刊本說與為後印本說。

四、對勘比較，去偽存真，忠實地反映《金瓶梅》明清時期版本的本來面貌，清除現代製作的某些影印本因“修整”或假託而造成的誤解。

五、圖與文相輔相成，使文獻性與欣賞性、學術性相結合，集《金瓶梅》版本之大成。使本書具有可讀性，又有永久的珍藏價值。

六、本書中的某些書影圖片，是編著者與出版社合作，花極大代價才搜集到的，至為珍貴。有的書影圖片是孤本、珍本，第一次公之於世。這些珍貴文獻足以全面記錄顯示《金瓶梅》傳播的歷史。本書按照《金瓶梅》的傳播歷程，大體以時代為序編排。

七、以版本傳播演變為主線，探討《金瓶梅》傳播史，結合評析明清評點家的理論貢獻及對《金瓶梅》藝術美的發現，弘揚中國小説藝術優良傳統，有助於建設中國本土的馬克思主義小説美學，有助於中國小説發展史的創新性研究。

八、附錄〈《金瓶梅》不同版本書名一覽〉約百種，表明本書涉及的版本，便於讀者總覽，僅供讀者參考。

目　錄

§ 引言 §

《金瓶梅》這部奇書，在 16 世紀中國傳統文化背景下，帶著那麼多的誘惑與激情，橫空出世，震撼了明末文壇。它雖然屢次被列為“禁毀”書目榜首，卻依然廣為傳播，經四百載而不衰，在文苑得到了永駐。在明末清初，有多種版本流傳，保留下來的就有詞話本四種、崇禎本十幾種、張評本十幾種。這成為我們今天了解《金瓶梅》原貌與流變的一宗寶貴文獻。

從古至今，不乏有識之士理解作者蘭陵笑笑生的創作意圖，不斷探究作品的底裏。公安派首領袁宏道在萬曆二十四年（1596）致董思白信中稱讚《金瓶梅》“雲霞滿紙，勝於枚生《七發》多矣”，傳遞了《金瓶梅》問世的第一個信息。謝肇淛在〈金瓶梅跋〉中稱作者為“爐錘之妙手”，作品為“稗官之上乘”。清初作家宋起鳳稱《金瓶梅》為“晚代第一種文字”（《稗說》）。張竹坡評點《金瓶梅》時，直接稱其為“第一奇書”。“五四”以後，魯迅、鄭振鐸、吳晗以新的思想觀點評價《金瓶梅》，開創了研究的新階段。魯迅認為：“諸世情書中，《金瓶梅》最有名……同時說部無以上之。”（《中國小說史略》）鄭振鐸在〈談《金瓶梅詞話》〉、吳晗在〈《金瓶梅》著作時代及其社會背景〉中，均稱《金瓶梅》是一部偉大的寫實小說。

改革開放的歷史新時期，學術界、出版界在馬克思主義指導下，對《金瓶梅》研究與出版極為重視，對作者、成書、版本、語言、思想內容、藝術成就、美學價值進行全方位研究，取得許多成果，引起國際漢學家的注目。吳曉鈴先生在〈大陸外的《金瓶梅》熱〉中描述了《金瓶梅》在世界各國研究的熱烈情況。吳組緗先生認為“《金瓶梅》和《紅樓夢》是中國小說發展史上的兩個高峰”（〈《金瓶梅紅樓夢縱橫談》序〉）。孫述宇教授從作者的感受力、觀察力來評價，認為這部小說作者是第一流的作家（《〈金瓶梅〉的藝術》）。從繼承發展角度評價而得出的“沒有《金瓶梅》也就不可能產生《紅樓夢》”的結論，也越來越為廣大讀者所接受。

《金瓶梅》已列入世界文學之林，成為世界文學的組成部分。西方學者則認為：《金瓶梅》和《紅樓夢》二書，均可與西方最偉大的小說相媲美。《金瓶梅》從 18 世紀中葉即傳播譯介到國外，迄今已有英、法、俄、日、德、韓、越等 13 種外國語種譯本或節譯本。據雷威安法譯本〈導言〉，此書在西方的發行量達 20 萬冊以上。1985 年，法譯本《金瓶梅》出版，法國總統專門為之發表講話，文化部則出面舉行慶祝會，稱《金瓶梅》在法國出版，是“法國文化界的一件大事”。1983 年，美國印第安納大學主辦了《金瓶梅》國際性學術討論會。

1989 年 6 月，在中國召開了“首屆國際《金瓶梅》學術討論會”。海內外“金學”家正在密切合作，《金瓶梅》已成為中外文化廣泛交流的對話熱點。

§ 第一章 §

《金瓶梅傳》的問世與抄寫傳播

偉大的世情小說《金瓶梅》產生在晚明。晚明是末世，但末世不是一切皆衰退，晚明末世有逆反性的文化生機。《金瓶梅》描寫的世情、塑造的人物，讓我們今天的讀者可以清晰地看到晚明社會初步轉型期的社會震蕩與時代的矛盾危機。西門慶、潘金蓮形象有巨大的歷史深度和前所未有的開拓意義。明清評論家說它是一部奇書、哀書。《金瓶梅》的問世，震撼了晚明文壇，官吏文人爭相傳抄，《金瓶梅》最初以抄本流傳。

一、《金瓶梅傳》問世信息

《金瓶梅詞話·欣欣子序》一開篇說："竊謂蘭陵笑笑生作《金瓶梅傳》，寄意於時俗，蓋有謂也。"《金瓶梅詞話·廿公跋》也稱《金瓶梅傳》。《金瓶梅傳》應該是作者書稿的

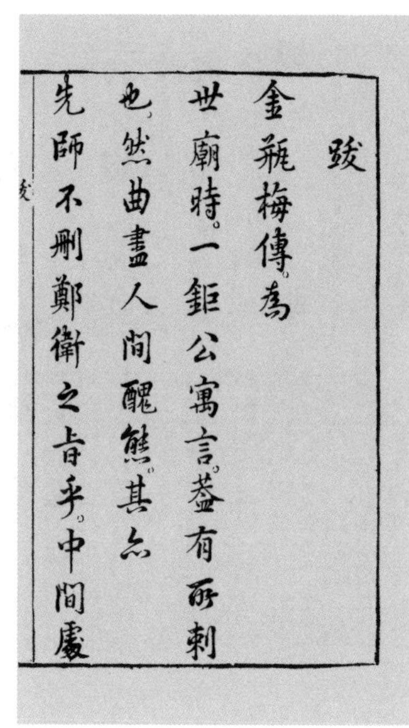
跋
金瓶梅傳為
世廟時一鉅公寓言蓋有所刺
也然曲盡人間醜態其亦
先師不刪鄭衛之旨乎中間處

※《金瓶梅詞話·廿公跋》書影

正名。

萬曆二十四年（1596），袁宏道〈與董思白〉：“《金瓶梅》從何得來？伏枕略觀，雲霞滿紙，勝於枚生《七發》多矣。後段在何處抄竟，當於何處倒換？幸一的示。”此信傳遞了《金瓶梅傳》抄本問世的第一個信息。到萬曆四十五年（1617），《金瓶梅詞話》刊刻，約經過了二十年。原抄本曰《金瓶梅傳》或《金瓶梅》，而《金瓶梅詞話》中的“詞話”二字，則是書商刊印時加上去的。

〈《幽怪詩譚》小引〉中有“湯臨川賞《金瓶梅詞話》”一語，這是一句極有分量的歷史證言，傳遞了一條重要的歷

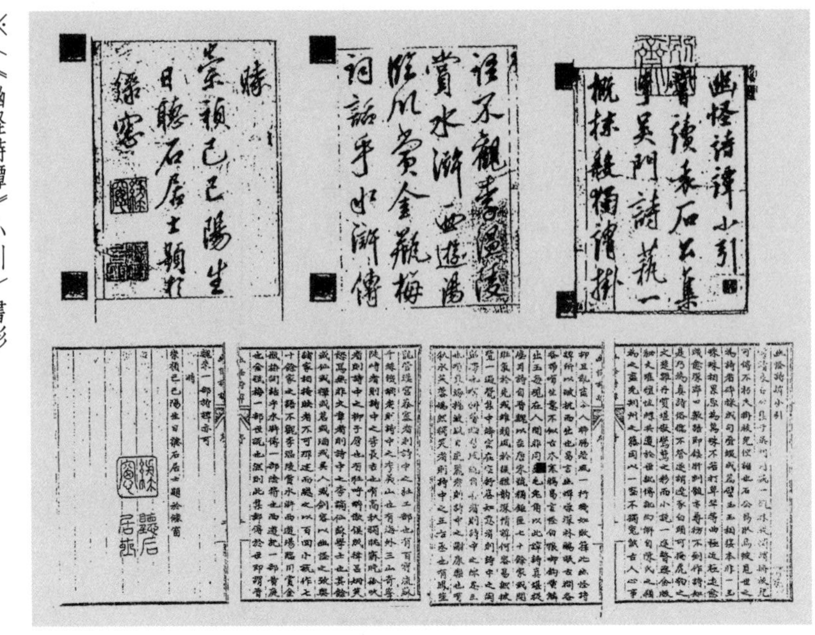

※〈《幽怪詩譚》小引〉書影

史信息。湯顯祖是欣賞、肯定《金瓶梅》最初的讀者之一，但他的詩文尺牘中從未提及《金瓶梅》。劉守有是湯顯祖的表兄弟，劉守有之子劉承禧是《金瓶梅》抄本收藏者。湯顯祖從劉承禧處讀到了《金瓶梅》抄本。湯顯祖創作《南柯記》受《金瓶梅》影響，“夢了為覺，情了為佛”（《南柯記》自題詞），有慨於溺情之人，而託喻乎落魄沉醉之淳於生，以寄其感喟。湯顯祖創作的《南柯記》完成於萬曆二十八年（1600）。〈《幽怪詩譚》小引〉題寫在崇禎二年（1629），湯顯祖逝世於萬曆四十四年（1616）。碧山臥樵寫〈《幽怪詩譚》小引〉時，湯顯祖已逝世十三年。《新刻繡像批評金瓶梅》此時正在改寫刊印，尚未流傳，仍是《金瓶梅詞話》刊本傳播

吳門徐昌齡著
則天皇后
如意君傳
東都
清閟閣

※《如意君傳》書影

的年代。湯顯祖讀《金瓶梅》抄本在完成《南柯記》（1600）之前，與袁宏道讀抄本時間略早或同時。

《金瓶梅》第六十一、六十七、六十八回抄引李開先《寶劍記》的片斷。《寶劍記》初版於嘉靖二十六年（1547）。《如意君傳》對《金瓶梅》有直接影響，《金瓶梅》第二十七回有多處化用了《如意君傳》的語言。《寶劍記》《如意君傳》是《金瓶梅》較近的來源。

根據以上文獻信息，可知嘉靖末期至萬曆中期這三十年，為《金瓶梅》成書與抄寫傳播階段。

《金瓶梅》以嘉靖年間社會生活為背景，作者應有嘉靖年間生活體驗。作者蘭陵笑笑生約與王世貞（1526—1590）、李贄（1527—1602）、湯顯祖（1550—1616）同時代，生活在重自我、重個性、重情慾的文學思潮高漲期。《金瓶梅》

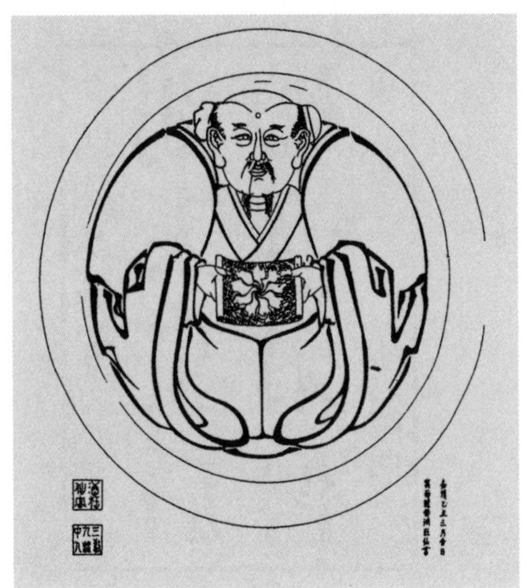

※ 朱載堉繪《混元三教九流圖》摹本

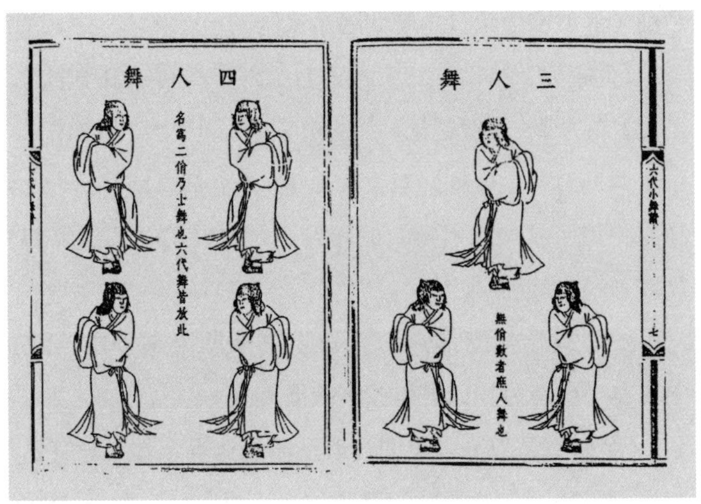

※ 朱載堉編製《六代小舞譜》書影

《牡丹亭》〈童心説〉，都是這一思潮的產兒。

音樂理論家、十二平均律的發現者、《律呂正論》《樂律全書》作者朱載堉（1536—1611），也是與蘭陵笑笑生同時代的文化大師，都是出現在晚明（16 世紀）這一近代社會前夜，在文化藝術上有巨大貢獻的世界級文化巨人。朱載堉，字伯勤，號“句曲山人”，又號“狂生”“山陽酒狂仙客”“九峰道人”。他是明太祖朱元璋九世孫，鄭藩王族第六代世子，父鄭恭王朱厚烷。朱載堉九歲能詩文，十一歲被立為世子，十五歲開始十八年苦讀生涯。隆慶元年（1567），朱載堉重返世子府。萬曆十九年（1591），鄭恭王薨，朱載堉上書皇帝，執意讓爵，離開府第，居城北九峰山之陽漁家坡東村的桑園。朱載堉還擅長繪畫，著名的春宮畫《花營錦陣》序署“狂生”，即朱載堉（朱載堉為其音樂著作《瑟譜》作序，自號“狂生”，署名“山陽酒狂仙客”）。《花營錦陣》圖二十四幅，每幅都有字跡不同、題名不同的題詞，第二十二幅題詞〈魚遊春水〉：

> 風流原無底，醉逞歡情情更美。弱體難拘，一任東風搖曳。翠攢眉黛遠山顰，紅褪鞋幫蓮瓣卸，好似江心魚遊春水。

下署“笑笑生”。這首題詞提供了十二平均律創建者朱載堉與《金瓶梅》作者兩位文化巨人有交往的信息。朱載堉也應是《金瓶梅》抄本的最早讀者，目前還有待發現文獻的直接證據。

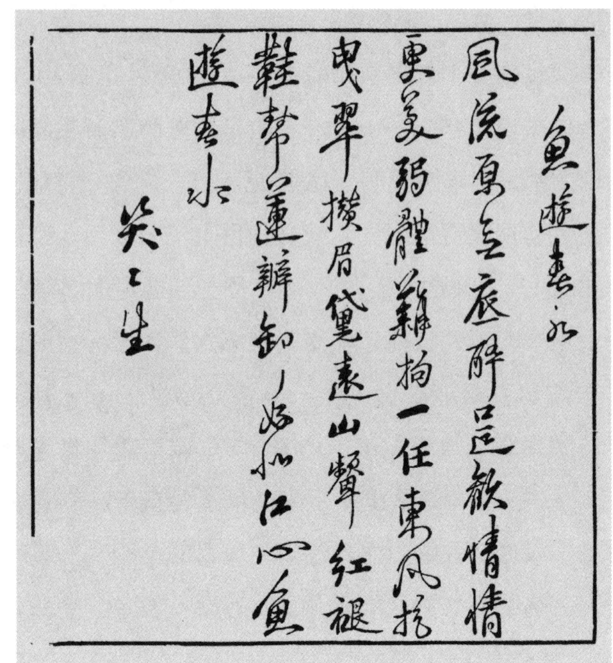

魚遊春水

風流原無底，醉足歡情情

更羨弱體難拘，一任東風拖

曳，翠攢眉黛遠山顰，紅褪

鞋幫蓮瓣卸，心如江心魚

遊春水

笑笑生

※《魚遊春水》書影

二、抄寫傳播者

萬曆二十四年（1596），袁宏道與董思白傳遞《金瓶梅》第一信息，到萬曆四十五年（1617）《金瓶梅詞話》刊印，此二十年間為抄本傳播年代。

萬曆十八年（1590），王世貞逝世。屠本畯在《觴政》跋中說："王大司寇鳳洲先生家藏全書，今已失散。"此跋約作於萬曆三十五年（1607）。屠本畯了解《金瓶梅》抄本情況，"《金瓶梅》流傳海內甚少"，而且知道《金瓶梅》是一部像《水滸傳》篇幅一樣長的書。

萬曆二十八年（1600），《南柯記》已完稿，湯顯祖所讀的《金瓶梅》抄本，可能是從劉承禧家借的。劉承禧為劉守有之子，劉守有與湯顯祖為表兄弟。萬曆四十四年（1616），湯顯祖逝世。崇禎二年（1629），《幽怪詩譚》纂輯，聽石居士〈《幽怪詩譚》小引〉說“湯顯祖賞《金瓶梅詞話》”，此時《金瓶梅》繡像本還未刊印。1617—1629 年這十多年為詞話本刊本傳播年代。

萬曆二十年（1599），謝肇淛在京三個月，獲東昌司理之選，七月間到任，在東昌任職六年。謝肇淛從袁宏道借抄《金瓶梅》其十之三的時間，應為在京的三個月。於丘諸城得其十之五的時間，應為在任職東昌時的萬曆三十一年（1603）。該年他曾到諸城訪友，登超然台，《小草齋集》卷二一有〈密州同王藎伯明府登超然台懷古〉。謝肇淛〈金瓶梅跋〉約寫於萬曆四十三年（1614），謝跋謂：“此書向無鏤版，鈔寫流傳，參差散失，唯弇洲家藏者最為完好。”此時距王世貞逝世已十四年。謝肇淛只獲《金瓶梅》抄本的十分之八，並十分關注《金瓶梅》的全抄本。

有關《金瓶梅》抄本的文獻，還有：

袁小修《遊居杮錄》（1614）

沈德符《萬曆野獲編》（1606—1619）

李日華《味水軒日記》（1609—1616）

薛岡《天爵堂筆餘》（1628—1644）

據以上文獻，可知藏有《金瓶梅》抄本者有王世貞、董其昌、劉承禧、王稚登、徐階、謝肇淛、袁宏道、袁小修、丘雲嶫（丘志充之父）、屠本畯、李日華、沈伯遠、文在茲、王宇泰、沈德符、馮夢龍等。傳抄本傳抄地點有北京、麻城、諸城、金壇、蘇州、沁陽等。

三、“後金瓶梅”《玉嬌麗（李）》之謎

因為《金瓶梅》流傳廣，影響大，被稱為“後金瓶梅”的《玉嬌麗》也特別引人注目。《玉嬌麗》這部可與《金瓶梅》相比肩的長篇世情書，今已佚，只有關於這部小説流傳的記載。《玉嬌麗》的內容是怎樣的？它的作者是否就是《金瓶梅》的作者？其藝術成就如何？現在還能不能發現這部小説？這是一些難解之謎。

關於《玉嬌麗》流傳的記載，是探尋其蹤跡的依據。謝肇淛寫〈金瓶梅跋〉，大約在明萬曆四十三年（1614），他看到的《金瓶梅》是“為卷二十”的不全抄本，於袁宏道得其十三，於丘諸城得其十五。謝肇淛稱讚此書為“稗官之上乘”，作者為“爐錘之妙手”。他在跋文最後提到《玉嬌麗》：“仿此者有《玉嬌麗》，然而乖彝敗度，君子無取焉。”（《小草齋文集》卷二四）從謝肇淛的這一記載可以明確：第一，在《金瓶梅》傳抄階段，仿作《玉嬌麗》已產生，也應該是抄寫流傳；第二，謝肇淛的記載語氣非常明確，他見到了《玉嬌麗》全本內容，對此書評價不高，認為其藝術成就趕不上《金瓶梅》；

第三，“仿此者（指《金瓶梅》）有《玉嬌麗》”，謝肇淛不認為《玉嬌麗》作者就是《金瓶梅》作者，《玉嬌麗》是學步《金瓶梅》的模仿之作。

沈德符《萬曆野獲編》卷二五記載：

> 中郎又云：“尚有名《玉嬌李》者，亦出此名士手，與前書各設報應因果。武大後世化為淫夫，上烝下報；潘金蓮亦作河間婦，終以極刑；西門慶則一騃憨男子，坐視妻妾外遇，以見輪迴不爽。”中郎亦耳剽，未之見也。去年抵輦下，從丘工部六區（志充）得寓目焉。僅首卷耳，而穢黷百端，背倫滅理，幾不忍讀。其帝則稱完顏大定，而貴溪、分宜相構亦暗寓焉。至嘉靖辛丑庶常諸公，則直書姓名，尤可駭怪。因棄置不復再展。然筆鋒恣橫酣暢，似尤勝《金瓶梅》。丘旋出守去，此書不知落何所。

題張無咎作《平妖傳》序兩種。一為〈天許齋批點《北宋三遂平妖傳》序〉云：“他如《玉嬌麗》《金瓶梅》，如慧婢作夫人，只會記日用帳簿，全不曾學得處分家政；效《水滸》而窮者也。”後署“泰昌元年長至前一日隴西張譽無咎父題”。另一本為得月樓刻本〈平妖傳序〉云：“他如《玉嬌麗》《金瓶梅》，另闢幽蹊，曲中雅奏。然一方之言，一家之政，可謂奇書，無當巨覽，其《水滸》之亞乎！”後署“楚黃張無咎述”。

袁中郎說《金瓶梅》《玉嬌麗》都出嘉靖大名士手。袁中郎並未見到《玉嬌麗》，其說顯係傳聞，並不可靠。沈德符讀了《玉嬌麗》首卷，指出暗寓貴溪（夏言）、分宜（嚴嵩）相構。這一點極其重要，已引起學者的重視。蘇興先生在〈《玉嬌麗（李）》的猜想與推衍〉（載《社會科學戰線》1987 年第 1 期）中，據此推論《玉嬌麗》作者可能是李開先。

張無咎把《玉嬌麗》《金瓶梅》並列論述，把《玉嬌麗》看得與《金瓶梅》同樣重要。有學者論證張無咎是馮夢龍的化名。馮夢龍對《玉嬌麗》的評價，更值得引起重視。他是"四大奇書"之說的首創者。

清康熙時，宋起鳳《稗說》卷三"王弇洲著作"條云：

> 聞弇洲尚有《玉（嬌）麗》一書，與《金瓶梅》埒，係抄本，書之多寡亦同。王氏後人鬻於松江某氏，今某氏家存其半不全。友人為余道其一二，大略與《金瓶梅》相頡頏，惜無厚力致以公世，然亦烏知後日之不傳哉！

阮葵生《茶餘客話》：

> 有《玉嬌李》一書，亦出此名士手，與前書各設報應，當即世所傳之《後金瓶梅》。

清人宋起鳳、阮葵生記載均係傳聞。阮葵生甚至認為《玉嬌李》當世所傳之《後金瓶梅》，係指丁耀亢之《續金瓶梅》。《玉嬌麗（李）》可稱之為"後金瓶梅"，但絕不就是丁耀亢作

《續金瓶梅》，丁作在清順治末年。《玉嬌麗（李）》產生在《金瓶梅》傳抄時的明隆慶、萬曆年間，且在明末已散佚，清代沒有人記載閱讀過。

把《玉嬌麗（李）》誤認為就是丁耀亢作《續金瓶梅》的傳聞，一直影響到現代。日本澤田瑞穗主編《增修金瓶梅資料要覽》著錄："繪圖玉嬌李，1927.1. 東京支那文獻刊行會刊，譯文 51 章，原文 12 回。" 據此，很容易使人認為《玉嬌麗》流傳到日本，在日本有刊本。在蘇興先生撰寫〈《玉嬌麗（李）》的猜想與推衍〉時，筆者把這一情況提供給蘇興先生，蘇興先生即飛函日本學者日下翠女士，請求幫助查閱。日下翠把五十多年前的舊版書《繪圖玉嬌李》從橫濱的筱原書店購來寄給蘇興先生。蘇興先生接到此書後，當即拿給我看。結果，《繪圖玉嬌李》，竟是《續金瓶梅》的改寫本《隔簾花影》的日本譯本，署"米田太郎譯"。米田氏序言說："稱作《玉嬌李》的，一般即指《隔簾花影》。" 日本學者受阮葵生等人的觀點影響，竟把《隔簾花影》當作《玉嬌李》而加以譯介。蘇興先生探求真理、核實材料的求實作風，幫助弄清了這一誤解，解開了《玉嬌麗（李）》尚存世之惑。

蘇興先生寫出〈《玉嬌麗（李）》的猜想與推衍〉前兩部分，讓我先睹為快。我對蘇興先生廣徵博引、求實治學的精神，甚為欽佩。蘇興先生意圖打開探求《金瓶梅》作者的一條新路：從《玉嬌麗（李）》研究入手，如果證實《玉嬌麗（李）》為李開先作，則可以反證《金瓶梅》也為李開先作。蘇文論證李開先辛丑被罷職，與夏言、嚴嵩相構有牽連；"蘭陵" 不作籍貫解釋，荀卿廢死蘭陵，李開先有相似之遭際，故李開先化名蘭陵笑笑生……這些論證，對探索《金瓶梅》作者極有啟發。

關於《玉嬌麗（李）》與丁耀亢《續金瓶梅》不是一書，前文已説明。但二者之間是否有一定關係呢？蘇興先生極重視這一問題，在〈《玉嬌麗（李）》的猜想與推衍〉中說：

> 前邊我推測的《玉嬌麗》的主要內容，與丁耀亢的《續金瓶梅》有合有不合，馬泰來〈諸城丘家與《金瓶梅》〉（《中華文史論叢》1984年第3輯）談到持有《玉嬌麗（李）》首卷的諸城丘志充（六區）的兒子"丘石常和同縣丁耀亢（1599—1669）至交友好，而今人皆以為《續金瓶梅》是丁耀亢所作。《玉嬌麗》和《續金瓶梅》的關係，亦需重新探討"。我體會馬泰來"需重新探討"的意見，其暗中含意恐非認為《續金瓶梅》就是《玉嬌麗》，而是意味著丁耀亢看到過丘家藏的《玉嬌麗》抄本（不能說沈德符看到的丘志充藏的《玉嬌麗》首卷，便證明丘藏只有首卷），以之為藍本加上己意寫成《續金瓶梅》。如果我對馬泰來先生的寓意沒有誤解的話，我則認為丁耀亢修訂《玉嬌麗》而寫成《續金瓶梅》可能是事實，從而由丁耀亢的《續金瓶梅》可稍窺《玉嬌麗》的內容。

我認為蘇興先生關於丁耀亢修訂《玉嬌麗》而寫成《續金瓶梅》這一推論，是很難成立的。

第一，丁耀亢寫作《續金瓶梅》的背景、時間、地點、政治目的，已搞得比較清楚。《續金瓶梅》寫成在順治十七年（1660）丁耀亢赴惠安任途中滯留杭州之時。順治十八年（1661）春，丁耀亢託友人在蘇州刊行。他懷著強烈的民族意識，以金喻清，以宋金戰爭影射清軍入關屠城等暴行。丁耀亢作為明遺民，有強烈的擁明反清思想。這與《玉嬌麗》以寫金世宗影射明世宗，暗寓夏言、嚴嵩相構的政治背景完全不同。

第二，丁耀亢在〈續金瓶梅後集凡例〉、正文第三十一回開頭一段等處，多次提到《續金瓶梅》與《金瓶梅》之關係，稱《金瓶梅》為前集，續作為後集。後集在背景、內容、藝術上雖與前集不同，但後集是緊接前集，以續作前集的面貌出現的。他在〈凡例〉中說：

> 前集中年月、事故或有不對者，如應伯爵已死，今言復生，曾誤傳其死一句點過。前言孝哥年已十歲，今言七歲離散出家，無非言幼小孤孀，存其意，不顧小失也。客中並無前集，迫於時日，故或錯訛，觀者略之。

這説明，丁耀亢儘管客居杭州，身邊未攜帶前集，但極注意在情節、人物年齡上與前集銜接、照應。續書是直接承前集而寫的。〈凡例〉又云：

> 前集止於西門一家婦女酒色、飲食言笑之事，有蔡

京、楊提督上本一二段，至末年金兵方入殺周守備，而山東亂矣。此書直接大亂，為南北宋之始，附以朝廷君臣忠佞貞淫大案，如尺水興波，寸山起霧，勸世苦心正在題外。

這也說明，續書一開始是直接前集，金兵入關，山東大亂。又如續書第三十一回開頭一段解說潘金蓮、龐春梅二人託生來世姻緣，又一次直接概述了前集情節：

那《金瓶梅》前集說的潘金蓮和春梅葡萄架風流淫樂一段光景，看書的人到如今津津有味。說到金蓮好色，把西門慶一夜弄死，不消幾日與陳經濟通姦，把西門慶的恩愛不知丟到那裏去了。春梅和金蓮與經濟偷情，後來受了周守備專房之寵，生了兒子，做了夫人，只為一點淫心，又認經濟做了兄弟，縱慾而亡。兩人公案甚明，爭奈後人不看這後半截，反把前半樂事垂涎不盡。如不說明來生報應，這點淫心如何冰冷得！如今又要說起二人託生來世因緣，有多少美處，有多少不美處，如不妝點的活現，人不肯看；如妝點的活現，使人動起火來，又說我續《金瓶梅》的依舊導慾宣淫，不是借世說法了。

續書就是接前集寫人物的"來生報應""託生來世因緣"。這些都與模仿《金瓶梅》的《玉嬌麗》無關。

第三，《續金瓶梅》卷首幾篇序文，以西湖釣史〈續金瓶梅集序〉最為重要，該序提出了很重要的小説理論。西湖釣史肯定情在小説中的作用，肯定《金瓶梅》是“言情小説”，提出“情生則文附”“情至則流”的觀點，並總結出顯與隱、放與止、誇與刺的藝術辯證關係，稗官野史足以翼聖贊經的社會作用，並指明作者寫《續金瓶梅》“以《金瓶梅》為之註腳，本陰陽鬼神以為經，取聲色貨利以為緯，大而君臣家國，細而閨壼婢僕，兵火之離合，桑海之變遷，生死起滅，幻入風雲，因果禪宗，寓言褻昵。於是乎，諧言而非蔓，理言而非腐，而其旨一歸之勸世”。這些都是丁耀亢的《續金瓶梅》創作特點與宗旨，一絲一毫未涉及《玉嬌麗》。西湖釣史在序文中談到小説史，論到三大奇書，就是隻字未提《玉嬌麗》。如果丁耀亢依據《玉嬌麗》加以修訂而寫成《續金瓶梅》，西湖釣史不會不提到。

石玲據丁耀亢〈訪查伊璜於東山不遇〉詩等資料，證出“西湖釣史書於東山雲居”之“東山雲居”為查繼佐住所，“西湖釣史”為查繼佐的別號（〈《續金瓶梅》的作期及其他〉）。查繼佐（1601—1676），字伊璜，號東山，晚號釣史。因居杭州西湖附近，自號“湖上釣史”“西湖釣史”，與丁耀亢早有交往。他為丁耀亢《續金瓶梅》寫序在順治十七年（1660），正是丁耀亢赴惠安任途中滯留杭州寫成續書之時。查繼佐肯定小説，對小説有一定研究，他會關心丁耀亢的創作過程和創作意圖，對丁耀亢的續書是完全了解的。

第四，《續金瓶梅》是一部帶有雜文性質的長篇小説，有大量的抽象議論。作者像對待學術著作那樣，把《續金瓶梅》

續金瓶梅集序
小說始於唐宋廣於元其體
不一田夫野老能與經史并
傳者大抵皆情之所留也情
生則文附焉不論其藻與俚
也金瓶梅舊本言情之書也

※〈續金瓶梅集序〉首半葉書影

言放言正言而以夸以刺無
不備焉者也以之翼聖也可
以之贊經也可
昔
順治庚子季夏西湖釣史書于

※〈續金瓶梅集序〉末半葉書影

借用書目列在卷前，共五十九目，包括經史子集、詞曲小說，《艷異編》《水滸傳》《西遊記》《平妖傳》均列其中。如果丁耀亢寫《續金瓶梅》借用了《玉嬌麗（李）》，也會列入借用書目。但借用書目中並未列有《玉嬌麗（李）》。序、凡例以及正文六十四回中，也無一處提到《玉嬌麗》。

據以上分析，筆者認為想從《續金瓶梅》探求《玉嬌麗（李）》的內容，恐怕是達不到目的的。我們應該相信謝肇淛所云，《玉嬌麗（李）》是模仿《金瓶梅》的。因此，即使《玉嬌麗（李）》作者探求到，也未必能解決《金瓶梅》作者之謎。不知道《玉嬌麗（李）》是否尚存人間？何時何地能發現？誰能發現？不然，關於《玉嬌麗（李）》的作者、內容仍然是中國小說史上的一個不解之謎。

§ 第二章 §

《新刻金瓶梅詞話》的發現與影印

一、《新刻金瓶梅詞話》的發現

《新刻金瓶梅詞話》，原為北平圖書館購藏本（現藏台灣台北故宮博物院圖書文獻館），為《金瓶梅》的現存最早刻本，但遲至 1931 年冬才被發現。它的發現是中國文化史上的一個重大事件，是小說史上一樁頗具傳奇色彩的佳話。它是國寶級文學遺產，應列入世界文化遺產名錄。

1931 年冬，北平文友堂（再轉手到琉璃廠索古堂書店）的太原分號，在山西介休縣收購到一部木刻大本的《新刻金瓶梅詞話》，十卷，無插圖，無評語。當時只把它視為一般古籍，未認識到它的重要價值。在北平，經過胡適、徐森玉、鄭振鐸、趙萬里、孫楷第等專家鑒定，它才被確認是早於崇禎本《金瓶梅》的早期刻本，後由北平圖書館出價九百五十元銀元收購入藏。

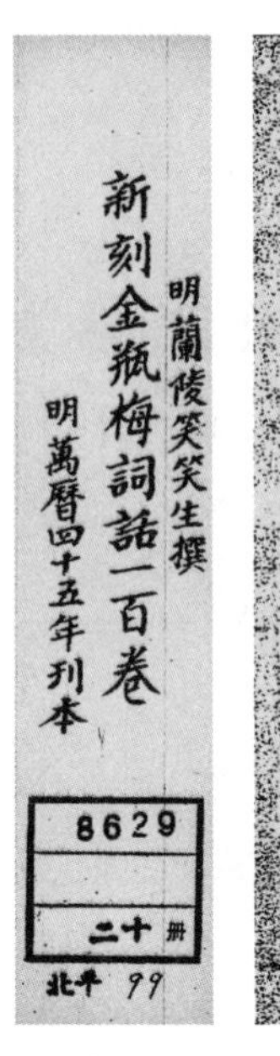

明蘭陵笑笑生撰
新刻金瓶梅詞話一百卷
明萬曆四十五年刊本
8629
二十冊
北平 99

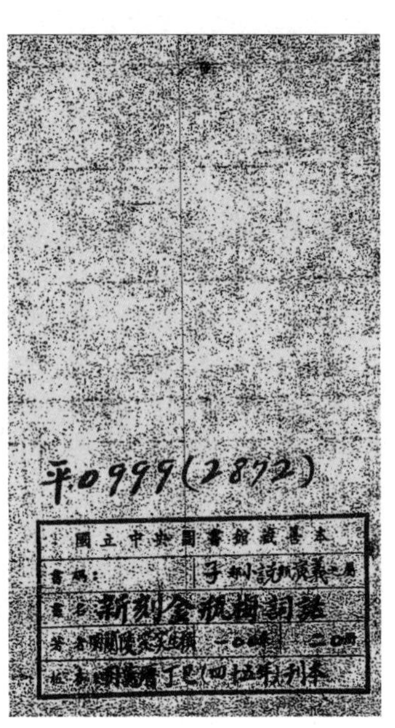

※北平圖書館購藏本（現藏台灣台北故宮博物院）圖書館館藏編號

經凶禍不蒙耻辱者亦幸矣吾
故曰笑笑生作此傳者葢有所
謂也
欣欣子書于明賢里之軒

※〈金瓶梅詞話序〉末半葉書影

金瓶梅詞話序
竊謂蘭陵笑笑生作金瓶梅傳
寄意於時俗葢有謂也人有七
情憂鬱爲甚上智之士與化俱
生霧散而冰裂是故不必言矣
次焉者亦知以理自排不使爲

※〈金瓶梅詞話序〉首半葉書影

※《金瓶梅詞話》第一回首半葉書影

新刻金瓶梅詞話卷之一

第一回

景陽岡武松打虎　潘金蓮嫌夫賣風月

詞曰。丈夫隻手把吳鈎。欲斬萬人頭。如何鉄石打成心性。却爲花柔。請看項籍并劉季。一似使人愁。只因撞着虞姬戚氏。豪傑都休。

此一隻詞兒。單說着情色二字。乃一體一用。故色絢于目。情感于心。情色相生。心目相視。亘古及今。仁人君子。弗合忘之。晉人云。情之所鍾。正在我輩。如磁石吸鐵。隔礙潛通。無情之物尚爾。何況爲人。終日在情色中。做活計一節。須[illegible]丈夫隻手把吳鈎。吳鈎。乃古劍也。古有干將莫邪。太阿。吳鈎。魚腸。屬鏤之名。言丈

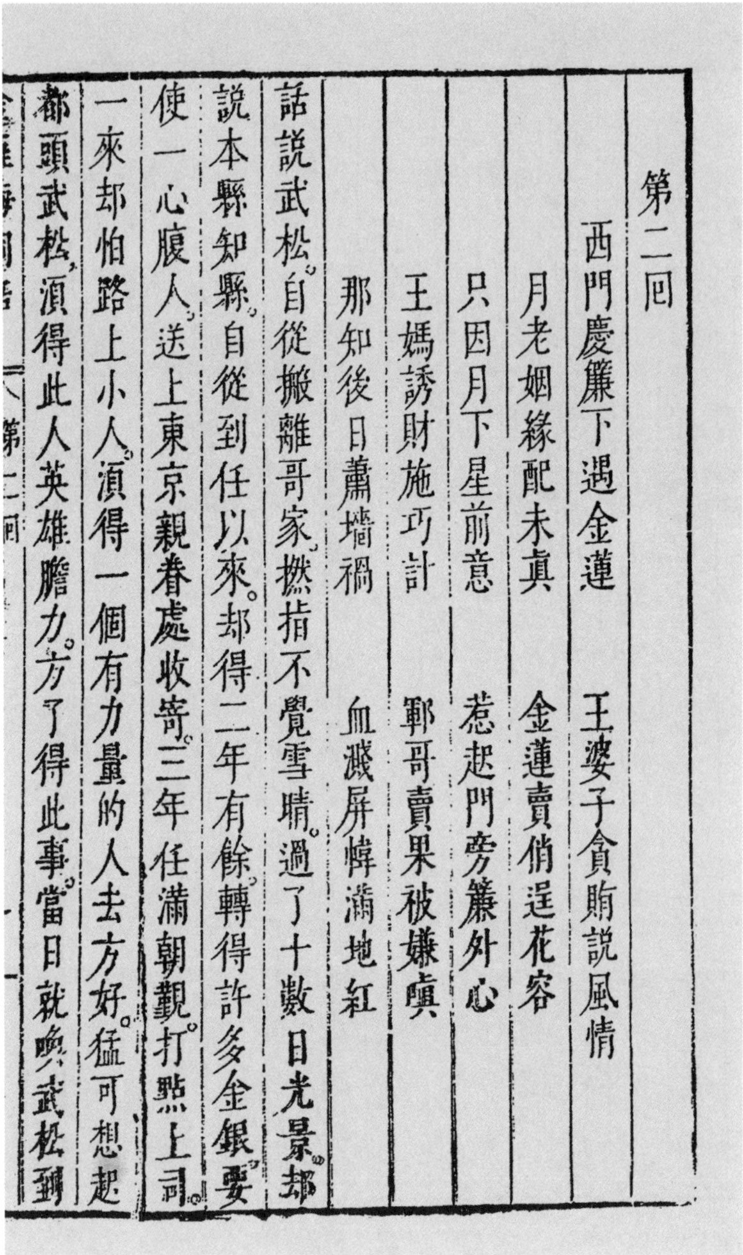

第二回

西門慶簾下遇金蓮　王婆子貪賄說風情

月老姻緣配未真　金蓮賣俏逞花容
只因月下星前意　惹起門旁簾外心
王媽誘財施巧計　鄆哥賣果被嫌嗔
那知後日蕭墻禍　血濺屏幃滿地紅

話說武松。自從搬離哥家。撚指不覺雪晴。過了十數日光景。却說本縣知縣。自從到任以來。却得二年有餘。轉得許多金銀。要使一心腹人。送上東京親眷處收寄。三年任滿朝覲。打點上司。一來却怕路上小人。須得一個有力量的人去方好。猛可想起都頭武松。須得此人英雄膽力。方了得此事。當日就喚武松到

※《金瓶梅詞話》第二回首半葉書影

※古佚小說刊行會影印本第一回首葉蓋有「古佚小說刊行會章」（篆字，紅色，豎刻長方形），第一百回第十七葉A面左下蓋有同上印章。

新刻金瓶梅詞話卷之一

第一回

景陽岡武松打虎　潘金蓮嫌夫賣風月

詞曰丈夫隻手把吳鉤欲斬萬人頭如何鐵石打成心性却為花柔請看項籍并劉季一似使人愁只因撞着虞姬戚氏豪傑都休

此一隻詞兒單說着情色二字乃一體一用故色絢于目情感于心情色相生心目相視亘古及今仁人君子弗合忘之晋人云情之所鍾正在我輩如磁石吸鐵隔礙潜通無情之物尚爾何況為人終日在情色中做活計一節須知丈夫隻手把吳鉤吳鉤乃古劍也古有干將莫邪太阿吳鉤魚腸躅鏤之名言丈

不說普靜老師幻化孝哥兒去了且說吳月娘與吳二舅衆人在永福寺住了那到十日光景果然大金國立了張邦昌在東京称帝置文武百官徽宗欽宗兩君北去康王泥馬度江在建康即位是為高宗皇帝拜宗澤為大將復取山東河北分為兩朝天下太平人民復業後月娘歸家開了門戶家產器物都不曾疎失後就把玳安改名做西門安承受家業人称呼為西門小員外養活月娘到老壽年七十歲善終而亡此皆平日好善看經之報也有詩為証

閑閱遺書思惘然　誰知天道有循環

西門豪橫難存嗣　經濟顛狂定被殲

樓月善良終有壽　瓶梅淫佚早歸泉

可憐金蓮遭惡報　遺臭千年作話傳

金瓶梅詞話卷之一百回終

1933 年，孔德學校圖書館主任馬廉（隅卿）先生採用集資登記的辦法，以“古佚小説刊行會”名義影印一百零四部，同時影印崇禎本插圖二百幅，合印一冊配附。複印件共兩函二十一冊（圖一冊，原書影印二十冊）。插圖影印以王孝慈舊藏本為底本（王孝慈舊藏本只存插圖）。北圖購藏本第五十二回缺第七、八兩葉，複印件未補缺葉。

古佚小説刊行會影印本，係縮版影印，正文第一回蓋有“古佚小説刊行會章”（紅色、篆字、豎刻、長方形），有編號。第一百回第十七葉 A 面左下也蓋有篆文紅色“古佚小説刊行會章”。西北大學圖書館珍藏部藏古佚小説刊行會本封底有説明文字：“本書限印一百零四部之第三拾三部。”

古佚小説刊行會影印本發售之後，在上海、在日本出現了據刊行會再影印的本子。這種再影印本，“古佚小説刊行會章”變成了墨色。有一種第五十二回第七、八葉無正文，有一種第五十二回第七、八兩葉據崇禎本抄補。

1957 年，人民文學出版社據古佚小説刊行會本影印，影印時第五十二回缺的第七、八兩葉用崇禎本抄補。人民文學出版社於 1991 年再版影印本時，第五十二回所缺第七、八兩葉，改用日本大安株式會社 1963 年版影印本配補。

1963 年，日本大安株式會社據日本所藏詞話本影印配本《金瓶梅詞話》，以棲息堂藏本為主，採用慈眼堂藏本五百零七個單面頁，用北圖購藏本第九十四回兩個單面頁配補，大安本實際上是個百衲本。大安本附有〈修正表〉，列出印刷不鮮明、不清楚的字三百八十六個，標出正體及其回目出處。2012 年，

※日本大安株式會社版《金瓶梅詞話》書影

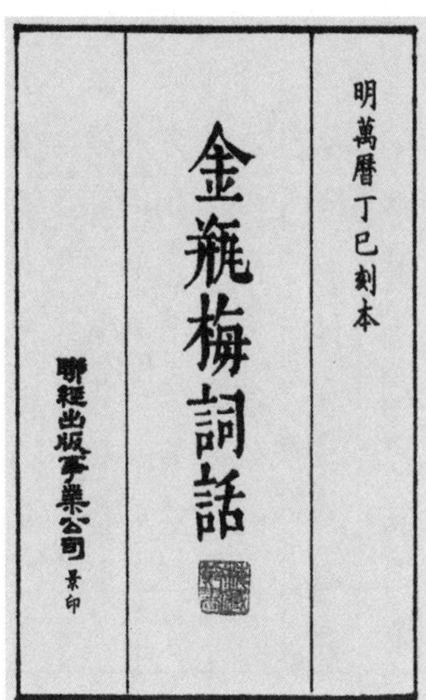
明萬曆丁巳刻本

金瓶梅詞話

聯經出版事業公司 景印

※台北聯經出版事業公司版《金瓶梅詞話》內封

※古佚小說刊行會影印本第五十二回七、八兩葉缺，用崇禎本同回抄寫配補。

1385

看見說道。好東西兒。他不知那里剜的送來。我且嚐箇兒着。一手搯了好幾箇。遞了兩箇與謝希大說道。還有活到老死。還不知此是甚麽東西兒哩。西門慶道。怪狗才。還沒供養佛。就先搯了吃。伯爵道。甚麽沒供佛。我且入口無賍着。西門慶分付。交到後邊收了。問你三娘討三錢銀子賞他。伯爵問。是李錦送來。是黃寧兒。平安道。是黃寧兒。伯爵道。今日造化了這狗骨禿了。又賞他三錢銀子。這里西門慶看着他兩箇打雙陸不題。且說月娘和桂姐、李嬌兒、孟玉樓、潘金蓮、李瓶兒、大姐。都在後邊吃了飯。在穿廊下坐的。只見小周兒在影壁前探頭舒腦的。李瓶兒道。小周兒你來的好。且進來與小大官兒剃剃頭。他頭髮都長長了。小周兒連忙向前都磕了頭。

金瓶梅　第五十二回　二

牙筯。擺放停當。西門慶走來坐下。然後拿上三碗麵來。各人自取澆滷。傾上蒜醋。那應伯爵與謝希大。拏起筯來。只三扒兩嚥。就是一碗。兩人登時。狠了七碗。西門慶兩碗。還吃不了。說道我的兒你兩個吃這些。伯爵道哥今日這麵是那位姐兒下的。又爽口。又好吃。謝希大道。本等滷打的停當。我只是剛纔家里吃了飯來了。不然我還禁一碗。兩個吃的熱上來。把衣服脫了。搭在椅子上。見琴童兒收家活。便道大官兒。到後邊取些水來。俺每漱漱口。謝希大道。溫茶兒又好。熱的盪的死蒜臭。少頃畫童兒拿茶至。三人吃了茶。出來。外邊松墻外。各花臺邊。走了一遭。只見黃四家。送了四盒子禮來。平安兒掇進來。與西門慶瞧。一盒鮮烏菱。一盒鮮荸薺。四尾冰湃的大鰣魚。一盒枇杷果。伯爵

1384

台灣里仁書局據梅節藏大安本重印。

1978 年，台北聯經出版事業公司以傅斯年藏古佚小說刊行會本為底本按原刻尺寸影印，第五十二回第七、八兩葉以大安本配補，並據北圖購藏本描抄朱墨改處，版式雖為雙色，但正文虛浮湮漶，朱文屢有移位、變形、錯寫之失。如第二十回十三葉，原文“蒙爹娘招舉”，古佚小說刊行會本改“招”為“抬”，是在“召”上面改為“台”，聯經本在旁邊另寫“抬”。這說明聯經本據北圖購藏本改墨為朱時未能忠實於原版。

1982 年，香港太平書局影印《金瓶梅詞話》，分裝六冊。〈出版說明〉謂據古佚小說刊行會本影印，細閱，即可發現實據 1957 年文學古籍刊行社（人民文學出版社的副牌）重印的修版本影印的。

二、現存《金瓶梅詞話》四種是否同版？

《新刻金瓶梅詞話》存世四種本子：北平圖書館購藏本、日本日光山輪王寺慈眼堂藏本、日本德山毛利氏棲息堂藏本、日本京都大學圖書館藏本。北圖購藏本，有朱筆塗改處，係原藏者隨手校改。缺第五十二回第七、八兩葉，有〈欣欣子序〉〈廿公跋〉〈東吳弄珠客序〉。日本日光山輪王寺慈眼堂藏本第五回末葉有十一行文字與日本德山毛利氏棲息堂藏本不同。棲息堂藏本第五回末葉有八行用《水滸傳》文字刻印配補。日本京都大學圖書館藏本殘存二十三回（實存七個整回和十六個殘回）。

北圖購藏本，版框四周單欄，半葉十一行，行二十四字，句末有圓圈。書口白魚尾（約有十五葉為黑魚尾）。刻字為橫輕直重明體字，字體瘦長（可以多刻文字，節省板材），具有鮮明的萬曆後期至明末的版刻特點：白口長字有諱（如“鈞”諱為“鈎”），刀鋒清晰鋭利。

日藏慈眼堂藏本、棲息堂藏本、京都大學圖藏本的版式同北圖購藏本。第十五回第十五葉 B 面第八行第三字“次”缺兩筆畫，均同。第八十六回第七葉 B 面第五行“如同”“臭屎”四字之間缺二字為墨塊，皆同。第八十八回第一葉書口為黑魚尾、第八十六回第一、二、三葉為黑魚尾，第九十回第一、二葉為黑魚尾，第九十二回第十三、十四葉為黑魚尾，第二十五回第十一、十二葉為黑魚尾，第四十八回第二、七、八葉為黑魚尾，皆同。吳曉鈴、魏子雲、馬泰來、雷威安等認為今存詞話本為同版。

但是，從版式特徵細微處考查，也有一些疑點。第十四回“當官問你家則下落”，慈眼堂藏本“家則”作“家財”。第十五回第二葉 B 面“雷鰲”二字，北圖購藏本清晰，其他本不清晰。第二回第八葉 B 面二行一字“便”，北圖購藏本不缺，其他本缺。棲息堂藏本卷首序跋次序為〈欣欣子序〉〈東吳弄珠客序〉〈廿公跋〉，與北圖購藏本不同。孫立川在〈京都大學所藏《金瓶梅詞話》殘本〉（載《明報月刊》1990 年 9 月號）中認為：“此三本都依同一版而梓印，而京都大學殘本應在此兩本之後。”即認為三種本為同版而印次先後有不同。

《新刻金瓶梅詞話》存世四種本子中，以北圖購藏本最為精良。很可惜，因未據現有印刷技術水平將此藏本加以仿真影印，很多學者難見北圖購藏本原貌。僅據古佚小說刊行會影印本、人民文學出版社據古佚小說刊行會本再影印本，容易產生誤判。而且由於修版影印，有失真之處。

北圖購藏本多用俗別字、異體字、記音字[1]、自造字、文言稀見字、刊誤字。一般讀者讀不懂，讀不通，易產生錯覺，以為“錯亂”“蕪雜”。其實，詞話本語句大多是通順的。詞話本原生態的人物對話，個性鮮明，模擬當時口語。以今日標準的書面語衡量，可能會誤認為囉嗦、蕪雜，不符合今日語言規範。

三、現存北圖購藏本《金瓶梅詞話》是初刻本嗎？

魯迅《中國小說史略》誤讀《萬曆野獲編》有關文字，提出萬曆三十八年庚戌（1610）說。《萬曆野獲編》中說：

> 吳友馮夢龍見之驚喜，慫恿書坊以重價購刻。馬仲良時榷吳關，亦勸予應梓人之求，可以療飢。……仲良大以為然，遂固篋之。未幾時，而吳中懸之國門矣。

魏子雲考證：馬仲良（之駿）“時榷吳關”在萬曆四十一

1 記方言音而不表意，第六十四回“小的每得了飯了”，“得”“逮”音近義同，“得飯”即“逮飯”，意為“吃了飯了”。第六十五回“吃個酒飯了”，“個”“過”音近義同。

年（1613），《金瓶梅》不可能刻印在萬曆三十八年（1610）。吳曉鈴在〈《金瓶梅詞話》最初刊本問題〉（見《金瓶梅藝術世界》，吉林大學出版社 1991 年版）中說："我始終認為現存《新刻金瓶梅詞話》是這部長篇小說的最早刊本，亦即第一個刻本，在明神宗萬曆四十五年丁巳（1617）'吳中懸之國門'的那個本子。"鄭振鐸、鳥居久靖、韓南、梅節等認為現存詞話本之前還有初刻本。長澤規矩也、馬泰來、黃霖等人的意見與吳曉鈴略同。

四、現存詞話本後二十回是續作嗎？

《金瓶梅》主角西門慶死於第七十九回，後二十回以春梅、陳經濟為主要人物。前八十回塑造了潘金蓮、李瓶兒、孟玉樓、吳月娘、宋惠蓮等眾多具有多重複雜性格的人物，已由情節小說轉變為性格小說，實現了中國小說藝術的歷史性轉變，跨入了近代小說藝術的門檻。後二十回塑造人物、敘述故事，又退回到情節小說的舊路，列舉式描述，游離出前八十回的生活流與網絡結構，人物性格單一平面。後二十回過多地寫春梅的淫亂行為，最後死在奴僕身上，與前八十回中春梅的高傲矜持性格相脫離。

出現這種情況，有兩種可能：第一種可能是作者在前八十回才情用盡，至八十回後缺少了激情與原有的創造力，鬆弛下來，又重蹈覆轍，走了輕車熟路；第二種可能是另一位作者的續作。這都有待進一步研究。

§ 第三章 §

北平圖書館購藏本《新刻金瓶梅詞話》影印出版

一、北平圖書館購藏本《新刻金瓶梅詞話》的流浪滄桑

《新刻金瓶梅詞話》在山西介休被發現後，入藏北平琉璃廠文友堂，再轉手到琉璃廠述古堂。經胡適、徐森玉、鄭振鐸、趙萬里、孫楷第專家鑒定後，由北平圖書館購藏，存放於該館善本甲庫。

1931 年，日本發動“九一八事變”，平津局勢危急，國民政府策劃文物南遷。1933 年 1 月，北平圖書館將館藏善本陸續寄存於德華銀行、天津大陸銀行、華北協和華語學校。1935 年，日軍發動“華北事變”後，國民政府教育部指令善本南遷，《新刻金瓶梅詞話》在南遷圖書之中。南遷圖書曾寄存於上海商業儲蓄銀行、中國科學社、中央研究院化學物理工程研究所、國立中央大學圖書館、故宮博物院南京分院等單位。《新刻金瓶梅詞話》隨之輾轉各地。

1937 年底，南京淪陷後，國民政府決定將存滬善本寄存於美國國會圖書館，待戰爭結束後歸還原主，准許美國國會圖書館拍攝縮微膠片。1943 年，美國國會圖書館聘請王重民先生主持，對寄存善本拍攝縮微膠片（下文簡稱“國會膠片”）。1947 年，王重民先生歸國時帶回一份，現存於國家圖書館，《金瓶梅詞話》原書現存台北故宮博物院圖書文獻部。[1]

二、北平圖書館購藏本《新刻金瓶梅詞話》灰度影印出版

新加坡南洋出版社以北平圖書館購藏本國會膠片正片為製作底本，以高度忠於原書版本的灰度影印出版，使“金學”學者與讀者得以親密接觸詞話本，具體了解其版本形態，從而有助於研究相關學術問題。

北平圖書館購藏本每半葉 11 行，行 24 字。版框單線，有行格線。敘述散文有圈點，詩詞多無圈點。版框長 23.1 厘米，寬 13.7 厘米。

萬曆時創製的方體字筆畫橫細豎粗，不同於嘉靖本字體，也不同於清初的長方體字。通過南洋出版社影印本，我們可清晰看到方版整齊、橫平豎直、橫細豎粗的萬曆方體字。該書氣韻飽滿，疏朗有序，寫樣、版刻都是高水平的，是晚明古籍刊本中的精品佳構。

扉頁失去，應屬萬曆坊刻本，扉頁牌記應署“本衙藏板”。

1 摘引自張青松〈美國國會圖書館攝製金瓶梅詞話介休本膠片初探〉，見《第十三屆〈金瓶梅〉國際學術研討會論文集》，2017 年 11 月，大理。

金瓶梅詞話　　三

銀子收了。今日姐夫莵桃頭與我。我讓他吃茶。他不吃。忙忙就
上頭口來了。幾時進屋裏吃酒來。原來咱家這大官兒恁快搗
謊駕舌。月娘吃他一篇說的不言語了。說道。我只怕一時被那
種子設念。隨邪差了念頭。薛嫂道。我是三歲小孩兒。豈可恁些
事兒不知道。你那等分付了我。我長吃好短吃好。他在那裏也
沒得久停久坐。與了我枕頭。茶也沒吃。就來了。幾曾見咱家小
大姐面兒來。萬物也要個真實。你老人家就上落我起來。既是
如此。如今守備周爺府中。要他圖生長。只出十二兩銀子。看他
若添到十三兩上。我兌了銀子來罷。說起來守備老爺前者在
咱家酒席上。也曾見過小大姐來。因他會這几套唱。好模樣兒。
纔出這几兩銀子。又不是女兒。其餘別人。出不上。出不上。這薛

※北平圖書館購藏本《新刻金瓶梅詞話》第八十六回第三葉B面書影

書口以白魚尾為主，也有少量黑魚尾，如第四十八回有5葉，第五十一回有4葉，第八十六回有9葉，第八十七回有4葉，第八十八回有1葉，第九十回有2葉，第九十二回有2葉，共計27葉。白口單魚尾，書名提到魚尾之上，下有卷次，這是晚明萬曆本的顯著特徵。明中期嘉靖本雙黑魚尾居多。白口單魚尾刊本中有少量黑魚尾，反映由明中期嘉靖向晚明萬曆、崇禎刊刻版式的過渡。

《新刻金瓶梅詞話》北平圖書館購藏本版面有墨丁三處。第八十六回第三葉A面有一墨丁佔一字位，B面有一墨丁佔一字位，在旁評批者補一"説"字。第八十六回第七葉B面有一墨丁佔兩字位。一般認為有墨丁的版片是初刻版。北平圖書館購藏本有斷版，如：第七十八回第十六葉A面有兩處斷版，第二十葉B面有一處斷版，第二十三葉B面有一處斷版，第二十四葉B面有一處斷版，第二十八葉B面有一處斷版。第七十九回第十二葉B面、第十五葉A面、第十六葉B面、第二十二葉B面有斷版。這説明北平圖書館購藏本是據初刻版的後印本。多數學者認為詞話本現存三部半是同版。初刻版的初印本，質量應比北平圖書館購藏本更精良，不知道在中國內地或日本的民間能否發現。

《新刻金瓶梅詞話》北平圖書館購藏本，有塗改者的朱墨兩色改字處約826處，有評批者手寫眉批、行間小批約86處。

塗改者的改法很不統一。有在某字添偏旁的，有在原著字上改後遮蓋原字的，有在原著某字旁加字的。有幾處，塗改者認為可刪掉的，則加上一條豎線表示刪除。第四十七回第四葉A面用筆畫去8字“道主人之冤當雪矣”。第九十八回第三葉A面，“死的不好相似那五代的李存孝漢書中彭越”18字畫一豎線表示刪除。這是一種很粗淺的行為。改字改錯的地方較多。第四十三回，“小飄頭”改為“小闞頭”。第六十七回，“棗胡解板兒”，把“胡”改為“核”。第七十九回，“黑影子……向西門慶一拾”，改“拾”為“撲”。第九十五回，“忘八”改為“王八”。第九十七回，“髓餅”改為“細餅”。第九十九回，“可憐”改為“可笑”。第一百回，“呷了一口”改為“吃了一口”。也有地方改得有參考價值，但整體看，塗改者功不抵過。塗改者可能是近現代存藏者，他不是一位藏書家，對此珍貴版本不知愛惜珍藏，很多頁面墨痕斑斑，茶漬污染處也很多。

評批者的評語，從墨跡看，可能是兩位。一位的筆跡較濃，字體清晰，評語也有一定水平，第七十六回眉批“大抵玉樓做事處處可人”。第九十一回眉批“瓶兒死的好，玉樓走的好”。第九十八回在“愛姐一心想著經濟”處眉批“便見貞性”。第九十九回眉批“王六兒有這好女兒”。

另一位評批者筆跡細，字小而潦草，評語水平一般。第八十七回寫武松殺潘金蓮，第九葉有三處行間小批。在“被武松向爐內搊了一把香灰塞在他口”句評“亦當吮咂”。在“把刀子去婦人白馥馥心窩內只一剜”句評“快哉”。在“那婦人就星眸半閃”句評曰“當叫達達”。評語毫無悲憫同情之心，只是淺薄的戲謔。崇禎本評改者在此處眉批曰：“讀至此不敢生悲，不忍稱快，然而心實惻惻難言哉。”表達了對潘金蓮的

※北平圖書館購藏本《新刻金瓶梅詞話》第八十七回第九葉書影

十從頭至尾說了一遍王婆聽見只是暗地叫苦說傻才料你實說了却教老身怎的支吾這武松一面就靈前一手揪着婦人一手澆奠了酒把紙錢點着說道哥哥你陰魂不遠今日武二與你報仇雪恨那婦人見頭勢不好纔待大叫被武松向爐內撾了一把香灰塞在他口就叫不出來了然後腦揪番在地那婦人掙扎把鬏髻簪環都滾落了武松恐怕他掙扎先用油靴只顧踢他肋肢後用兩隻腳踏他兩隻胳膊便道淫婦自說你伶俐不知你心怎麽生着我試看一看一面用手去攤開他胸脯說時遲那時快把刀子去婦人白馥馥心窩內只一剜剜了個血窟窿那鮮血就邈出來那婦人就星眸半閃兩隻腳只顧登踏武松口噙着刀子雙手去斡開他胸脯撲扢的一聲把

同情，深得作家為文之用心的複雜感受。兩相比較可知，此位評批者不可能是位作家文人，更不可能是晚明轉型期啟蒙思潮背景下的文人。

北圖購藏本據詞話本初刻版後印，初刻年代當在萬曆四十八年（1620）。薛岡《天爵堂筆餘》：“往在都門，友人關西文吉士以抄本不全《金瓶梅》見示，余略覽數回，謂吉士曰：‘此雖有為之作，天地間豈容有此一種穢書？當急投秦火。’後二十年，友人包岩叟以刻本全書寄敝齋，予得盡覽。……簡端序語有云：‘讀《金瓶梅》而生憐憫心者菩薩也，生畏懼心者君子也，生歡喜心者小人也，生效法心者禽獸耳。’序隱姓名，不知何人所作，蓋確論也。”諸多學人考證，文在茲在萬曆二十九年（1601）前後有不全抄本。後二十年約在萬曆四十八年（1620），包岩叟以“刻本全書”寄贈薛岡，此刻本即《新刻金瓶梅詞話》初刻本。王世貞藏有全本，萬曆十八年（1590），王世貞逝世。萬曆二十四年（1596），袁宏道致董其昌信，傳遞抄本信息。萬曆四十八年（1620），刻本全書問世，結束了抄本流傳年代。以此推測，北圖購藏本後印大約在崇禎二年（1629）。《幽怪詩譚》聽石居士〈小引〉傳遞了湯臨川賞《金瓶梅詞話》這一重要信息。湯顯祖是欣賞《金瓶梅》的最初讀者之一。劉守有是湯顯祖的表兄弟，劉守有之子承禧是抄本收藏者，湯顯祖從劉承禧處讀《金瓶梅》抄本。湯顯祖創作《南柯記》[完成於萬曆二十八年（1600）]，受《金瓶梅》影響。湯顯祖逝世於萬曆四十四年（1616），聽石居士寫〈小引〉時，湯顯祖已逝世十三年。此時崇禎本尚在改寫，並未流傳，詞話本傳播已近十年。〈小引〉所説《金瓶梅詞話》，即在崇禎初年的後印本。

到清初順治十七年（1660），丁耀亢自刊《續金瓶梅》。《續金瓶梅》順治刊本扉頁題《續金瓶梅後集》，在這一題目左側有介紹創作宗旨的一段文字："《金瓶梅》一書，借世説法，原非導淫，中郎序之詳矣"，"翻舊本作新書"。《續金瓶梅》凡例中説："前集名為詞話，多用舊曲"，"客中並無前集"。在杭州刊印《續金瓶梅》時，其身邊並無詞話本。丁耀亢藏《金瓶梅詞話》應在家鄉諸城。丁耀亢藏詞話本應是崇禎二年的後印本。

在丁耀亢之後，宋起鳳《稗説》卷三提出王世貞"中年筆"之説，論述肯定而詳贍，是在謝肇淛〈金瓶梅跋〉之後最有深度的專論。宋起鳳在金陵與薛岡交遊，都與《金瓶梅》流傳、研究有密切關係。從《稗説》卷三這一《金瓶梅》專論可以看出，到清康熙年間，《金瓶梅》仍是文人學士的熱議話題。

張竹坡（1670—1698）在康熙三十四年（1695）評點刊刻《皐鶴堂批評第一奇書金瓶梅》，以崇禎本為底本，未見他關於詞話本的言論。康熙四十七年（1708），和素主持翻譯刊刻滿文本《金瓶梅》，以崇禎本為底本（也參考了張竹坡評本）。這都説明詞話本已較少流傳。據日本學者上村幸次所云，1962年秋天，從山口縣德山市，毛利就舉氏書庫裏發現《金瓶梅詞話》，又據1708年毛利家所藏圖書目錄著錄《金瓶梅詞〔話〕》十八冊，即至遲在康熙四十七年（1708），《金瓶梅詞話》後印本傳入日本。此後在乾隆以後，未見詞話本信息，到1931年

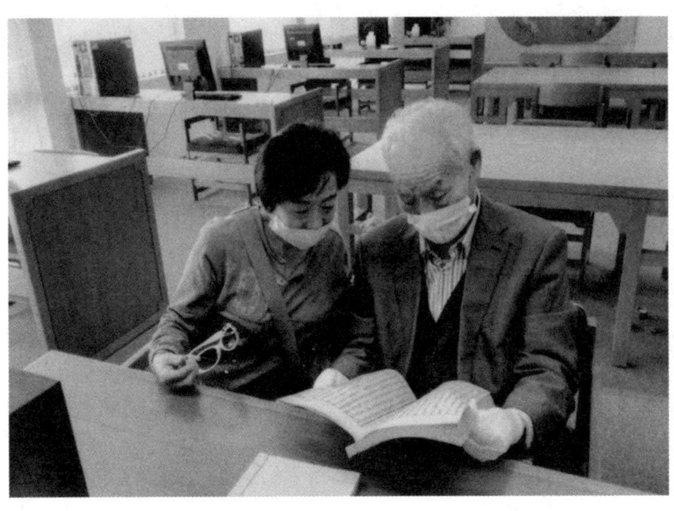

※筆者在台北故宮博物院與曾慶雨教授一起閱覽北平圖書館購藏本

冬，在山西介休縣發現了詞話本，北平圖書館從琉璃廠述古堂購藏，現藏台北故宮博物院圖書文獻部。筆者曾三次到台北故宮博物院借閱詞話本，因管理嚴格，不允許拍照，故所得印象是朦朧的。

三、北平圖書館購藏本《新刻金瓶梅詞話》彩色影印出版

2021 年 10 月，台灣里仁書局經台北故宮博物院正式授權，影印出版北平圖書館購藏本《新刻金瓶梅詞話》，專業製作，影像清晰，保存了詞話本的原版面貌。書前有里仁書局編輯部撰〈出版前言〉，詳細介紹了北圖購藏本在抗戰時期的流傳過程。關於版本問題，該前言作了介紹：

故宮藏本《新刻金瓶梅詞話》凡十卷一百回，分裝二十冊，四眼裝訂。書名頁缺失。……書高二十八點三公分，寬十八點四公分。……正文半葉十一行，行二十四字。白口四周單邊，單白魚尾（少數黑尾），有界欄。封面有書名簽條，右上角有阿拉伯數字書寫的冊數編號，簽條題"金瓶梅詞話"，下題"首冊 / 全二十冊"，卷端題"新刻金瓶梅詞話"。此本保存完善，僅第五十二回缺七、八兩葉，計四面。首葉"金瓶梅詞話序"下端，和書尾最後一頁末端，鈐有"國立北平圖書館收藏"圖章。全書有朱墨筆校改，及朱墨筆之眉批、側批。書在歷史流傳過程中有過重裝及裁切，導致天頭部分批語被裁去半個字，留下遺憾。……一九三三年三月，由馬廉、胡適、徐森玉等約二十人倡導集資，據當時北平圖書館藏本影印，以"古佚小說刊行會"名義，單色縮小影印一百零四部，稱為"古佚本"。……分裝二函二十一冊。首冊影印收錄袁克文、王孝慈舊藏《金瓶梅圖》二百幅。……所缺第五十二回第七、八兩葉無正文……古佚本批語僅剩四十五條。……在日本也先後發現了兩部一殘本《詞話》，均與故宮本同版。……一九四一年，日本學者豐田穰和中國學者王古魯在日光山輪王寺慈眼堂訪書時，共同發現一部《詞話本》，十卷一百回，分裝十六冊，內文缺五葉。一九六二年秋，在德山毛利氏棲息堂又發現一部，十卷一百回，分裝十八冊，內文缺三葉（此本近歸日本周南市美術博物館收藏）。

經過幾十年的努力，里仁書局終於影印出版詞話本，使學界得見北平圖書館購藏本的真面貌，為金瓶梅研究作出了重要貢獻。

四、從版本文獻探索《新刻繡像批評金瓶梅》與詞話本之關係

1.〈金瓶梅序〉，“萬曆丁巳季冬東吳弄珠客漫出於金閶道中”，崇禎本簡為“東吳弄珠客題”，刪去題序時間、地點。在詞話本中，此序排在〈欣欣子序〉〈廿公跋〉之後，説明比前兩篇晚出。崇禎本略去題序時地，説明崇禎本刊印在詞話本後，此序不是專為崇禎本刊印而寫，在崇禎本刊印前已有。

2. 詞話本第五回“忤作”，誤，應作“仵作”，舊時官署中檢驗死傷的吏役。崇禎本第五回相沿而誤。詞話本第二十六回：“知縣自恁要做分上，胡亂差了一員司吏，帶領幾個仵作來看了。”此處不誤，崇禎本相沿亦不誤。詞話本第五回“無淚無聲謂之號”，“無聲”應作“有聲”。崇禎本相沿誤作“無聲”。

3. 詞話本第五回“吋耐王婆那老豬狗”，吋耐，叵因耐而加“寸”偏旁弄齊。崇禎本相沿亦作“吋耐”。刻本用字，不同於稿本或抄本，不能據刻本用字來推斷作者的文化程度高低。

4. 西門慶十兄弟中的常時節，在崇禎本改作“常峙節”。崇禎本第十一回“應伯爵、謝希大又約會了孫寡嘴、祝實念、常時節，每人出五分分子，都來賀他”。崇禎本此回仍作“常

時節”，寫樣時保留了詞話本的痕跡。

5. 詞話本第十三回回目“李瓶兒隔牆密約”，崇禎本改為“李瓶姐牆頭密約”，崇禎本第十三回圖題作“隔牆密約”，仍同詞話本。

6. 詞話本第五十二回：“西門慶道：你兩個打雙陸，後邊做著個水面。”崇禎本刪去一“個”字。葉桂桐校“個水面”為“過水面”。“個”字音義同“過”字。“個水面”即“過水面”，將麵條煮好後，放到冷水裏浸一下再往碗裏盛，即為涼麵。詞話本中“個”“過”“顧”“故”四字同音，常互相借用。第五十五回中“只顧”寫作“只個”等。[1]

7. 詞話本第六十五回：“那日午間，又是本縣知縣李拱極，縣丞錢成，主簿任廷貴，典史夏恭基，又有陽谷縣知縣狄斯杇，共五員官，都門了分，穿孝服來上紙帛弔問。”“狄斯杇”誤刻，詞話本第四十八回作“狄斯彬”。狄斯彬，嘉靖二十六年（1547）進士，被謫邊方在嘉靖三十一年（1552），江蘇溧陽人。崇禎本沿詞話本誤作“狄斯杇”。按：崇禎本第四十八回與詞話本同作“狄斯彬”。此說明崇禎本是以詞話本為底本改寫的。

8. 詞話本第七十一回：“長老出來問訊，旋吹火煮茶，伐草根喂馬。”“吹火”，崇禎本同，應作“炊火”。

9. 詞話本第七十九回：“失脱人家逢五道，濱泠餓饋撞鍾馗。”崇禎本同。“失脱”為“失曉”之誤刻。“濱泠”應作“溟

1 見葉桂桐《論金瓶梅》，中州古籍出版社 2005 年版，第 142 頁。

泠”。“饋”即“鬼”，因“餓”字，刻工把偏旁弄齊而作“餓饋”。詞話本崇禎本第九十二回均作“失曉人家逢五道，溟泠餓鬼撞鍾馗”。

10. 詞話本在第八十一回回目前有卷題“新刻金瓶梅詞話卷之九”。崇禎本在第四十一回回目前卷題“新刻繡像批點金瓶梅詞話卷之九”，崇禎本天津圖書館藏本第三十一回回目前卷題“新刻金瓶梅詞話卷之七”，均說明崇禎本據詞話本改寫的遺留因素。

五、從《金瓶梅傳》傳抄到《新刻金瓶梅詞話》的影印（附：《金瓶梅》版本簡表）

《金瓶梅傳》稿完成在嘉靖末到萬曆初，問世後傳抄約 20 年，在萬曆丁巳［萬曆四十五年（1617）］前後刊刻，今未見初刊本。據初刻版後印本約在萬曆四十八年（1620），即現存《新刻金瓶梅詞話》。謝肇淛據自藏抄本評改後刊印《新刻繡像批評金瓶梅》。張竹坡在清康熙年間，以崇禎本為底本評點刊刻《皋鶴堂批評第一奇書金瓶梅》。1931 年冬發現《新刻金瓶梅詞話》，古佚小說刊行會影印 104 部，後有日本大安株式會社以日藏棲息堂藏本、慈眼堂藏本為底本影印。古佚小說刊行會影印本供學術研究者了解詞話本面貌，功不可沒，但因縮版影印，略去評語與改字詞處，難見北圖購藏本之真面貌。今有新加坡南洋出版社據國會膠片正片為製作底本，灰度影印出版，讀者得以目睹北圖購藏本之真面目。

附：《金瓶梅》版本簡表

- 萬曆丙申（1596）傳抄本出現（見袁宏道〈與董思白書〉）
- 王世貞抄本。徐階、劉承禧抄本。董其昌抄本。
- 袁宏道、袁小修抄本。丘志充抄本。
- 謝肇淛抄本。仿作《玉嬌麗》作者抄本。沈德符抄本。文在茲、屠本畯、王稚登抄本
- 萬曆丁巳（1617）序刻本《新刻金瓶梅詞話》（初刻本未見）
- 萬曆庚申（1620）初刻版後印《新刻金瓶梅詞話》（現存北平圖書館購藏本）
- 日本日光山輪王寺慈眼堂藏本、日本德山毛利氏棲息堂藏本、日本京都大學附屬圖書館藏殘本
- 崇禎刻本（1628—1644）《新刻繡像批評金瓶梅》（王孝慈舊藏本）
- 天津圖書館藏本、北京大學圖書館藏本、上海圖書館乙本（同天圖本）、上海圖書館甲本（同北大本）
- 吳曉鈴藏抄本（乾隆抄本）
- 殘存四十七回本
- 《新鐫繡像批評原本金瓶梅》日本內閣文庫藏本、東洋文化研究所本、首都圖書館藏本，順治辛卯（1651）《繡刻八才子詞話》殘本
- 康熙乙亥（1695）《皋鶴草堂批評第一奇書金瓶梅》大連圖書館藏本、吉林大學圖書館藏本、韓國梨花女子大學藏本、苹華堂本、在茲堂本、影松軒本、皋鶴堂本、目睹堂本、多倫多大學東亞圖藏本、乾隆丁卯（1747）《四大奇書第四種》本
- 康熙戊子（1708）滿文譯本《金瓶梅》

§ 第四章 §

對《金瓶梅詞話》北平圖書館購藏本的不同評價，主張建設《金瓶梅詞話》新文本

《金瓶梅詞話》北平圖書館購藏本，現藏台北故宮博物院圖書文獻館，是現存三部半詞話本中較為完整、最為精良的版本。筆者熱愛它，朝思暮想三十多年，未能相見真容。在台灣師範大學友人的幫助支持下，筆者終能在台北故宮博物院借閱，與之親密接觸，十卷二十冊全部擺放在閱覽台上。戴上口罩，怕哈氣浸潤；戴上手套，怕汗漬污染。但是，它已不那麼潔淨，當年在山西介休縣存藏者手中沾染上了污漬，甚至不少葉面上有油跡污點。

由於不容易見到原刊本實物，僅憑古佚小說刊行會影印本，或據古佚小說刊行會本再影印本的印象，往往會忽略了北圖購藏本的真面目，甚至產生誤判。

一、北圖購藏本的文本細節

朱筆改動正文文字（也有少量墨筆改動），並加少量朱筆眉批、旁批。如：

第一回第十一葉 A 面“與張大戶攘罵了數日”，墨筆點在“攘”字上，在右下寫一“嚷”字。“也有計時”用朱筆點“計”字，在右邊寫“几”字並加一“□”。第十一葉 B 面“在房子里住”，墨筆改“里”為“裏”。

第十七葉 B 面“叔叔飲個成雙的”有朱筆旁批：“要打動他。”

第二回第三葉 B 面“卻來屋裏動旦”，朱筆改“旦”為“彈”。

第五葉 A 面朱筆眉批：“描寫模樣真足動人。”

第四回第五葉 A 面有墨筆眉批：“可以龍虎相鬥。”

第五回第四葉 B 面，朱筆刪“武大打鬧”四字。

第八回第三葉 B 面有五十二個朱筆點。

第十四回第五葉 B 面有二十八個朱筆圈。

第九葉 B 面有兩條朱筆夾批，字體與前不同，改字朱筆與夾批朱筆深淺不同。

第二十二回以後，改動處較少。

第五十二回缺第七、第八兩葉。黃鶯兒等曲唱詞大字刻印，人物對話雙行小字刻印。

第五十七回眉批首缺字，被切掉。

第八十六回第三葉 A 面有一墨釘，B 面也有一墨釘。第七葉 B 面有墨釘。書口黑魚尾六葉，第八十七回黑魚尾一葉，八十八回黑魚尾一葉，第九十回有黑魚尾兩葉。全書其他各回書口為白魚尾。

最末葉書口有“金瓶梅詞話卷之一百回終”。

據以上粗略考察，可認定北平圖書館購藏本為一部手批評改（改字詞）本《金瓶梅詞話》，雖然眉批、旁批數量不多，卻貫串全書，表明收藏者對《金瓶梅詞話》的細讀與欣賞。此位珍藏者與評改者是誰，有待赴山西介休縣考查。

二、北圖購藏本的特色與詞話本的版本現象

《金瓶梅詞話》北圖購藏本首為〈金瓶梅詞話序〉，共六葉，書口刻序一、序二、序三、序四、序五、序六，未刻書名。〈跋〉一葉，書口刻“跋”，未刻書名。東吳弄珠客〈金瓶梅序〉二葉，書口刻序一、序二，未刻書名。引子、四貪詞三葉，書口刻“詞話”二字。目錄葉起書口刻“金瓶梅詞話”。

北圖購藏本目錄葉題“新刻金瓶梅詞話目錄”，正文卷題“新刻金瓶梅詞話卷之 ×”，書口均題“金瓶梅詞話”，共分十卷。梅節認為詞話本形式統一而嚴謹。

北圖購藏本比日本藏本更完整。日本藏日光山輪王寺慈眼堂藏本在 1941 年被發現，一百回分裝十六冊，缺封面、扉頁，內文缺五葉，保存不善而有湮漶，鼠患導致的破損嚴重。德山毛利氏棲息堂藏本 1962 年發現，一百回分裝十八冊，缺封面、扉頁，內文缺三葉。此兩本無點改評語。筆者未見這兩

種藏本原書，只能據日本大安株式會社影印本間接了解其版本情況。

據北圖購藏本可知，詞話本刊本多用簡體字、俗別字、記音字、生造字，誤刻之字詞較多。對於造成這種版本現象的原因，有不同的見解。梅節認為《金瓶梅詞話》是藝人説唱詞話底本，作者是下層知識分子，由於水平不高，產生錯誤。有學者認為，有多種傳抄本，抄手不一，水平不齊，造成錯誤。還有學者想像為一人唸抄本，另一人聽寫，產生錯誤。更大的可能，還是當時的用字習慣。因為是通俗文學作品，所以據習慣用字，產生了一些俗別字、記音字、生造字等。崇禎本《金瓶梅》以詞話本為底本評改時，已校改了一部分（也有錯漏之處）。

三、建設《金瓶梅詞話》新文本的相關成果及意義

《金瓶梅詞話》刊本的用字字形和用字標口語方言發音，給今天學者整理標點詞話本帶來了特殊難度。梅節用二十年的時間，四次通校詞話本，改正了一些錯字詞（也有改錯之處）。詞話本創作時吸收活用了一百多種作品作為素材，梅節據素材原刊改正詞話本的字詞錯誤，作出了重要貢獻，而且提出建設《金瓶梅詞話》新文本的目標。楊國玉提出要“剝去蒙於其上的重重迷霧，還原出最為本真的萬曆本的本來面目”，並已完成《精校全本金瓶梅詞話》，找出了形訛、音訛、草書致訛的原因和訛奪的類型，用了多年時間，付出了極大的辛苦，完成

了詞話本整理校點的宏偉工程。張鴻魁著《金瓶梅語音研究》，編著《金瓶梅字典》，被梅節稱讚“是建設《金瓶梅詞話》新文本的重要基石”。王夕河著《〈金瓶梅〉原版文字揭秘》，花了二十餘年時間，研究《金瓶梅》方言俗語，用方言現象考察《金瓶梅》的用字、斷句，自稱是“獨家揭秘之作”。

有學者是另一種思路。李申說，他有一個“一字不改”的詞話本準備出版。

北圖購藏本較為完整，最為精良。從學術研究的需求和整理保存古籍的規劃角度看，應該儘早仿真影印出版《金瓶梅詞話》北圖購藏本，以滿足學術研究的需要，使廣大專家學者與讀者一睹《金瓶梅詞話》刊本的真面貌。

§ 第五章 §

《新刻繡像批評金瓶梅》是晚明小說傳播的典範

一、崇禎本的特徵、類別及相互關係

刊刻於十卷本《金瓶梅詞話》之後的《新刻繡像批評金瓶梅》是二十卷一百回本，卷首有東吳弄珠客所作的〈金瓶梅序〉。書中有插圖二百幅，有的圖上題有刻工姓名，如劉應祖、劉啟先、黃子立、黃汝耀等。這些刻工活躍在明天啟、崇禎年間，是新安（今安徽歙縣）木刻名手。這種刻本避明崇禎帝朱由檢諱。根據以上特點和刻本的版式字體，一般認為這種本子刻印在崇禎年間，因此簡稱為"崇禎本"，又稱"繡像本"或"評改本"。

現仍存世的崇禎本（包括清初翻刻的崇禎系統版本）有十幾部，各部之間大同中略有小異，從版式上可分為兩大類。一類以北京大學圖書館藏本為代表，書每半葉十行，行二十二字，扉頁失去，無〈廿公跋〉，回首詩詞前有"詩曰"或"詞曰"

※王孝慈舊藏本第一回第二幅圖題署「新安劉應祖鐫」

二字。日本天理圖書館藏本、上海圖書館藏甲乙兩本、天津圖書館藏本、殘存四十七回本等，均屬此類。另一類以日本內閣文庫藏本為代表，書每半葉十一行，行二十八字，有扉頁，扉頁上題《新鐫繡像批評原本金瓶梅》，回首詩詞前多無“詩曰”或“詞曰”二字。首都圖書館藏本、日本東京大學東洋文化研究所藏本屬此類。

崇禎諸本多有眉批和夾批。各本眉批刻印行款不同。北大本、上圖甲本以四字一行居多，也有少量兩字一行的。天圖本、上圖乙本以兩字一行居多，偶有四字一行和三字一行的。內閣本眉批三字一行。首圖本有夾批，無眉批。

為了理清崇禎諸刻本之間的關係，需要先對幾種稀見版本

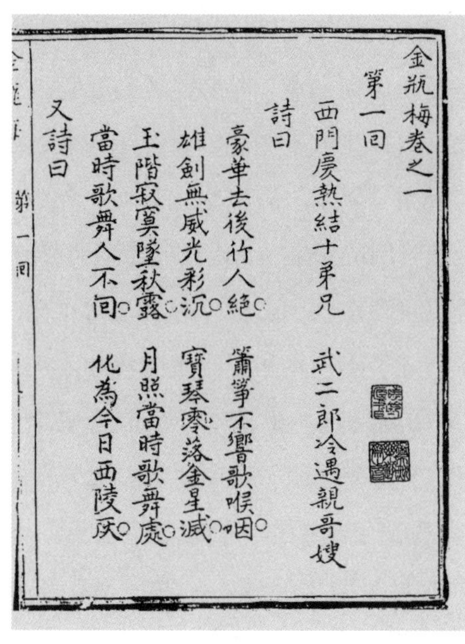
金瓶梅卷之一
第一回
西門慶熱結十弟兄　武二郎冷遇親哥嫂
詩曰
豪華去後行人絕。簫箏不響歌喉咽。
雄劍無威光彩沉。寶琴零落金星滅。
玉階寂寞墜秋露。月照當時歌舞處。
當時歌舞人不回。化為今日西陵灰。
又詩曰

※吳曉鈴藏《金瓶梅》乾隆年間抄本第一回首半葉書影

作一簡單介紹：

（1）王孝慈舊藏本。王孝慈為書畫家，通縣（今北京市通州區）人，原藏《新刻繡像批評金瓶梅》插圖兩冊，二百幅。1933 年古佚小說刊行會本中的插圖，即據王氏藏本影印。插圖甚精緻，署刻工姓名多。第一回第二幅圖"武二郎冷遇親哥嫂"欄內右側題署"新安劉應祖鐫"六字，為現存其他崇禎本插圖所無。其第一回回目"西門慶熱結十弟兄"，現存多數本子與之相同，僅天圖本、上圖乙本略異。從插圖和回目判斷，王孝慈舊藏本可能是崇禎系統的原刻本。

（二）殘存四十七回本。該本是近年新發現的，扉頁右上題"新鐫繡像批評原本"，中間大字"金瓶梅"，左題"本衙藏板”。插圖有九十幅，第五回“飲鴆藥武大遭殃”及第二十二回“惠蓮兒偷期蒙愛”，俱題署刻工劉啟先姓名。此殘本版式、眉批行款與北大本相近，卷題也與北大本相同，但扉頁則依內閣本所謂“原本”扉頁格式刻印。此版本兼有兩類本子的特徵，是較晚出的版本，刊印在張評本刻印前的順治或康熙初年，流傳至張評本刊印之後。該書流傳中失去五十三回，用張評本配補，成了崇禎本和張評本的混合本。從明末至清中葉，《金瓶梅》由詞話本、崇禎本同步流傳演變為崇禎本和張評本同步流傳，其遞變端倪，可由此本看出。

（三）吳曉鈴先生藏抄本。四函四十冊，二十卷百回，是一部書品闊大的烏絲欄大字抄本。抄者為抄本刻製了四方邊欄、行間夾線和書口標“金瓶梅”的木版。吳先生云：“從字體風格來看，應屬乾隆前期。”書中將穢語刪除，無眉批、夾批。在崇禎諸本的異文處，此本多與北大本相同，但也有個別地方與北大本不同。由此看來，此本可能據崇禎系統原刊本抄錄，在研究崇禎本流變及版本校勘上，頗有價值。

（四）《繡刻古本八才子詞話》。吳曉鈴先生云：“順治間坊刊《繡像八才子詞話》，大興傅氏碧蕖館舊藏。今不悉散佚何許。”（〈《金瓶梅詞話》最初刊本問題〉，見《金瓶梅藝術世界》，吉林大學出版社 1991 年版）吳先生把這一種本子視為清代坊刊詞話本。美國韓南教授著錄：“扉頁題《繡刻古本八才子詞話》，其下有‘本衙藏板’等字。現存五冊：序文一篇、目錄，第一、二回，第十一至十五回，第三十一至三十五回，第六十五至六十八回。序文年代順治二年（1645），序者不詳。

※王孝慈舊藏本第二回第一幅圖題署「黃子立刊」

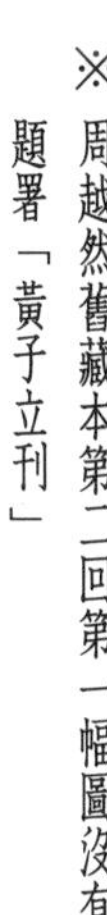

※周越然舊藏本第二回第一幅圖沒有題署「黃子立刊」

十卷百回。無插圖。”（《〈金瓶梅〉的版本及其他》）韓南把它列入崇禎本系統。因韓南曾借閱傅惜華藏書，筆者採納韓南意見，把此版本列入崇禎本系統。

（五）周越然舊藏本。周越然著錄：

> 《新刻繡像批評金瓶梅》二十卷百回。明崇禎間刊本，白口，不用上下魚尾，四周單欄，每半葉十行，每行二十二字，眉上有批評，行間有圈點。卷首有〈東吳弄珠客序〉三葉，目錄十葉，精圖一百葉。此書版刻、文字均佳。

據版式特徵應屬北大本一類，與天圖本、上圖乙本相近或同版。把周越然舊藏本第二回圖“俏潘娘簾下勾情”影印件與北大本圖對勘，北大本圖左下有“黃子立刊”四字，周越然舊藏本無（右下有周越然章）。

根據上述稀見版本的著錄情況和對現存崇禎諸本的考查，我們大體上可以判定，崇禎系統內部各本之間的關係是這樣的：目前僅存插圖的通州王孝慈舊藏本為原刊本或原版後印本。北大本是以原刊本為底本翻刻的，為現存較完整的崇禎本。以北大本為底本翻刻或再翻刻，產生出天理本、天圖本、上圖甲乙本、周越然舊藏本。對北大本一類版本稍作改動並重新刊印的，有內閣本、東洋文化研究所本、首圖本。後一類版本卷題做了統一，正文文字有改動，所改之處多數是恢復了詞話本原字詞。在上述兩類崇禎本流傳之後，又刊刻了殘存四十七回本，此本兼有兩類版本的特徵。

二、崇禎本和萬曆詞話本的關係

崇禎本與萬曆詞話本相異而又相關。茲就崇禎本與萬曆詞話本明顯的相異之處，考查一下二者之間的關係。

（一）改寫第一回及不收〈欣欣子序〉。崇禎本把第一回“景陽崗武松打虎”改為“西門慶熱結十弟兄”。從開首到“知縣升堂，武松下馬進去”是改寫者手筆，以“財色”論做引子，寫至十弟兄在玉皇廟結拜。文句中有“打選衣帽光鮮”“看飯來”“哥子”“千百斛水牛般力氣”等江浙習慣用語。“武松下馬進去”以後，文字大體與詞話本同，刪減了“看顧”“扠兒難”等詞語。改寫後，西門慶先出場，然後是潘金蓮嫌夫賣風月，把原以武松為主、潘金蓮為賓，改成了西門慶和潘金蓮為主、武松為賓。改寫者對《金瓶梅》有自己的看法，他反對欣欣子的觀點，因此把詞話本中與〈欣欣子序〉思想一致的四季詞、四貪詞、引子統統刪去了。

〈欣欣子序〉闡述了三個重要觀點：第一，《金瓶梅傳》作者是“寄意於時俗，蓋有謂也”；第二，《金瓶梅傳》是發憤之作，作者“爰罄平日所蘊者，著斯傳”；第三，《金瓶梅傳》雖“語涉俚俗，氣含脂粉”，但不是淫書。欣欣子衝破儒家詩教傳統，提出不要壓抑哀樂之情的進步觀點。他說：“富與貴，人之所慕也，鮮有不至於淫者；哀與怨，人之所惡也，鮮有不至於傷者。”這種觀點與李贄反對“矯強”、主張“自然發於性情”的反禮教的思想是一致的。崇禎本改寫者反對這種觀點，想用“財色”論、“懲戒”說再造《金瓶梅》，因此他不收〈欣欣子序〉。而〈東吳弄珠客序〉因觀點與改寫者合拍，遂被刊為崇禎本卷首。

（二）改寫第五十三、五十四回。崇禎本第五十三、五十四回與詞話本大異小同。詞話本第五十三回“吳月娘承歡求子息，李瓶兒酬願保官哥”，把月娘求子息和瓶兒保官哥兩事聯繫起來，圍繞西門慶“子嗣”這一中心展開情節，中間穿插潘金蓮與陳經濟行淫，應伯爵為李三、黃四借銀。崇禎本第五十三回“潘金蓮驚散幽歡，吳月娘拜求子息”，把潘金蓮與陳經濟行淫描寫加濃，並標為回目；把李瓶兒酬願保官哥的情節做了大幅度刪減。改寫者可能認為西門慶不信鬼神，所以把灼龜、劉婆子受驚、錢痰火拜佛、西門慶謝土地、陳經濟送紙馬等文字都刪去了。崇禎本第五十四回把詞話本劉太監莊上河邊郊園會諸友，改為內相陸地花園會諸友；把瓶兒胃虛血少之病，改為下淋不止之病。瓶兒死於血山崩，改寫者可能認為血少之症與結局不相符，所以進行了修改。上述兩回，儘管文字差異較大，內容亦有增有減，但基本情節並沒有改變，仍可以看出崇禎本是據萬曆詞話本改寫而成，並非另有一種底本。

值得注意的是，詞話本第五十三、五十四回與前後文脈絡貫通，風格也較一致，而崇禎本這兩回卻描寫粗疏，與前後文風格不太一致。例如，應伯爵當西門慶面說“只大爹他是有名的‘潘驢鄧小閒’不少一件”，陳經濟偷情時扯斷潘金蓮褲帶，這些顯然都不符合人物性格，手法拙劣。

（三）崇禎諸本均避崇禎帝朱由檢諱，詞話本不避。如詞話本第十七回“則虜患何由而至哉”“皆由京之不職也”，崇禎本改“由”為“繇”；第九十五回“巡檢司”“吳巡檢”，崇禎本改“檢”為“簡”。此一現象亦説明崇禎本刊刻在後，並係據詞話本而改。

（四）崇禎本在版刻上保留了詞話本的殘存因素。北大本第九卷題作“新刻繡像批點金瓶梅詞話卷之九”，天理本、天圖本、上圖甲乙本第七卷題作“新刻金瓶梅詞話卷之七”，這是崇禎本據詞話本改寫的直接證明。此外，詞話本誤刻之字，崇禎本亦往往相沿而誤。如詞話本第五十七回“我前日因往西京”，“西京”為“東京”之誤刻，崇禎本相沿。上述殘存因素，可以看作是崇禎本與其母體《新刻金瓶梅詞話》之間的臍帶。

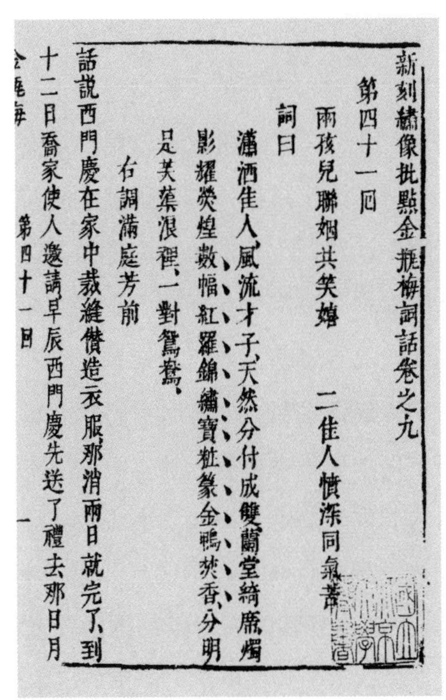
新刻繡像批點金瓶梅詞話卷之九

第四十一回

兩孩兒聯姻共笑嬉　二佳人憤深同氣苦

詞曰

瀟洒佳人風流才子、天然分付成雙、蘭堂綺席燭影耀熒煌、數幅紅羅錦繡、寶粧篆金鴨焚香、分明是芙蓉浪裡、一對鴛鴦、

右調滿庭芳前

話說西門慶在家中裁縫攢造衣服、那消兩日就完了、到十二日喬家使人邀請、早辰西門慶先送了禮去、那日月

金瓶梅　第四十一回　一

※北大本第九卷題「新刻繡像批點金瓶梅詞話卷之九」

（五）其他相異之處：崇禎本刪去了詞話本第八十四回吳月娘為宋江所救一段文字，崇禎本改動了詞話本中部分情節，崇禎本刪去了詞話本中大量詞曲，崇禎本刪減或改動了詞話本中的方言詞語，崇禎本改換了詞話本的回首詩詞，崇禎本比詞話本回目對仗工整，等等。

大量版本資料說明：崇禎本是以萬曆詞話本為底本進行改寫的，詞話本刊印在前，崇禎本刊印在後。崇禎本與詞話本是母子關係，而不是兄弟關係。

崇禎本刊印前，也經過一段傳抄時間。謝肇淛就提到二十卷抄本問題。他在〈金瓶梅跋〉中說："書凡數百萬言，為卷二十，始末不過數年事耳。" 這篇跋，一般認為寫於萬曆四十四年至四十六年（1616—1618）。這時謝肇淛看到的是不全抄本，於袁宏道得其十三，於丘諸城得其十五。看到不全抄本，又云"為卷二十"，說明謝肇淛已見到回次目錄。二十卷本目錄是分卷次排列的，這種抄本是崇禎本的前身。設計刊刻十卷詞話本與籌劃改寫二十卷本，大約是同步進行的。可能在刊印詞話本之時即進行改寫，在詞話本刊印之後，以刊印的詞話本為底本完成改寫本定稿工作，於崇禎初年刊印《新刻繡像批評金瓶梅》。繡像評改本的改寫比我們原來想像的時間要早些，但是崇禎本稿本也不會早過十卷本的定型本。浦安迪教授認為，崇禎本的成書時間應"提前到小說最早流傳的朦朧歲月中。也許甚至追溯到小說的寫作年代"（〈論崇禎本《金瓶梅》的評註〉），顯然是不妥當的。從崇禎本的種種特徵來看，它不可能與其母本詞話本同時，更不可能早於母本而問世。

三、吳曉鈴先生藏乾隆抄本《金瓶梅》

《金瓶梅》四函四十冊，二十卷百回，是一部書品闊大的烏絲欄大字抄本，抄者為抄本刻製了四方邊欄、行間夾線和書口標“金瓶梅”的木板。正文半葉九行，行二十二字。吳曉鈴先生鑒定為乾隆前期抄本，書中穢語被刪除，無眉批、夾批。

在崇禎本各版本的異文處，此本多與北大本相同，但也有個別地方與北大本不同。

第十回“好個溫克性兒”，吳藏抄本與其他崇禎本同，均同詞話本。“克”讀音 kēi，與“尅”意相近，“溫尅”即溫柔、親切。張評本改作“溫存性兒”。

“走來毛廝裏淨手”，天圖本、北大本、內閣本、張評本同，詞話本“毛廝”作“毛廁”。

第十三回“李瓶姐牆頭密約，迎春兒隙底私窺”，同北大本。王孝慈舊藏本圖題“李瓶姐隔牆密約，迎春兒隙底私窺”，詞話本作“李瓶姐隔牆密約”。

第十五回第三葉 A 面“四下圍列諸門買賣”，吳藏抄本、天圖本、內閣本、張評本均作“諸門”，同詞話本。北大本作“諸般”與詞話本不同。據此推測，王孝慈舊藏本此處應作“諸門”，北大本翻刻天圖本時做了改動。據此一例看，張評本以天圖本為底本。

“蹴鞠齊眉”，崇禎諸刊本、吳藏抄本、張評本同。詞話本作“蹴鞠齊雲”，“齊雲”為球社名。

“兩個唱的董嬌兒、韓金釧兒”，天圖本、內閣本、詞話本同。北大本誤作“金訓”。

※吳曉鈴藏乾隆《金瓶梅》烏絲欄大字抄本書影（一）

第二回

悄潘娘簾下勾情　老王婆茶坊說技

詞曰

芙蓉面○冰雪肌○生来娉婷年已笄○嫋嫋倚門餘○梅花半含蕊○似開還閉○初見簾邊羞澀還畄住○再過楼頭款接多歡喜○行也宜○立也宜○坐又宜○偎傍更相宜○

右調孝順歌

話說當日武松来到縣前客店內○收拾行李鋪蓋交

金瓶梅　第二回　一

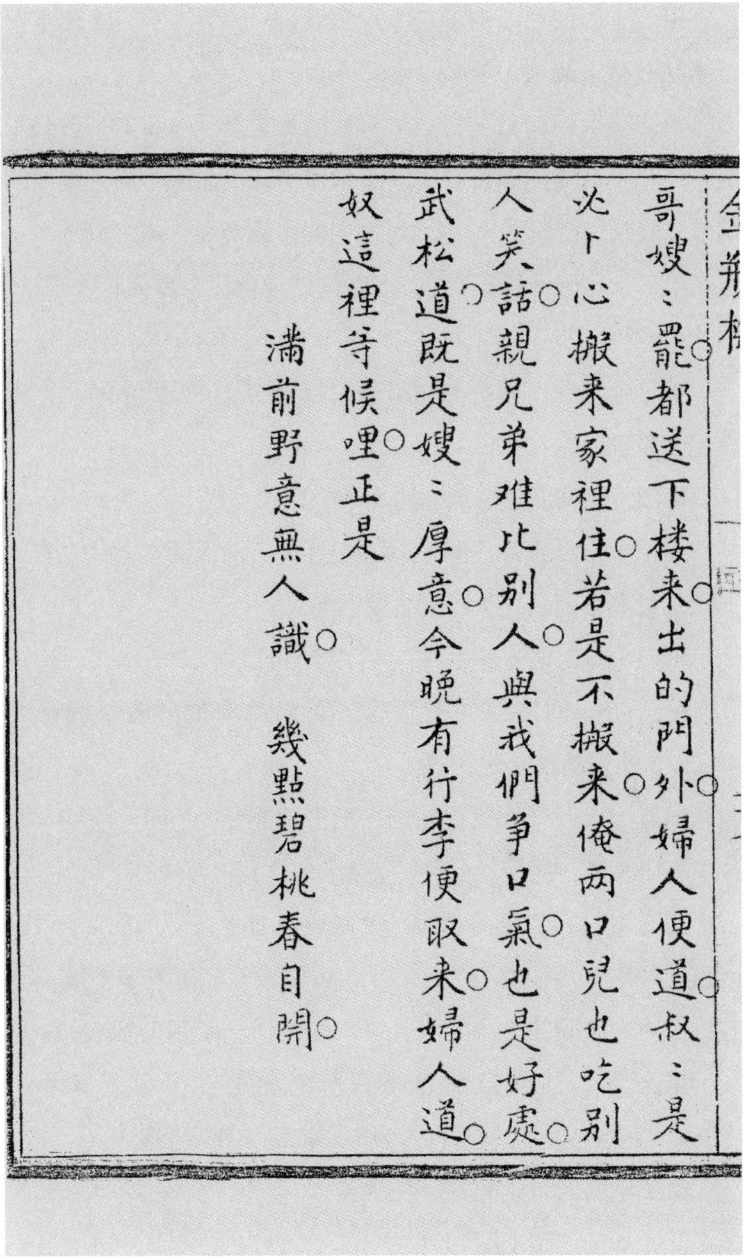

金瓶梅

哥嫂〻罷○都送下楼来○出的門外○婦人便道○叔〻是必卜心搬来家裡住○若是不搬来○俺两口兒也吃别人笑話○親兄弟难比別人○與我們争口氣○也是好處○武松道○既是嫂〻厚意○今晚有行李便取来○婦人道○奴這裡等候哩○正是

滿前野意無人識○　幾點碧桃春自開○

※吳曉鈴藏乾隆《金瓶梅》烏絲欄大字抄本書影（二）

第二十回回目“癡子弟爭風毀花院”，北大本、天圖本、王孝慈舊藏本圖題“爭風”作“爭鋒”。

第二十六回回首“詩曰”，與北大本同。內閣本、首圖本第二十六至三十回回首詩題詞題刻印格式與北大本同，其他回則無“詩曰”“詞曰”。由此可知內閣本翻刻北大本之痕跡。

第二十一回回目前有卷題“新刻繡像批評金瓶梅卷之五”，同北大本。

第三十九回“河中漂過一個大鮮桃來”，天圖本、北大本作“大鱗桃”。

第四十一回回目前無卷題，應為漏抄卷題。

第四十三回回目“爭寵愛金蓮惹氣”，同天圖本、北大本。王孝慈舊藏本圖題“爭寵愛金蓮鬥氣”。

第四十六回起，抄手換人，字跡與前不同。

第五十一回回目前有卷題“新刻繡像批評金瓶梅卷之十一”，同天圖本、北大本。

第五十二回“敬濟便叫婦人進去瞧蘑茹”，同天圖本、北大本。張評本“蘑茹”改作“蘑菇”。

第五十六回回目前卷題“金瓶梅卷之十二”，第六十一回回目前卷題“金瓶梅卷之十三”，可知吳藏抄本卷題不統一，有抄手將卷題簡縮的情況。另外，第七十一回回目前缺卷題。

第七十六回回目前卷題“新刻繡像批評金瓶梅卷之十五”，天圖本、北大本、內閣本“批評”作“批點”。

第三十回回首詞詞牌“浣沙溪”（應作“浣溪沙”），天圖本、北大本、內閣本同。

從“溫克性兒”“諸門買賣”等詞語與詞話本相同可知，崇禎本保留有詞話本基因。從“卷題”、回首“詩曰”“詞曰”及“浣沙溪”等，可知吳藏抄本與北大本一致，大約可判定吳藏抄本是以北大本為底本抄寫的。

張評本刊印在康熙年間，在清代廣為流傳，此時，詞話本與崇禎本稀見，社會上視為珍品，才有乾隆年間吳藏抄本（屬崇禎本系統）的出現。吳藏抄本在《金瓶梅》傳播史上佔有重要地位，且有了解清代前期館閣體書法藝術的價值，值得加以珍視。

四、《金瓶梅》崇禎本評改者

（一）評點者對《金瓶梅》藝術美的發現

《新刻繡像批評金瓶梅》，二十卷百回，每回均有眉批、夾批，無回評。在《金瓶梅》問世之後，這種版本評語對《金瓶梅》做了全面深入評價，集中表達了晚明作家對《金瓶梅》的審美感受。評點者經過多年潛心細讀，從微觀入手，對《金瓶梅》又做總體把握，晶瑩剔透，熠熠發光。與書商為銷售做宣傳的評點不同，該評語無套語、膚淺語，更無迂腐之談，可以說是對《金瓶梅》藝術美的全方位發現。

第一，突破傳統觀念，以新的審美視角欣賞、肯定《金瓶梅》，認為《金瓶梅》是一部世情書，而非淫書。評點者認為書中所寫人事天理，全為“太史公筆法來”，“純是史遷之妙”。評點者大膽肯定《金瓶梅》性描寫的藝術價值，“分明穢語，閱來但見其風騷，不見其穢，可謂化腐臭為神奇矣”（第二十八回眉批）。這種評價，針對“決定焚之”的淫書論，簡直是石破天驚之語。

第二，對潘金蓮、西門慶、李瓶兒、應伯爵等人物形象的複雜性格有準確把握，對人物形象的藝術美有高度評價。評點者同情潘金蓮，欣賞潘金蓮形象，認為潘金蓮有諸多可愛之處。第四十三回眉批：“數語崛強中實含軟媚，認真處微帶戲謔，非有二十分奇妒，二十分呆膽，二十分靈心利口，不能當機圓活如此。金蓮真可人也。”第六十七回眉批：“金蓮心眼俱慧，開口便著人痛癢，無論諷笑，雖毒罵，亦勝於不痛不癢而一味奉承者也。”對金蓮評價強調人物性格的多面複雜，既指出了她的“出語狠辣”“俏心毒口”，慣於“聽籬察壁”“愛小便宜”等弱點，又讚美她“慧心巧舌”“韻趣動人”等可愛之處。在潘金蓮被殺後，評點者道：“讀至此，不敢生悲，不忍稱快，然而心實惻惻難言哉！”（第八十七回眉批）表達了對這一複雜形象充滿同情的審美感受。評西門慶“以生意為本”，認定其商人身份。評應伯爵“是古今清客之祖”，“諛則似莊，謔便帶韻”。評李瓶兒時，既說她“愚”“淺”，又指出她“醇厚”“情深”。對《金瓶梅》人物形象的藝術美，評點者多有新發現、新評價。

第三，評點者在品賞刻畫人物的傳神藝術時，運用了帶有理論潛能的評語，表現了評點者的理性之光。如“德不勝色”“針工匠斧”“潛心細讀”“用方言不減引經”“簡透”“化工”“筆墨有生氣”“有形有心”“芳香自吐”等。第九十一回寫孟玉樓改嫁李衙內後身邊女婢玉簪時，眉批道："寫怪奴怪態，不獨言語怪，衣裳怪，形貌舉止怪，並聲影、氣味、心思、胎骨之怪，俱為摹出，真爐錘造物之手。"第六十回眉批評作者"寫笑則有聲，寫想則有形，寫舉止語默則俱有心"。這些評語給《金瓶梅》敘事藝術以極高評價，讚賞其為"高文"即高超、高妙之小說作品。

第四，評點打破重教化而不重審美、重史實而不重真趣、重情節而不重性格的傳統，顯示新的審美視角，表現了近代美學追求。在小說由英雄傳奇向世情小說蛻變的轉型時期，在"童心""性靈""真趣""自然"的審美新意識啟示下，評點者對《金瓶梅》進行了開拓性評價。評點者注重寫實，注重寫日常生活，注重人物性格心理的品鑒，這達到了中國小說美學史的新高度，開創了新階段，具有里程碑意義。馮夢龍的"事贗而理真"論、金聖歎的性格論、李漁的幻境論、張竹坡的情理論、脂硯齋的"情不情"論，使古代小說美學達到成熟與繁榮的高峰，而早於他們的《金瓶梅》崇禎本評點，對明清小說美學的發展，可以說起了奠基與開拓的作用。

（二）改寫者對詞話本的加工修改

《新刻繡像批評金瓶梅》刊印在杭州，被鄭振鐸先生稱之為"武林版《金瓶梅》"。鄭振鐸有武林版《金瓶梅》插圖的初印本。北平古佚小說刊行會影印《金瓶梅詞話》時，卷首所附二冊插圖，即用此初印本為底本影印的。

評改本對詞話本的改寫可歸納如下幾種情況：

第一，改換方言詞語為通語。有改得合理之處，便於廣大地區讀者讀懂；也有因不懂方言詞語發音與本義而改得不通之處。

第二，改換回首詩詞。詞話本回首詩詞説教味較濃。改寫者選用唐宋詩詞或明代傳奇小説《鍾情麗集》中的詩詞，使文意較為含蓄。

第三，增添文字。如第四回寫西門慶與潘金蓮在王婆茶坊約會，改寫者添一段“這婦人見王婆去了，倒把椅兒扯開一邊坐著，卻只偷眼睃看。……卻説西門慶口裏娘子長、娘子短，只顧白嘈”。加強兩個人物之間的情感交流。眉批曰：“媚極。”

第四，刪除文本中鑲嵌的大量詞曲，使文本更加簡練流暢，便於閱讀。

第五，評改本回目比詞話本對仗工整。

第六，情節調整。第一回，改武松打虎、金蓮嫌夫為西門慶熱結十弟兄，減弱了與《水滸傳》的聯繫，讓主角一開始就登場。刪去詞話本第八十四回吳月娘為宋江所救一段文字。第二十六回寫來旺中拖刀之計，夜間醒來主動為家主趕賊，評改者改為來旺睡夢裏聽有人叫“你的媳婦子又被那沒廉恥的勾引到花園後邊，幹那營生去了”，猛可驚醒，不見老婆在家裏，怒從心起，徑撲到花園，結果中了施刀之計。加強了人物心理描寫，這比詞話本情節更合情理。改寫者在改寫過程中，貫穿了他的改寫宗旨：為精練而刪減，為便於閱讀而改方言，改動他認為不合情理之處，體現改寫者的小説思想觀念。

（三）評點者與改寫者應為一人

經過細讀文本，對照研究評語，反覆體會評與改的關聯，筆者認為評點者與改寫者為一人，姑且稱之為“評改者”。他邊改寫邊寫評語，不少評語我們可以體味為改寫者的自評。有些評語既讚賞原作者，也有自我欣賞之處。

第七十三回，寫李瓶兒死後，金蓮不顧為其戴孝，評改者刪詞話本八十六個字，改第二個“楊姑娘道”為“大妗子道”。此處眉批：“淡淡接去，天衣無縫。”即為評改者自我肯定。

第八十回，水秀才在西門慶死後，寫了一篇含諷刺意味的祭文，把西門慶描繪為陰莖的化身。此處眉批：“祭文大屬可笑。惟其可笑，故存之。”“故存之”即不予刪除，顯係改寫者自評。

第四回，“一物從來六寸長”八句詩把男根描寫為有靈性的、美而不醜的生命個體。此處眉批：“俗語，然留之可入俗眼。”說明不刪此詩的理由，也顯係改寫者評語。

評改者對《金瓶梅詞話》使用方言，總體上是給予讚賞和肯定的。第三十九回寫潘金蓮與月娘對話時一連用了地域性很濃的三個歇後語。此處眉批：“用方言處，不減引經。”第三十二回眉批：“方言隱語，含譏帶諷，如枝頭小鳥啾啾，雖不解其奇，嬌婉自可聽也。”評改者所改動的方言詞語，僅限於不易讀懂者。儘管有誤改之處，但總體看應是一種給予肯定的加工。其特點是減弱了詞話本原有的魯地鄉音鄉俗的原生態，但便於作品的閱讀傳播。不能認為評改本“強姦”了詞話本的潛力，使原作個性弱化。[1] 總體來看，評改者對詞話本的修

1 傅憎享：〈詞話本·崇禎本兩個版本兩種文化：《金瓶梅》詞語俗與文的異向分化〉，載《社會科學輯刊》1992 年第 3 期。

改在尊重原作基礎上做了進一步藝術加工修飾，對原作沒有傷筋動骨。改寫者的高水平的加工，使《金瓶梅》成為一種便於閱讀的定型文本，使詞話本的美的存在成為美的長存，其功績是主要的。

20世紀20年代，《金瓶梅詞話》尚未在山西介休縣發現。現代作家學者均據《金瓶梅》評改本或張評本（以評改本為底本）來研究。魯迅在《中國小說史略》中評道："諸世情書中，《金瓶梅》最有名"，"同時說部，無以上之"。魯迅以敏銳的藝術眼光，進一步發現了《金瓶梅》之美，他說："然《金瓶梅》作者能文，故雖間雜猥詞，而其他佳處自在。"這種高度的評價包括了原作者與評改者的共同藝術成就。評改者是詞話本的加工修改者，也是蘭陵笑笑生身後的合作者，為《金瓶梅》最後定型與傳播作出了重大貢獻。說他是《金瓶梅》第二作者，也當之無愧。

（四）李漁不是《金瓶梅》崇禎本的評改者

《金瓶梅》崇禎本的評點者、改寫者究竟是誰？這是"金學"中有分歧意見的疑難問題之一。1985年，有學者曾提出"李漁評改《金瓶梅》"之說，在學術界產生了一定影響。筆者在校點《新刻繡像批評金瓶梅》（崇禎本）的工作中，曾思考過這一問題，搜集、分析了有關的材料。筆者認為此一說不能成立。

有學者提出李漁是崇禎本"評改"者之說。其根據有這樣幾個方面：

第一，首都圖書館藏《新鐫繡像批評原本金瓶梅》有一百零一幅插圖，在第一百零一幅圖像背面有兩首詞，後署“回道人題”。有學者認為回道人是李漁的化名，還説李漁《十二樓·歸正樓》第四回用了“回道人評”。

第二，署“湖上笠翁李漁題”的兩衡堂刊本〈三國演義序〉中論《金瓶梅》“諷刺豪華淫侈，興敗無常”，與崇禎本第九十回眉批所云合拍。

第三，張竹坡評點第一奇書《金瓶梅》在茲堂刊本扉頁上署“李笠翁先生著”。在署名“李笠翁先生著”的《合錦回文傳》裏也有回道人的題贊。[1]

有學者由以上所據做出判斷：“李漁不僅是《新刻繡像批評金瓶梅》一書的寫定者，同時也是作評者。”[2] 筆者的考證，與上述結論不同。

（1）回道人不是李漁的化名，而是呂洞賓詭稱的別名。李漁原名仙侶，字謫凡，號天徒，後改字笠翁，別署隨庵主人、覺道人、覺世稗官、笠道人、伊園主人、湖上笠翁、新亭客樵，族中後人尊稱“佳九公”，人稱“李十郎”。就已知李漁著作和編纂的書，從未見有署“回道人”者。

呂洞賓，五代、北宋初年人（或謂唐人，生於唐貞元十四年），名岩，字洞賓，別號純陽，關中京兆人（或傳為河中永樂人）。呂洞賓善寫詩，民間流傳他的詩歌，多達一百多篇。

---

1 《合錦回文傳》，清嘉慶三年刊本，道光六年重印本，圖像九葉九幅，前圖後文。九位題贊者中，未見回道人題贊。筆者按：實際情況是題署“笠翁先生原本，鐵華山人重輯”。

2 劉輝：《〈金瓶梅〉成書與版本研究》，遼寧人民出版社 1986 年版，第 77 頁。

《全唐詩》收呂洞賓詩四卷。他本為隱士，死後被附會為舉世聞名的神仙和道士。明末鄧志謨據呂洞賓的傳説寫神怪小説《呂祖飛劍記》十三回，其中多次寫到呂洞賓詭稱回道人，如第六回寫道：

一日，純陽子又向長沙府，詭為一個回道人。……回道人者，以回字抽出小口，乃呂字，此是呂神仙也。

首都圖書館藏《新鐫繡像批評原本金瓶梅》第一百零一幅插圖後回道人題詞漫漶不清：

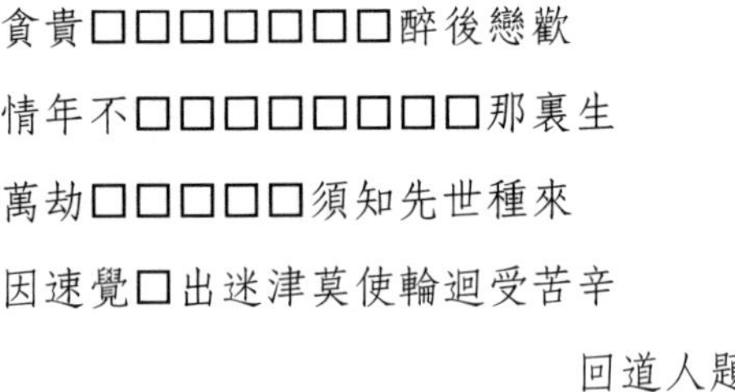
貪貴□□□□□□□□醉後戀歡
情年不□□□□□□□□□那裏生
萬劫□□□□□□須知先世種來
因速覺□出迷津莫使輪迴受苦辛
回道人題

查《全唐詩》卷八五九，收呂洞賓《漁父詞》十八首，其第十六、十七兩首為：

作 甚 物

貪貴貪榮逐利名，追遊醉後戀歡情。
年不永，代君驚，一報身終那裏生。

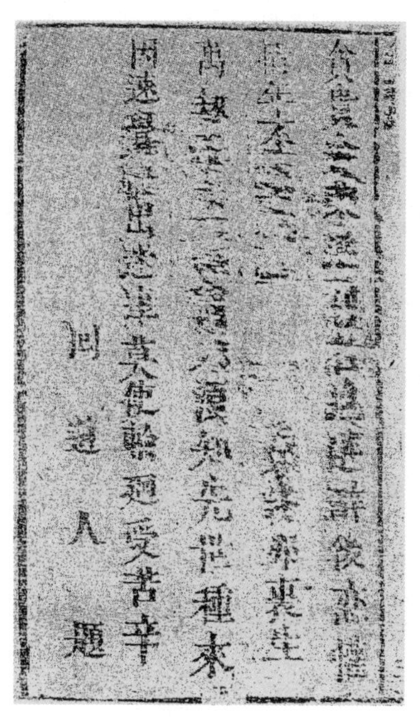
萬劫千生得個人須知先世種來因
速覺悟出迷津莫使輪迴受苦辛
回道人題

※《新鐫繡像批評原本金瓶梅》首都圖書館藏本第一百零一幅插圖背面刻印呂洞賓（回道人）詞二首

疾　瞥　地

萬劫千生得個人，須知先世種來因。

速覺悟，出迷津，莫使輪迴受苦辛。

首圖藏本刊印者在翻刻崇禎本時，把原刊本二百幅插圖減為每回刊用一幅，應為一百幅（均採用每回的第一幅圖），第一百回第一幅為“韓愛姐路遇二搗鬼”[1]，這樣不能表明全書的結局。所以，刊印者又刊印了第一百回的第二幅圖“普靜師幻度孝哥兒”[2]，並在背面刻印呂洞賓詞二首，取其報應輪迴的思

1　筆者按：圖極粗劣，左上方漏刻籬笆門。

2　筆者按：書口無此標題。

想，以便與《金瓶梅》中的因果報應思想相呼應。

李漁是一位通俗文化大師，他特別重視小說戲曲創作，不以稗官為末技，在小說戲曲創作與理論上有卓越的成就。他有淵博的知識、廣泛的生活情趣，不可能把呂洞賓的詞作為自己的作品題寫在《金瓶梅》刊本上，更不會以呂洞賓的別號作為自己的署名。而且，李漁特別熟悉呂洞賓的神怪故事，在他的作品中至少有兩處直接引述過。

《十二樓·歸正樓》第四回“僥天幸拐子成功，墮人謀檀那得福”，敘一盜賊兒改邪歸正後出家為歸正道人，為造殿堂，費用無所出，遂設詭計勸募，令其徒弟喬扮為神仙呂洞賓到仕宦之家化緣。仕宦向富商說他見到的情景：

> 他頭一日來拜……就在大門之上寫了四個字，云“回道人拜”。……小價等他去後，舀一盆熱水洗刷大門，誰想費盡氣力，只是洗刷不去，方才說與下官知道。下官不信，及至看他洗刷，果如是言。只得喚個木匠，叫他用推刨刨去。誰想刨去一層，也是如此；刨去兩層，也是如此。把兩扇大門都刨穿了，那幾個字跡依然還在。下官心上才有一二分信他。曉得“回道人”三字，是呂純陽的別號……

此處化用呂洞賓赴青城山鶴會的故事。呂洞賓濃墨大書詩一章於門之大木上，仕宦令人取刀削之，發現墨跡深透木背。杜濬在《連城壁》評語中說李漁的小說“更妙在忽而說神忽而說鬼，看到後來，依舊說的是人，並不曾說神說鬼，幻而能真”。李漁化用這一故事時，對“取刀削之，深透木背”的現象做了現實的解釋：“原來門上所題之字，是龜溺寫的。龜尿入木，直鑽到底，隨你水洗刀削，再弄他不去。”《十二樓》中未見“回道人評”字樣，只有《歸正樓》中的“回道人拜”。《十二樓》評者為杜濬，而非李漁化名回道人自評。

李漁的《肉蒲團》第三回“道學翁錯配風流婿，端莊女情移輕薄郎”也出現過“回道人題”。小說此回敘寫未央生經媒人介紹，想娶鐵扉道人之女玉香為妻，但不知玉香姿容怎樣，其父又不允許相見，只好祈求神仙。小說寫道：

> 未央生齋戒沐浴，把請仙的朋友延至家中焚香稽首，低聲祝道：“弟子不為別事，止因鐵扉道人之女名喚玉香，聞得他姿容絕世，弟子就與他聯姻，稍有不然，即行謝絕。望大仙明白指示，勿為模糊之言，使弟子參詳不出。”祝完，又拜四拜，起來，扶住仙鸞，聽其揮寫。果然寫出一首詩道：
>
> 紅粉叢中第一人，不須疑鬼復疑神。
> 已愁艷冶將淫誨，邪正關頭好問津。
>
> 右其一
>
> 未央生見了這一首，心上思量道，這等看來，姿色是好的了。只後一句，明白說他冶容淫誨，難道這女子已被人破了瓜不成？詩後既有“其一”二字，畢竟還有一首，且看後作如何？只見仙鸞停了一會，又寫出四句說：

婦女貞淫挽不差，但須男子善齊家。

閉門不使青蠅入，何處飛來玉上瑕。

右其二　回道人題

未央生見了“回道人”三字，知是呂純陽的別號，心上大喜道，此公於“酒”“色”二字極是在行，他說好畢竟是好的了。後面一首是釋我心中之疑，不過要我提防的意思。

李漁在小說中引進呂洞賓，並引錄其詩作，明確標寫“回道人題”。李漁不可能用“回道人”作為自己的別號，這是千真萬確的事實。因此，首圖藏本《金瓶梅》第一百零一幅後的回道人題詞，不能作為李漁是評點者和改寫者的根據。《李漁全集》第十二卷〈點校說明〉說“李漁確實用過回道人的化名”，也是根據首圖藏本第一百零一幅圖像後題署。基於上述材料，這一立論同樣不能成立。〈點校說明〉很謹慎地說：“僅於首圖本見有回道人題詩來說明李漁是崇禎本改定者的理由尚嫌不足。”這說明點校者對“李漁評改《金瓶梅》”之說持有保留意見，不因崇禎本《金瓶梅》輯入《李漁全集》而附加喊，不做定論的判斷，這種科學態度是值得稱讚的。

（2）李漁〈三國演義序〉，今存兩篇：清康熙醉畊堂刊本《四大奇書第一種》李序、清兩衡堂刊本《笠翁評閱繪像三國志第一才子書》李序。兩篇在內容上有同有異。兩篇序文有真偽問題，需加辨析。我們曾把兩衡堂刊本李漁序輯入《〈金瓶梅〉資料彙編》（北京大學出版社 1985 年版）。現在看來，兩衡堂本李序中關於《金瓶梅》的一段評論不足為據，更不能據以說明李漁是《金瓶梅》評改者。對兩篇序文加以比較分析之後，筆者認為醉耕堂本李序是真的，兩衡堂本李序雖有原李序中的一些文句，但已被篡改，是一篇真假參半的序文。

首先，醉耕堂本毛評《三國演義》成書在李漁生前。序署“康熙歲次己未十有二月，李漁笠翁氏題於吳山之層園”，時在康熙十八年（1679）十二月。同年，李漁還寫有〈芥子園畫傳序〉，署“時在康熙十有八年歲次己未年夏後三日，湖上笠翁李漁題於吳山之層園”。有〈千古奇聞序〉，署“康熙己未仲冬朔，湖上笠翁題於吳山之層園”。以上三篇序均題署有年月。寫此三篇序的翌年，即康熙十九年（1680），正月十三日李漁病逝。從為毛評本作序到逝世僅一個月時間，他沒能看到為之寫序的毛評本出版。而兩衡堂本的成書與刊刻均在李漁逝世之後，序署“湖上笠翁李漁題於吳山之層園”，刊印者有意刪去原序文所署的年月。

據陳翔華先生考證，毛綸、毛宗崗父子在康熙初年評改《三國演義》。李漁為毛評本《三國演義》作序時，毛宗崗四十八歲，此本由醉耕堂刊刻，書名《四大奇書第一種》，為今存最早之毛評刻本。[1] 李漁在序中給毛評很高評價：“觀其筆墨之快，心思之靈，堪與聖歎《水滸》相頡頏，極怵心抉髓之談，而更無靡漫沓拖之病，則又似過之，因稱快者再。”並說明自己曾有志於評《三國》，因應酬日煩，因多出遊不暇，又

1 陳翔華：〈毛宗崗的生平與《三國志演義》毛評本的金聖歎序問題〉，載《文獻》1989 年第 3 期。

因病，“其志”“未果”。

兩衡堂刊本無回評，有眉批，大部分眉批是在毛氏回評與眉批基礎上抄錄、改寫而成，肯定成書於醉畊堂本之後。李漁終其一生，不管創作或立論，都堅決主張自成一家之言，不拾名流一唾，不效美婦一顰，主張獨創有我。他自己絕不會把他的晚輩毛宗崗評過的書加以抄錄、改寫作為自己“評閱”的成果。因此，兩衡堂本是否經過李漁評閱，其中的部分評語是否出自李漁之手，很值得懷疑。此書評語為書商假託李漁評的可能性大，而且對李漁序文進行了低水平的篡改。

其次，醉畊堂本李漁序與兩衡堂本李漁序相比較，有真假、高低、前後之不同。前序結構嚴謹，句句珠璣，語句流暢。開頭引馮夢龍四大奇書之說，沒有後序中“余亦喜其賞稱”文句，未涉及對三書評論的文字。前序引出“奇”字，引出《三國》，認為“奇莫奇於《三國》”，極自然順暢。

後序否定《水滸》，貶低《西遊》，評《金瓶梅》“差足淡人情慾”，不符合李漁在《閒情偶寄》中對《水滸》的肯定評價，也不符合他自己闡明的情慾論。

對《三國》評論時，妄改前序“據實指陳，非屬臆造，堪與經史相表裏”為“事有吻合而不雷同，指歸據實非臆造”，顯得不通。

原序文核心一段，論三國乃古今爭天下之一大奇局，演三國又古今為小說之一大奇手。然後緊扣這兩句展開論述，貫穿“以文章之奇而傳其事之奇”的論點，這是李漁“有奇事方有奇文”文學觀點的體現。由事奇文奇又說到書評，引出《三國》

毛評。最後點明“知第一奇書之目，果在《三國》”。

再次，兩衡堂本李序刪去了原序文評毛氏評語的一段文字，刪去了“六種人讀之六快”的一段文字，把“第一奇書”改稱為“第一才子書”，把原序“前後梁”誤作“前後漢”，最後聲稱“余於聲山所評傳首，已僭為之序矣”，“余茲閱評是傳”，“是為序”，似乎説以前寫有一篇毛評本序，今為“余茲閱評”的本子再寫一序。然而兩序框架、部分語句相同，而又有刪改、添加的文句，移毛評本序為“余茲閱評”本子的序，露出了篡改、假託的痕跡。

兩衡堂本李序中評《金瓶梅》説：“夫《金瓶梅》，不過譏刺豪華淫侈，興敗無常，差足淡人情慾，資人談柄已耳，何足多讀？”為原序所無，不能看作是李漁對《金瓶梅》的評論文字。這段評論不但不能説與崇禎本評語合拍，而且與崇禎本評語肯定《金瓶梅》為世情書，非淫書，評人物“情深”“韻趣動人”，讚揚作者為“寫生手”，相去甚遠。這不能成為“李漁評改《金瓶梅》”之根據。

至於説，認為崇禎本第三十八回有一條眉批是李漁“聲稱《新刻繡像批評金瓶梅》為予書”[1]，是由於未做校勘而產生的誤解。所引眉批刊刻有誤：

> 老婆偷人，難得道國不氣。若謂予書好色亦甚於好財，觀此，則好財又甚於好色也。

1 見劉輝、楊揚主編《〈金瓶梅〉之謎》，書目文獻出版社 1989 年版，第 85 頁。

然而，北大本、日本內閣文庫本上眉批均作：

老婆偷人，難得道國亦不氣苦。予嘗謂好色甚於好財，觀此，則好財又甚於好色矣。

“予書”顯係誤刻或誤引，“予嘗”為正。

（3）張竹坡評《金瓶梅》康熙年間原刊本扉頁右上方題“彭城張竹坡批評金瓶梅”，中間“第一奇書”，左下方“本衙藏板翻刻必究”。後來出現很多種翻刻本，其中有一種扉頁上端題“康熙乙亥年”，框內右上方“李笠翁先生著”，中間“第一奇書”，左下方“在茲堂”，這種本子無回前評語。張竹坡評點《金瓶梅》在康熙三十四年（乙亥，1695），此時李漁已去世十五年。翻刻張評本的書賈慕其盛名，偽託“李笠翁先生著”。查閱全部張竹坡評語，沒有一處提到《金瓶梅》與李漁有關，而原刊本明確標明“彭城張竹坡批評《金瓶梅》”，沒有任何偽託。張竹坡主張不要無根據地去猜測作者姓名，他在《讀法》第三十六則中說：

作小說者，概不留名，以其各有寓意，或暗指某人而作。夫作者既用隱惡揚善之筆，不存其人之姓名，並不露自己之姓名，乃後人必欲為之尋端竟委，說出姓名何哉？何其刻薄為懷也！且傳聞之說，大都穿鑿，不可深信。

崇禎本至晚在崇禎初年即刊印。刊印於崇禎元年（1628）

的《魏忠賢小説斥奸書》凡例中提到“不習《金瓶梅》之閨情”，編纂於崇禎二年（1629）的〈《幽怪詩譚》小引〉將《金瓶梅詞話》與《金瓶梅》同時提出。崇禎五年（1632）刊本《龍陽逸史》首有月光形圓圖，刻工為洪國良，他也是《金瓶梅》崇禎本插圖刻工之一。以上這些材料，可以進一步補充説明《新刻繡像批評金瓶梅》在崇禎初年已刊印流傳。此時李漁十八歲左右，可能在如皋或蘭溪，尚未開始其創作生涯，尚不具備評改《金瓶梅》的環境與條件，甚至尚沒有讀到《金瓶梅詞話》。

（五）評改者的隱約身影

反覆研閱《金瓶梅》繡像評改本的評語，聯繫《五雜組》《小草齋文集·金瓶梅跋》，便隱約呈現出謝肇淛的身影。謝肇淛（1567—1624），字在杭，號武林，長樂（今屬福建）人，祖籍杭州。萬曆二十年（1592）進士，袁宏道同年。除湖州推官，量移東昌，累遷工部郎中，督理北河，駐節張秋，著有《北河紀餘》，後官至廣西左布政使。萬曆二十六年（1598），調為東昌司理，在東昌居住六年，著有《東昌雜纂》《居東集》。此時《金瓶梅》抄本已傳播。謝肇淛從袁宏道那裏抄錄十之三，從丘諸城那裏抄錄十之五。萬曆三十四年（1606），父親辭世，謝肇淛居家丁父憂，閉門著述。此時謝肇淛已藏有《金瓶梅》抄本。

〈金瓶梅跋〉載於《小草齋文集》卷二四。該卷計有跋文七十四篇，〈王百穀尺牘跋〉〈董太史書跋〉〈莫雲卿書卷跋〉等，都是所藏字畫、圖書之跋文。〈金瓶梅跋〉也是與《金瓶梅》一體，跋於抄本的。袁宏道也藏有《金瓶梅》抄本，但僅似漫士而神氣過之雲巒蓊蔚烟雨黯淡張之壁間淋漓猶濕何必積青削翠窮極毫芒哉汝鑑能文章詩法書法皆入妙品且當駪駪四方而能留心藻繪所謂分其所長足了數人者耶盍卿其寶藏之

金瓶梅跋

金瓶梅一書不著作者名代相傳永陵中有金吾戚里憑怙奢汰淫縱無度而其門客病之採摭日逐行事彙以成編而托之西門慶也書凡數百萬言爲卷二十始末不過數年事耳其中朝野之政務官私之晋接閨闥之媟語市里之猥談與夫勢交利合之態心輸背笑之局桑中濮上之期尊罍枕席之語駔驓之機械意智粉黛之自媚爭妍狎客之從臾逢迎奴儓之稽唇淬語窮極境象駴意快心譬之范工摶泥妍媸老少人鬼萬殊不徒肖其貌且并其神傳之信稗官之上乘鑪錘之妙手也其不及水滸傳者以其猥瑣媟嫚無關名理而或以爲過之者

彼猶機軸相放而此之面目各別聚有自來散有自去讀者意想不到唯恐易盡此豈可與褒儒俗士見哉此書向無鏤板鈔寫流傳參差散失唯弇州家藏者最爲完好余於袁中郎得其十三於丘諸城得其十五稍爲釐正而闕所未備以俟他日有嗤余誨淫者余不敢知然溱洧之音聖人不刪則亦中郎帳中必不可無之物也傚此者有玉嬌麗然而乖彝敗度君子無取焉

※謝肇淛〈金瓶梅跋〉載於《小草齋文集》卷二四

有〈與董思白〉信札，傳遞了《金瓶梅》問世信息，只有“雲霞滿紙，勝於枚乘《七發》多矣”這句概括性評語。而謝肇淛〈金瓶梅跋〉是一篇最早全面評價《金瓶梅》的專論，既具有重要理論價值，又有重要文獻價值。謝肇淛在全面把握《金瓶梅》形象體系基礎上，發現了《金瓶梅》之美與藝術獨創特點，達到了時代的最高水平。在理論上，謝肇淛評價了《金瓶梅》的素材來源、生活基礎，充分評價《金瓶梅》直面人生、描繪世態人情的寫實成就，作品是“稗官之上乘”，作者是“爐錘之妙手”，塑造人物具有肖貌傳神、形神兼備的特點。他認為《金瓶梅》超過《水滸傳》，因為《水滸傳》寫人物走的是老路，有框框，人物、情節前後有重複之處，而《金瓶梅》寫人物則各有各的面目，情節上讓讀者意想不到。他肯定《金瓶梅》性描寫的存在意義，抄錄釐正《金瓶梅》，並不怕有人嗤之“誨淫”。而謝肇淛珍藏的《金瓶梅》抄本的百分之八十，已是全書的主體。至少已至第七十九回西門慶之死，或第八十七回潘金蓮被殺，“始末不過數年事耳”正符合兩個主要人物之“始末”。此時還沒有形成評改本的文本，所謂“為卷二十”，可理解為二十冊。在明清文人筆下，卷、帙、目、冊常常是混用的。所謂“釐正”，即整理而考正之，既做藝術的品賞，又做學術上的研究。待《金瓶梅詞話》刊本印出後，謝肇淛才以詞話本刊本為底本，在以前多年研究基礎上對詞話本邊改寫邊評點，完成了評改這一具有歷史意義的巨大工程。

第一，潛心細讀，多年把玩，藏有抄本，關注全本。謝肇淛自己對《金瓶梅》“潛心細讀數遍”（第四十九回眉批），“玩之不能釋手，掩卷不能去心”（第二十七回眉批），達到愛不釋手、時時在心的程度。他在得到不全抄本時，了解到“王弇洲家藏最為完好”，他會聯絡袁宏道等友人，千方百計搜求所缺的部分，“闕所未備，以俟他日”（〈金瓶梅跋〉）。從得到抄本，加以釐正潛心細讀，全面研究到寫出跋文，到進行修改與評點，應該是水到渠成、自然而然的過程。

第二，任職東昌，督理北河，駐節張秋，走訪諸城，遊覽嶧山，對《金瓶梅》故事背景地較為熟悉。萬曆二十六年（1598），謝肇淛始任東昌司理，任職六年，著《居東雜纂》《居東集》，撰〈東昌府志序〉〈登嶧山記〉等。《小草齋文集》卷二一有〈密州同王藎伯明府登超然台懷古〉：

一片秋光爽氣開，況逢仙令共登台。
城連平楚天邊去，雲擁群山海上來。
濰水尚寒高鳥盡，穆陵無恙夜烏哀。
尊前欲灑羊公淚，往事殘碑半綠苔。

明萬曆《諸城縣志》收錄此詩。張清吉考證此詩寫於萬曆三十一年（1603），此時謝肇淛到諸城訪友，他的“於丘諸城得其十五”，可能即此時所抄。

第三，提倡“博覽稗官諸家”，這有助“多識畜德”，提高素養。謝肇淛在〈金瓶梅跋〉，〈虞初志序〉，《五雜組》卷一三、卷一五，《文海披沙》卷七等論著中，對小說藝術真實性、虛實關係、藝術想像、藝術獨創及小說發展史進行了精闢論述。他在《五雜組》卷一三中提倡讀小說："故讀書者，不博覽稗官諸家，如啖粱肉而棄海錯，會堂皇而廢台沼也。" 小說具有認識價值、審美意義，"多識畜德之助，君子不廢焉"。

謝肇淛不但是小說理論家，還是小說作家，著有筆記小說《麈餘》四卷，其中有〈新安商人妻之冤〉，寫商人外出經商，遠離家鄉，以同情筆調記敘商人夫妻之悲劇，對商人的生活思想給予關注。他還寫有傳奇小說〈江妃傳〉（《小草齋文集》卷一一），虛構了唐玄宗侍妃江綠玉入宮、受寵，被楊貴妃、梅妃（江妃之姐）嫉妒，烈日下受曝曬、炮烙，被摧殘致死的故事。立意在暴露諷刺皇帝"怠於政務，日事遊宴"奢靡荒政的政治現實，反駁"女人禍國"的謬見，同情江妃的不幸處境。同時讚頌女性美，江妃死後，"香名猶膾炙人口"，其子孫猶美麗。江妃雖死，但其美永駐人間。這一篇傳奇小說，可以說是一部"小金瓶梅"。

第四，〈金瓶梅跋〉和評改本的評語是互補的，似應出自一人之手。從總體上肯定《金瓶梅》是一部世情書，而不是淫書；肯定性描寫的意義；《金瓶梅》藝術上超過《水滸傳》等基本評價，〈金瓶梅跋〉和評語是完全一致的。〈金瓶梅跋〉評作品為"稗官之上乘"，作者是"爐錘之妙手"；評語也說是"語語靈穎""的是針工匠斧"（第五十八回眉批），寫人物"並聲影、氣味、心思、胎骨之怪，俱為摹出，真爐錘造物之手"（第九十一回眉批）。〈金瓶梅跋〉評寫人物"不徒肖其貌，且並其神傳之"；評語多處評寫人物"神情""生氣""千古如生"。

《金瓶梅》詞話本第一回寫武松打虎之後，眾人迎送武松到縣衙，“武松到廳上下了轎”。《金瓶梅》評改本第一回為“這時正值知縣升堂，武松下馬進去”，改乘轎為騎馬。《五雜組》卷一四“事部二”：

> 唐宋百官入朝皆乘馬，宰相亦然。政和間以雨雪泥滑，特許暫乘轎，自渡江後俱乘轎矣。蓋江南轎多馬少故也。國朝京官，三品以上方許乘轎，三五十年前，郎曹皆騎也，其後因馬不便，以小肩輿代之，至近日遂無復乘馬者矣。

對騎馬與乘轎之改易，是一個歷史事實細節，謝肇淛也給予重視。

謝肇淛對皇室貴族窮奢極慾、壓榨百姓甚為不滿。《五雜組》卷四“地部二”指出“富者日富，而貧者日貧”的社會現實。評改本第六十七回眉批：“貧者爭一錢不可得，而富家狠戾若此。作者其有感憤乎？”評者與作者對待貧富懸殊有共同的感憤。

謝肇淛卒於天啟四年（1624），評改本應完稿在他的晚年，由他的友人、後輩學人組織刊印在崇禎初年。〈《幽怪詩譚》小引〉寫到“湯臨川賞《金瓶梅詞話》”，傳遞的還是詞話本信息。聽石居士的〈《幽怪詩譚》小引〉寫於崇禎二年己巳（1629）。此後不久，《金瓶梅》評改本即出版問世。

※謝肇淛手跡（藏上海圖書館）

§ 第六章 §

天津圖書館藏《金瓶梅》崇禎本特徵

《新刻繡像批評金瓶梅》崇禎本據現存詞話本改寫加評語而成，又是張竹坡據以評點的底本，處於《金瓶梅》版本流變的中間環節，承上啟下，至關重要。初刻本刊刻於明代崇禎初年（約崇禎二至五年）[1]，有精美繡像二百幅，評語有眉批一千四百多條及眾多行間夾批（無回評），為一部綜合的藝術文本，是古代小說藝術傳媒史上的里程碑。

《新刻繡像批評金瓶梅》崇禎本會校本經國家新聞出版署〔88〕602號文件批准，由齊魯書社於1989年6月出版，向學術界發行。1990年2月，由三聯書店（香港）有限公司與齊魯書社聯合重印，在海外發行。該書是新中國成立後第一次繁體直排崇禎本足本，每回後附據現存崇禎本主要版本的會校校

1 吳曉鈴據洪國良刻《禪真後史》《龍陽逸史》，認為崇禎間刻本《金瓶梅》的上版應該在二年和五年之間。見〈記有關《金瓶梅》的一二事〉，《吳曉鈴論〈金瓶梅〉》，齊魯書社2022年版。

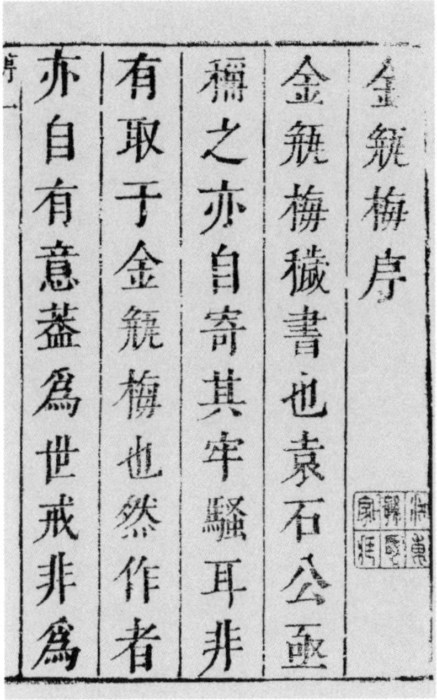
金瓶梅序
金瓶梅穢書也袁石公亟
稱之亦自寄其牢騷耳非
有取于金瓶梅也然作者
亦自有意蓋爲世戒非爲

※《新刻繡像批評金瓶梅·東吳弄珠客序》首半葉書影

記。是書的整理工作為筆者與齊魯書社的三位同志合作完成。整理工作得到了吳曉鈴先生、朱一玄先生的支持指導，得到北京大學圖書館、天津圖書館、上海圖書館、吉林大學圖書館、首都圖書館、大連圖書館的支持。在考察閱讀北大本、天圖本、上圖藏甲乙本、首圖藏本、吳藏抄本、殘存四十七回本等版本，思考研究崇禎本特徵類別關係、崇禎本與萬曆詞話本關係、崇禎本評語在小說批評史上的地位等學術問題時，吸取了前輩專家及當代學者吳曉鈴、朱一玄、梅節、黃霖、劉輝、吳敢等的研究成果。該書在引言中初步梳理了以上三個問題。

《新刻繡像批評金瓶梅》崇禎本會校本初版至今已二十多年。在這二十多年裏，學界同仁對崇禎本的研究取得了新的成果，把若干學術難題的探索往前推進了一步。黃霖〈關於《金瓶梅》崇禎本的若干問題〉、梅節〈瓶梅閒筆硯——梅節金學文存〉、王汝梅〈《金瓶梅》繡像評改本：華夏小説史上的里程碑〉、楊彬〈崇禎本《金瓶梅》研究〉、周文業〈《金瓶梅》崇禎本系統東大本研究——台版金瓶梅後記〉、趙興勤〈王孝慈藏本《金瓶梅》木刻插圖研究〉等文，都對崇禎本做了新探索。筆者學習吸取研究新成果的同時，重閱天津圖書館藏本，有了些新的感受。

一、從款式、版片看天圖本在崇禎本版系中的位置

行款、圈點、夾批同北大本。眉批少，二字行或四字行，殘存不完整。

每半葉十行，行二十二字，單線版框。書口上刻“金瓶梅”，中刻回數，下刻本回葉數，無魚尾。

第一回第一、二葉三條眉批為兩字一行，後有四條眉批為四字一行。第六葉 B 面眉批“如此賢婦世能有幾”，四字一行，共兩行，首二字為墨塊。第十葉 B 面眉批“只恐攜帶二爹便要插戴二娘”，應為三行，殘存兩行，行末二字壓框線刻印（因天頭窄而寫不下）。與北大本比較，少十二條眉批。

天圖本第二回第八葉 B 頁眉批一條四行，殘存每行末一字。第九葉 A 面眉批殘存四字。第五回兩處殘存眉批。第六回兩處殘存眉批。第十五回有一處殘存眉批。第十九回眉批殘存兩處。第二十回有眉批兩條，二字行。第二十一回眉批三條，

官與我相熟他那裡又寬敞又幽靜伯爵接過來道哥說
的是敢是永福寺和尚倒和謝家嫂子相好故要薦與他
去的希大笑罵道老花子一件正事說說就放出屁來了
正說笑間只見玳安兒轉來了因對西門慶說道他二爹
不在家俺對他二娘說來二娘聽了好不歡喜說道既是
你西門爹攜帶你二爹做兄弟那有箇不來的等來家我
與他說至期以定攛掇他來多拜上爹又與了小的兩件
茶食來了西門慶對應謝二人道自這花二哥倒好箇伶
俐標緻娘子方說罷又拿一盞茶吃了二人一齊起身道
哥別了罷咱自去通知眾兄弟斜他分資來哥這裡先去

※天圖本第一回第十葉B面眉批四字一行

二字行。第二十三回眉批殘存四字，在行末。第二十六回眉批殘存一條，三行每行末一字。第三十四回存眉批兩條，每行末二字。第三十六回第四葉A面殘存眉批一條，行末二字。B面殘存眉批一條，行末二字。第五十一回第一葉B面，第二葉A面殘存眉批。

據以上情況看，天圖本約80%的章回無眉批。有眉批處多為殘存，缺每行首二字，殘存末一或二字，幾乎每回版片都

※天圖本第四十八回缺第九至十葉，第八葉書口下刻葉數「八至十」。

如意兒見他頑的訕、連忙把官哥兒接過來抱着、金蓮與
樓兩個還戲謔做一處金蓮尋那一枝桃花兒做了一
個圈兒、悄悄套在陳經濟帽子上、走出去正值孟玉樓和大
姐、桂姐三個從那邊來、大姐看見、便問是誰幹的營生經
濟取下來去了、一聲兒也沒言語堂客前戲文扮了四大
折兒

[illegible]日光[illegible]指過　　簾前花影座間移

看看天色晚來、西門慶分付賁四先把擡轎子的每人一
碗酒、四個燒餅、一盤子熟肉、分散停當然後纔把堂客轎
子起身、官家騎馬在後來興兒與廚役慢慢的擡食盒盤

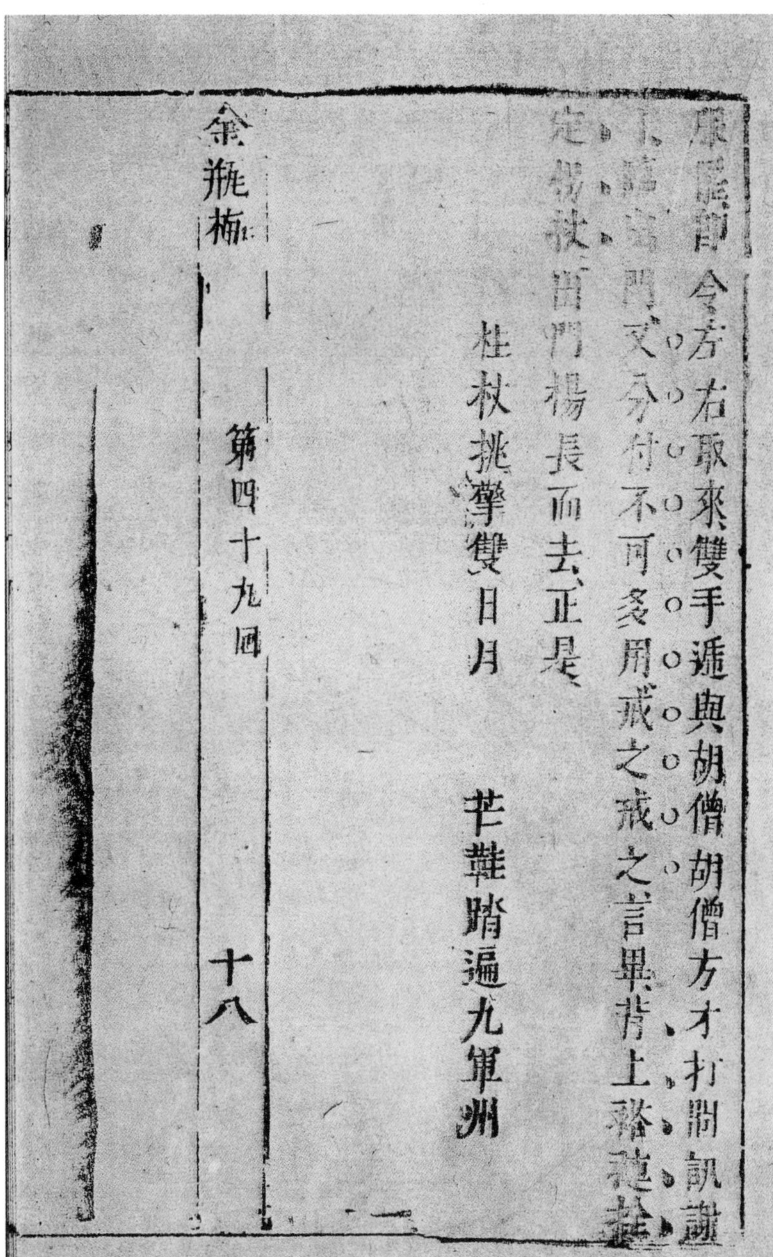

西門慶令左右取來雙手遞與胡僧胡僧方才打問訊謝了臨出門又分付不可多用戒之戒之言畢背上搭褡褳拴定拐杖出門揚長而去正是

柱杖挑擎雙日月　　芒鞋踏遍九軍州

金瓶梅　第四十九回　十八

※天圖本第四十九回第十八葉書口刷印在A面

有斷版。版片天頭處眉批字小筆畫細，由於經受磨損，存放時間長，所以字跡模糊。天圖本據殘損的版片刷印時，將多數眉批刪除，存留的眉批多為殘存。

天圖本有缺葉。第四十八回第八葉書口下部刻葉數“八至十”，標明缺第九、十葉版片，未補刻。

第四十九回第十八葉 A 面回末詩後刻有“金瓶梅第四十九回十八”，應刻在書口的這一行，刷印在 A 面，這一款式在崇禎本版系中的其他諸本未見。

天圖本與北大本相比較有縮版之處。天圖本卷首〈金瓶梅序〉序尾“東吳弄珠客題”，在“也”字下刻印，未另起行。北大本此六字另行刻印，單獨佔半葉版片。

天圖本卷首目錄“第一百回”目序下接刊“韓愛姐路遇二搗鬼，普靜師幻度孝哥（兒）”（“兒”字缺）。北大本“第一百回”目序單刻一行，另起一行印回目，回目單獨佔半葉版片。

天圖本用橫輕豎重的方體明體字（刻工易於施刀）。北大本同。天圖本應早於北大本，更接近王孝慈舊藏本。北大本據天圖本翻刻重印，眉批調整為四字一行。縮版之處修為正版。天圖本、北大本都是崇禎本系之第二代本。天圖本版刻在前，而刷印較晚。

二、從卷題、正文看天圖本之底本

天圖本卷一至卷五，卷題均為“新刻繡像批評金瓶梅卷之 ×”。卷六題“新刻繡像批評金瓶梅卷之六”。卷七題“新

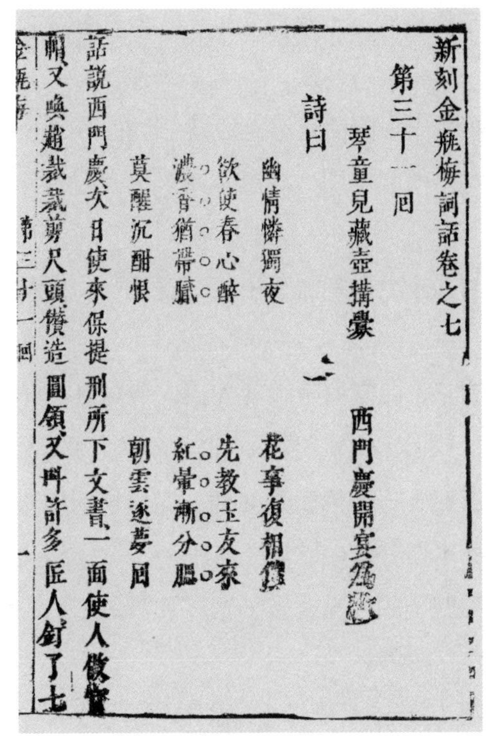

新刻金瓶梅詞話卷之七

第三十一回

琴童兒藏壺搆釁　西門慶開宴爲歡

詩曰

幽情憐獨夜　花事復相催
欲使春心醉　先教玉友來
濃香猶帶膩　紅暈漸分腮
莫醒沉酣恨　朝雲逐夢回

話說西門慶次日使來保提刑所下文書，一面使人做帽，又與趙裁裁剪尺頭，攢造圓領，又叫許多匠人釘了七

金瓶梅　第三十一回　一

※ 天圖本卷七題「新刻金瓶梅詞話卷之七」

刻金瓶梅詞話卷之七”，北大本作“新刻繡像批評金瓶梅卷之七”。第三十一回回目前，正是分十卷之詞話本卷題“新刻金瓶梅詞話卷之四”位置，天圖本刊刻時沿用了詞話本卷題。卷八題“新刻金瓶梅評點卷之八”，北大本也題“評點”。卷九題“新刻繡像批點金瓶梅詞話卷之九”，北大本同。卷十題“新刻繡像批評金瓶梅卷之九”，誤“十”為“九”，北大本同。卷十四題“新刻金瓶梅批點卷之十四”，北大本同，也題“批點”。

北大本卷題與天圖本基本相同。天圖本卷之七、卷之九兩處遺留有“金瓶梅詞話”之書名。北大本只有卷之九有這一書名遺留。

天圖本第二十一回回目，總目為“簪花”，正文回目為“替花”，北大本、內閣本同。詞話本總目、回目均作“替花”，不誤。

天圖本第二十六回第五葉 B 面“俺門”，北大本同，不作“俺每”。

天圖本第三十四回第十八葉 A 面“情知語是針和線，就地引起是非來”，詞話本作“線”，北大本作“絲”。

天圖本第四十一回第四葉 B 面“四個蝶甸大果盒”，北大本同，吳藏抄本作“螺甸”。

天圖本第四十四回第七葉 B 面“曰湛湛”，北大本、內閣本、詞話本作“白湛湛”。

天圖本第五十一回第二十一葉 A 面“門于”，北大本作“門子”。

天圖本第六十一回回末詩“腹內包藏一肚愁”，北大本同。

天圖本第六十三回第十四葉 A 面“天色已將曉”，北大本同。內閣本誤“曉”作“晚”。

天圖本第六十六回第二葉 B 面“懸掛齊題二十六字”，北大本作“齋題”，內閣本、首圖本、吳藏抄本均作“齊題”。

天圖本第七十一回第十四葉 A 面“旋吹火煮茶”，北大本同。詞話本作“炊火”。

天圖本第七十四回第三葉 A 面末六行補版新刻，結尾詩末句“十二時中自著迷”，北大本作“自著迷”，內閣本作“自著研”，首圖本作“自著斫”。第十三葉 A 面“常聽詩書金玉，故生子女端正聰明”，北大本作“常玩詩書金玉，故生子女端正聰慧”。

天圖本第七十五回第二葉 B 面“為冤結仇”，北大本殘缺，內閣本、首圖本不缺。吳藏抄本作“為冤結冤”。

天圖本第七十八回第二十九葉 B 面“大廳格子外”，北大本同。內閣本、首圖本作“炕廳格子外”。

天圖本第七十八回第三十葉 A 面“族擁”，北大本同，詞話本作“簇擁”。第八葉 B 面“向西門慶一撲”，北大本同，詞話本“一撲”作“一拾”。第十一葉 A 面“嗜慾深者其生機淺”，崇禎諸本同，詞話本“生機”作“天機”。

天圖本第八十回第十二葉 B 頁“紛紛謀妾侼人眠”，北大本“侼人眠”作“字人眠”，內閣本、首圖本作“伴人眠”。

天圖本第八十三回第八葉 A 面“嬌眼拖斜”，崇禎諸本沿詞話本誤“乜”為“拖”。

天圖本第一百回結尾詩“閥閱”，崇禎諸本同。詞話本作“閒閱”。

第七回“都來做生日”，據上下文應作“都來做三日”。天圖本等崇禎本沿詞話本誤。

第十一回末葉“常時節”，天圖本、北大本同詞話本。崇禎本、張評本已改“常時節”為“常峙節”。

第七十三回“胡亂帶過斷斷罷了”，天圖本沿詞話本誤“斷七”為“斷斷”。張評本作“斷七”，是。

第七十九回“失脱人家逢五鬼，濱泠惡鬼撞鍾馗”，天圖

也其像猶如亂絲而無頭變與無常大運逢之多主晦昧
之事引惹疾病主正二三七九月病災有損小口凶殃小
人所羨口舌是非主失財物或是陰人大爲不利抄畢數
敬濟拏來家西門慶正和應伯爵溫秀才坐的見抄了數
來拏到後邊解說與月娘聽見命中多凶少吉不覺
眉間搭上三黃鎖　腹內包藏一肚愁

※ 天圖本第六十一回回末詩

本沿詞話本誤“失曉”為“失脱”，誤“溟泠”為“濱泠”。

天圖本、北大本等崇禎本以現存詞話本為底本，在版刻上保留了詞話本的元素，還可以舉出更多例證。

從卷題的一致與差異，正文二十多例文字上的一致與差異來看，可以判斷天圖本版刻在前，北大本據天圖本版刻修訂翻印。天圖本與北大本都留有詞話本的基因，它們與詞話本為母子關係而不是兄弟關係。

三、天圖本與王孝慈舊藏本插圖之比較

王孝慈舊藏本存插圖二百幅，每回兩幅，集中裝訂。插圖分署新安徽派刻工名家劉應祖、黃子立、劉啟先、洪國良、黃汝耀等，共三十三幅有刻工姓名。

王孝慈舊藏本、北大本、殘存四十七回本第二十二回圖一相同位置署刻工“新安劉啟先刻”。天圖本此回圖有此刻工署名，同王孝慈舊藏本、北大本。

黃子立等徽派刻工居住在杭州。金陵人瑞堂本《隋煬帝艷史》，崇禎四年（1631）刊，插圖纖麗細緻，窮工極巧，精美絕倫，出黃子立之手。黃子立，名建中，子立是他的號，刻《青樓韻語》[萬曆丙辰（1616）刊本] 的黃應瑞的姪孫，刻《水滸傳》（萬曆間容與堂刊）、《李卓吾先生批評琵琶記》（萬曆間容與堂刊本）、《西廂記》（約天啟間凌氏即空觀印本）的黃應先之孫，刻《四聲猿》的黃一彬之子。洪國良刻過崇禎二年己巳（1629）刊本《禪真後史》和崇禎五年壬申（1632）刊本《龍

※天圖本第二十二回圖一署刻工「新安劉啟先刻」

陽逸史》。《禪真後史》《隋煬帝艷史》《龍陽逸史》之插圖均為一人獨立雕刻，而崇禎本插圖則聚集了五名徽派刻工名家，可見當時出版者對《金瓶梅》插圖的重視程度。

崇禎本刊印在杭州。被鄭振鐸先生稱為"武林版《金瓶梅》"。鄭振鐸先生藏武林版《金瓶梅》插圖的初印本（王孝慈原藏）。北平古佚小說刊行會影印《金瓶梅詞話》時，卷首所附兩冊插圖，即是用此初印本為底本影印的。鄭振鐸說：

> 這些插圖，把明帝國沒落期的社會生活的各方面無不接觸到。是他們自己生活於其中的，故體驗得十分深刻，表現得也"異常"現實。……像這樣涉及面如此廣泛的大創作，在美術史上是罕見的。不要說，這些木刻畫家們技術如何的成熟，繪刻得如何精工，單就所表現的題材一點講來，就足以震撼古今作者們了。[1]

這二百幅插圖，極大地豐富了崇禎本的美學價值。

王孝慈舊藏本正文佚失，存留的二百幅插圖，成為我們了解崇禎初刻本信息的重要載體，也是了解翻刻本插圖並與初印本比較的唯一對象。

王孝慈舊藏本第一回圖一題"西門慶熱結十弟兄"，天圖本、北大本作"十兄弟"。原圖繪十弟兄，另有端盤的小童為十一人，人物長袍拖地不露腳。天圖本、北大本增加吳道官，連小童為十二人，桌上疏紙增加三行字（原圖空白），人物長袍下露腳。

王孝慈舊藏本第十三回圖一題"李瓶姐隔牆密約"，同詞話本。天圖本、北大本回目作"李瓶姐牆頭密約"，崇禎本評改者可能認為"隔牆密約"不合情理而修改為"牆頭密約"，圖繪西門慶在牆頭之上正往李瓶兒這邊跨越。

1　鄭振鐸：《中國古代木刻畫史略》，上海書店出版社 2011 年版，第 120 頁。

※天圖本第一回圖一繪有十二人

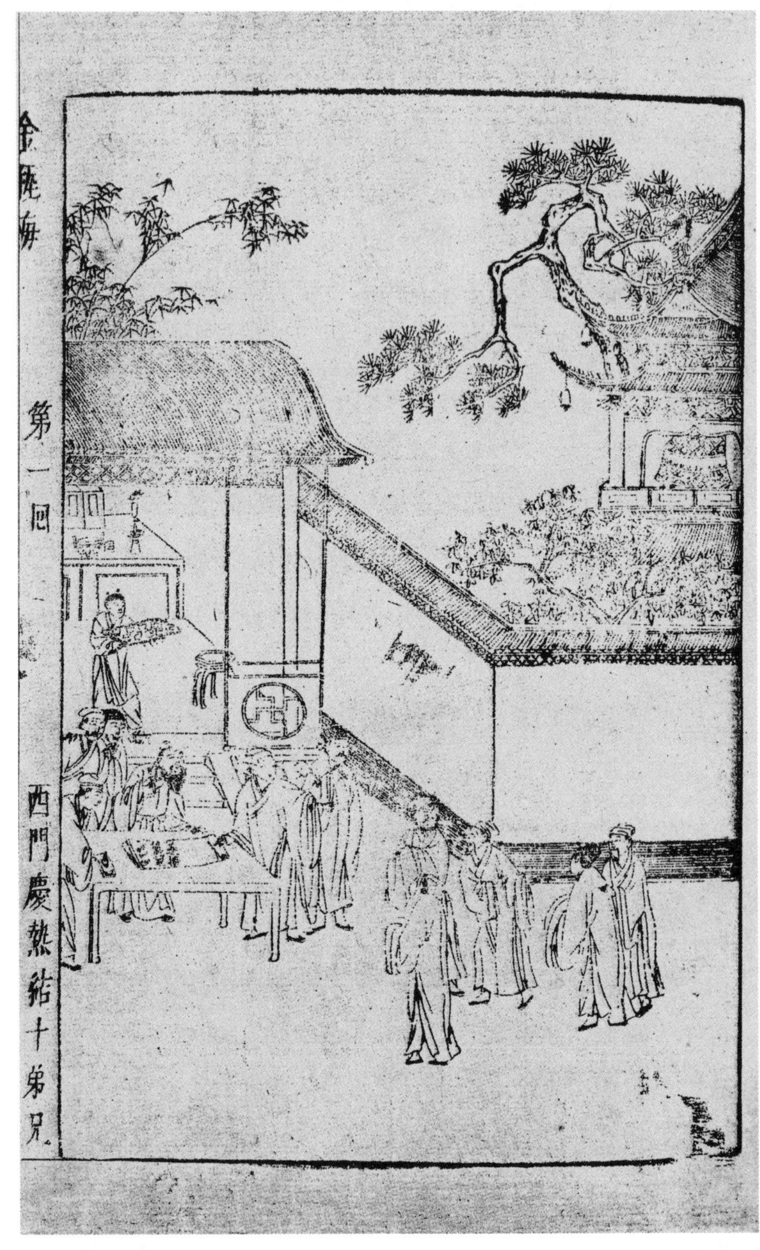

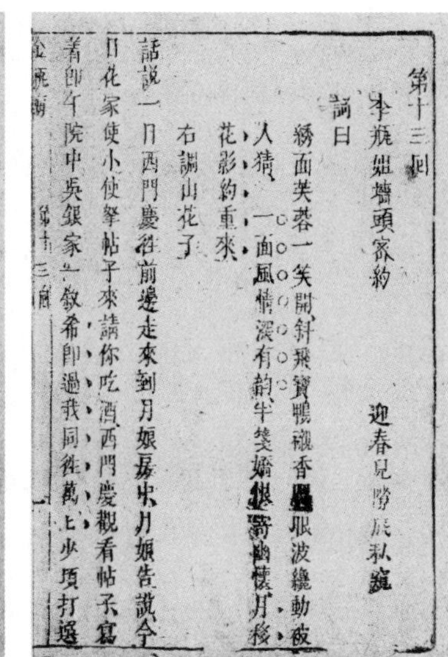
第十三回

李瓶姐墻頭密約　迎春兒隙底私窺

詞曰

綉面芙蓉一笑開，斜飛寶鴨襯香腮。眼波纔動被人猜，一面風情深有韵，半箋嬌恨寄幽懷，月移花影約重來。

右調山花子

話說一日西門慶往前邊走來，到月娘房中，月娘告說：今日花家使小使拿帖子來請你吃酒。西門慶觀看帖子寫著：即午院中吳銀家一敘，希即過我同往，萬萬！少頃打選

金瓶梅　第十三回

※天圖本第十三回圖一題「李瓶姐隔牆密約」，回目作「牆頭」。

王孝慈舊藏本第五十四回圖二題“任醫官垂帳診瓶兒”，北大本同。天圖本作“任醫官垂帳李瓶兒”，正文回目作“任醫官垂帳診瓶兒”，可以認為天圖本圖題誤“診”為“李”。估計王孝慈舊藏本正文回目也應為“任醫官垂帳診瓶兒”，北大本同，圖題、回目一致。

天圖本第十二回圖題“劉理星壓勝求財”。王孝慈舊藏本圖題、北大本圖題均誤“魘”為“壓”。天圖本、北大本正文回目作“魘”，估計王孝慈舊藏本正文回目也作“魘”，只是圖題誤。

天圖本第四十八回圖題“走捷徑操歸七件事”，沿王孝慈舊藏本圖題誤“探”為“操”，正文回目為“探”。北大本同。估計王孝慈舊藏本正文回目為“探”。

天圖本第六十三回圖題“西門慶觀戲動柒悲”，誤“深”為“柒”，正文回目作“動深悲”。北大本圖題、正文回目不誤。王孝慈舊藏本回目也應作“動深悲”。

天圖本第七十回圖題“兩提刑樞府庭參”，正文回目作“二提刑庭參太尉”，北大本同。天圖本、北大本圖題同王孝慈舊藏本。王孝慈舊藏本正文回目應作“兩提刑樞府庭參”（第一代崇禎本回目）。

天圖本第七十一回圖題“朱太尉引奏朝儀”，正文回目作“提刑官引奏朝儀”，北大本同。天圖本、北大本圖題同王孝慈舊藏本。王孝慈舊藏本回目應作“朱太尉引奏朝儀”。

天圖本第七十六回圖題“畫童哭躲蓋葵軒”，誤“溫”為“蓋”，王孝慈舊藏本、北大本不誤。天圖本正文回目不誤。

天圖本第七十九回圖題“吳月娘失偶生兒”，王孝慈舊藏本、北大本同。天圖本、北大本正文回目作“吳月娘喪偶生兒”，“喪偶”更準確。王藏本回目可能作“吳月娘失偶生兒”。

天圖本第九十四回圖題“洒家店雪娥為娼”，王孝慈舊藏本、北大本同。天圖本、北大本回目作“酒家店雪娥為娼”，刻工沿上“大酒樓”之“酒”，誤“洒”為“酒”。王孝慈舊藏本回目應作“洒家店雪娥為娼”。

據以上資料説明，天圖本有誤刻之處，北大本做了修訂，有的沿天圖本而誤。天圖本、北大本對王孝慈舊藏本有改動之處。

據上述三個方面的版本資料、書皮信息，崇禎本的流變過程十分清晰。

第一代：

王孝慈舊藏本

第二代：

天圖本（上圖乙本）[1]

北大本（上圖甲本）

吳藏抄本

殘存四十七回本[2]

第三代：

內閣本（東洋文化研究所本）[3]

首圖本

天圖本之版片斷版多，磨損嚴重，眉批大部分磨損，殘存少量二字行、四字行眉批。版刻顯示出明版的鮮明特點。插圖據王孝慈舊藏本版翻刻，保持了徽派刻工的風格，線條細若毛髮，纖麗精緻，眉目傳神，有豐富多彩的背景描繪。天圖本雖有殘損，仍不失其美學價值，可以説是一座斷臂的維納斯雕像，極為珍貴，可供後人永久欣賞。

---

1 楊彬認為上圖甲本與北大本同版，上圖乙本與天圖本同版，見《〈崇禎本金瓶梅〉研究》，文物出版社 2011 年版。

2 殘存四十七回本有書名頁，右上題“新鐫繡像批評原本”，中間大字“金瓶梅”，左題“本衙藏板”。插圖九十幅，第五回“飲鴆藥武大遭殃”及第二十二回“蕙蓮兒偷期蒙愛”，俱署刻工劉啟先。卷題、眉批、行款同北大本。

3 內閣本卷題較統一，卷一至七作“批點”，同北大本；卷八作“評點”，同北大本；卷十四至十五作“批點”，同北大本；卷十六至二十作“批評”，同北大本。排序不錯亂。每回起始，不另面刻，而是接前回結尾連排。第二十六至三十一回回首詩題、詞題刻印款與北大本同，其他回回首詩詞無“詩曰”“詞曰”，插圖縮減為百幅。內閣本據北大本翻刻，係為降低印製成本而縮版。

§ 第七章 §

《新鐫繡像批評原本金瓶梅》首都圖書館藏本、內閣文庫藏本、東洋文化研究所藏本之比較

本章所述三種藏本均失去扉頁，大冢秀高教授提供在日本的雜誌上刊載的《新鐫繡像批評原本金瓶梅》扉頁書影，原為內閣文庫藏本扉頁。殘存四十七回本（崇禎本、張評本的混合本）有書名頁；右上題“新鐫繡像批評原本”，中間大字“金瓶梅”，左題“本衙藏板”。此應為崇禎本系統第三代刊本的共有書名。

首都圖書館藏本，每半葉十一行，行二十八字，有圈點，無回前評，無眉批，有行間夾批。插圖一百零一幅：

第一回　西門慶熱結十弟兄[1]

第二回　潘金蓮簾下勾情

第三回　定挨光虔婆受賄

1　按：比王孝慈舊藏本圖多一人，連侍童為十二人，桌後提筆者身後站立兩人（王孝慈舊藏本圖為一人）。

金瓶梅序
金瓶梅穢書也袁石公亟
稱之亦自寄其牢騷耳非
有取于金瓶梅也然作者
亦自有意蓋爲世戒非爲

※《新鐫繡像批評原本金瓶梅》扉頁、序書影（內閣本、殘存四十七回本同）

第四回　赴巫山潘氏幽歡

第五回　捉姦情鄆哥設計

第六回　何九受賄瞞天

第七回　薛媒婆説娶孟三姐

第八回　盼情郎佳人占鬼卦

第九回　西門慶偷娶潘金蓮

第十回　義士充配孟州道

第十一回　潘金蓮激打孫雪娥

第十二回　潘金蓮私僕受辱

第十三回　李瓶兒隔牆密約[1]

第十四回　花子虛因氣喪身

1　按：王孝慈舊藏本圖作“李瓶姐隔牆密約”，北大本作“李瓶姐牆頭密約”。

※首都圖書館藏本第十二、十三回插圖

※首都圖書館藏本第十四、十五回插圖

第十五回　佳人笑賞玩燈樓

第十六回　西門慶擇吉佳期

第十七回　宇給事劾倒楊提督

第十八回　賂相府西門脱禍

第十九回　草裏蛇邏打蔣竹山

第二十回　傻幫閒趨奉鬧華筵

第二十一回　吳月娘掃雪烹茶[1]

第二十二回　蕙蓮兒偷期蒙愛[2]

第二十三回　賭棋枰瓶兒輸鈔

第二十四回　敬濟元夜戲嬌姿[3]

第二十五回　吳月娘春晝秋千

第二十六回　來旺遞解徐州

第二十七回　李瓶兒私語翡翠軒

第二十八回　陳敬濟僥倖得金蓮

第二十九回　吳神仙冰鑒定終身

第三十回　蔡太師擅恩錫爵

第三十一回　琴童藏壺構釁

第三十二回　李桂姐趨炎認女

第三十三回　陳敬濟失鑰罰唱

第三十四回　獻芳樽內室乞恩

第三十五回　西門慶為男寵報仇

1　按：插圖為第二十三回“賭棋枰瓶兒輸鈔”。

2　按：插圖為第二十四回“敬濟元夜戲嬌姿”。

3　按：插圖為第二十二回“蕙蓮兒偷期蒙愛”。

※首都圖書館藏本第十八、十九回插圖

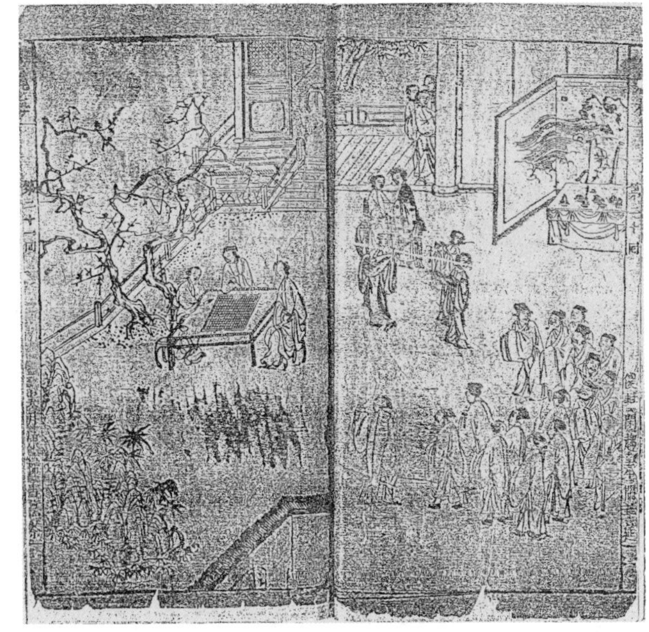

※首都圖書館藏本第二十、二十一回插圖

※首都圖書館藏本第二十二、二十三回插圖

※首都圖書館藏本第二十四、二十五回插圖

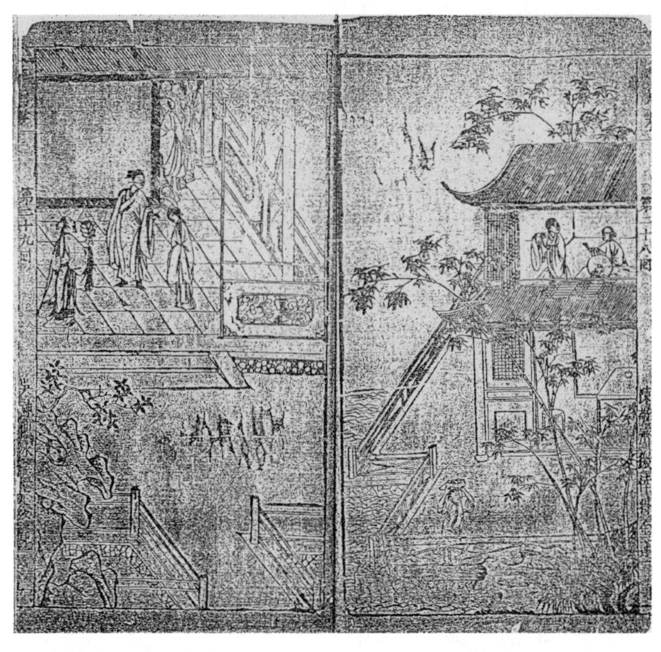

※首都圖書館藏本第二十八、二十九回插圖

※首都圖書館藏本第三十、三十一回插圖

第三十六回　翟管家寄書尋女子

第三十七回　馮媽媽説嫁韓愛姐

第三十八回　王六兒棒槌打搗鬼

第三十九回　寄法名官哥穿道服

第四十回　抱孩童瓶兒希寵

第四十一回　兩孩兒聯姻共笑嬉

第四十二回　逞豪華門前放煙火

第四十三回　爭寵愛金蓮鬥氣

第四十四回　避馬房侍女偷金

第四十五回　應伯爵勸當銅鑼

第四十六回　元夜遊行遇雨雪

第四十七回　苗青謀財害主

第四十八回　弄私情戲贈一枝桃

第四十九回　請巡按屈體求榮

第五十回　琴童潛聽燕鶯歡

第五十一回　打貓兒金蓮品玉

（以下圖題從略，每回均取該回兩幅圖之第一幅）

第八十一回　韓道國拐財遠遁[1]

第九十一回　孟玉樓思嫁李衙內[2]

第九十八回　陳敬濟臨清逢舊識[3]

1　按：此幅漏刻騎馬、推車的人物，自此幅以後，刀法極粗略。

2　按：王孝慈舊藏本作“孟玉樓思嫁李衙內”。北大本作“孟玉樓愛嫁李衙內”，內閣本、東洋文化研究所本同。

3　按：插圖漏刻船隻與船上人物。

※首都圖書館藏本第四十二、四十三回插圖

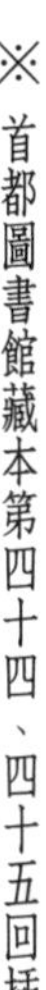

※首都圖書館藏本第四十四、四十五回插圖

※首圖本第一百回第一百幅圖「韓愛姐路遇二搗鬼」（右）左上漏刻籬笆門，第一百零一幅插圖「普靜師幻度孝哥兒」（左）。

第一百回　韓愛姐路遇二搗鬼[1]

第一百零一幅圖為“普靜師幻度孝哥兒”，書口無題。

內閣本、東洋文化研究所本圖都已佚，無法與首圖本圖對照。這三種本的插圖是據崇禎本第二代北大本等二百幅中選百幅或一百零一幅仿刻的，而且比北大本圖有漏刻或偷工減料之處。

三種本子的夾批位置同北大本，首圖本多數模糊不清。三種本子第二十六至三十回回首詩題詞題刻印格式與北大本同。

首圖本、內閣本、東洋文化研究所本都分二十卷，卷前有卷題：

1　按：插圖漏刻籬笆門。

新刻繡像批評金瓶梅卷之一（第一至五回）、卷之二（第六至十回）、卷之三（第十一至十五回）、卷之四（第十六至二十回）、卷之五（第二十一至二十五回）、卷之六（第二十六至三十回）、卷之七（第三十一至三十五回）。

新刻繡像評點金瓶梅卷之八（第三十六至四十回）、卷之九（第四十一至四十五回）。

新刻繡像批評金瓶梅卷之三

第十一回

潘金蓮激打孫雪娥　西門慶梳籠李桂姐

詩曰

六街簫鼓正喧闐　初月今朝一線添

睡去烏衣驚玉剪　鬪來宵燭渾朱簾

香綃染處紅餘白　翠黛攢來苦未甜

阿姐當年曾似此　從他戲汝不須嫌

話說潘金蓮在家恃寵生驕顛寒作熱鎮日夜不得個寧靜性極多疑專一聽籬察壁那個春梅又不是十分耐煩

金瓶梅　第十一回

※上圖乙本第十一回卷題作「新刻繡像批評金瓶梅卷之三」

新刻繡像批評金瓶梅卷之十（第四十六至五十回）、卷之十一（第五十一至五十五回）、卷之十二（第五十六至六十回）。

新刻繡像評點金瓶梅卷之十三（第六十一至六十五回）。

新刻繡像批點金瓶梅卷之十四（第六十六至七十回）、卷之十五（第七十一至七十五回）。

新刻繡像批評金瓶梅卷之十六（第七十六至八十回）、卷之十七（第八十一至八十五回）、卷之十八（第八十六至九十回）、卷之十九（第九十一至九十五回）、卷之二十（第九十六至一百回）。

三個卷題作"評點"，兩個卷題作"批點"，十五個卷題作"批評"，排序不錯亂。

卷一至七作"批評"，同北大本。卷八作"評點"，同北大本。卷十四至十五作"批點"，同北大本。卷十六至二十題"批評"，同北大本。天圖本、北大本卷題"新刻繡像批點金瓶梅詞話卷之九"被改為與其他卷題統一。

內閣本、東洋文化研究所本有眉批，三字一行。首圖本無眉批。三種版本行款版式一致，卷題另起一葉刻印，回目開始不另起葉，接上回結尾連排。第十一回正文開始處有行間夾批"禍從此戲罵起"，三種版本均把"禍"誤刻為"襯"。但是，三種版本圈點不同。同為崇禎本第三代，而又不是同版。首圖本無眉批，顯係書商偷工刪去，插圖仿刻粗糙。

內閣本、東洋文化研究所本第五十回結尾葉左下處有"金瓶梅十卷終"六字。

新刻繡像批評金瓶梅卷之三

第十一回

潘金蓮激打孫雪娥　西門慶梳籠李桂姐

詩曰

六街簫鼓正喧闐　初月今朝一線添　睡去烏衣驚玉剪
鬪來宵燭渾朱簾　香綃染處紅餘白　翠黛攢來苦未甜
阿姐當年曾似此　從他戲汝不須嫌

話說潘金蓮在家恃寵生驕顛寒作熱鎮日夜不得箇寧靜性極多疑專一聽籬察壁那個春梅又不是十分耐煩的一日金蓮為些零碎事情不湊巧罵了春梅幾句春梅沒處出氣走往後邊廚房下去捶檯拍凳鬧狠狠的模樣那孫雪娥看不過假意戲他道怪行貨子想漢子便別處去想

金瓶梅　三卷　第十一回　一

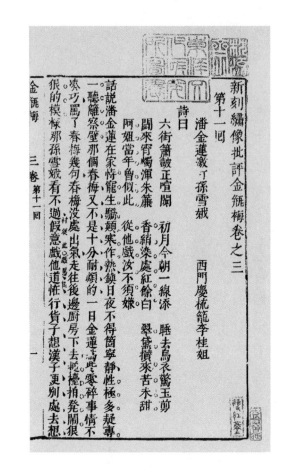

※東洋文化研究所本第十一回首半葉行間夾批，三種版本均把「禍」誤刻為「襯」。

東洋文化研究所本第五十九回第四十二至四十三葉之間缺一葉，共六百一十六字。內閣本、首圖本同東洋文化研究所本。

東洋文化研究所本原是長澤規矩也教授雙紅堂文庫藏書，1951 年入藏東京大學東洋文化研究所。

此三種本卷題同北大本，為崇禎本之正題。書名頁題《新

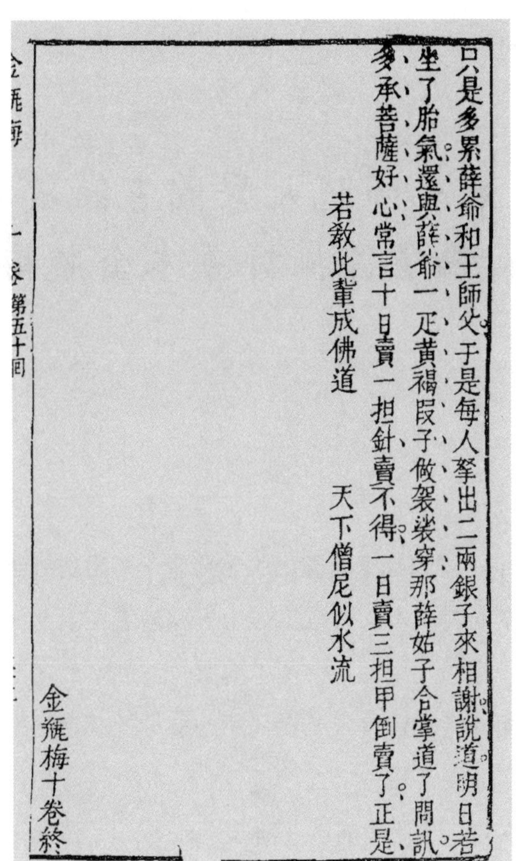
只是多累薛爺和王師父于是每人拏出二兩銀子來相謝說道明日若
坐了胎氣還與薛爺一疋黃褐段子做袈裟穿那薛姑子合掌道了問訊
多承菩薩好心常言十日賣一担針賣不得一日賣三担甲倒賣了正是
若教此輩成佛道　天下僧尼似水流
金瓶梅十卷終

※第五十回結尾葉左下有「金瓶梅十卷終」，三種版本同。

鐫繡像批評原本金瓶梅》顯係書商的偽作。前有詞話本，崇禎本的北大本、天圖本等，此三種本不可能是“原本”。

荒木猛在〈關於《新刻繡像批評金瓶梅》（內閣文庫藏本）的出版書肆〉一文中認為，內閣文庫藏本是杭州書賈魯重民刊刻，在崇禎十三年（1640）後的不遠時間。此一說可供參考。

§ 第八章 §

東北師範大學圖書館藏《新鐫繡像批評原本金瓶梅》

1989 年，遵照國家新聞出版署要求，齊魯書社出版《金瓶梅》崇禎本的會校本。會校工作中，整理者在東北師範大學圖書館發現一部《金瓶梅》崇禎本與張竹坡評本的《四大奇書第四種》相配補的混合本，並在《新刻繡像批評金瓶梅》會校本前言中曾作簡要介紹。

混合本共二十冊，前半九冊為崇禎本。〈金瓶梅序〉三葉，末葉"東吳弄珠客題"六字在"也"字下，未另起行，與天津圖書館藏本同。《新刻繡像批評金瓶梅》目錄卷一至卷二十，目錄完整，書口刻"金瓶梅"。第一百回目錄在葉末最後一行，與目次連接，未另起行，與天津圖書館藏本同。

卷之一與卷之二存第五至十回，為一冊。

卷之四存第十六至二十回，卷之五存第二十一、二十二回，為一冊。

卷之六存第二十六至二十九回半冊（本卷缺第三十回）。

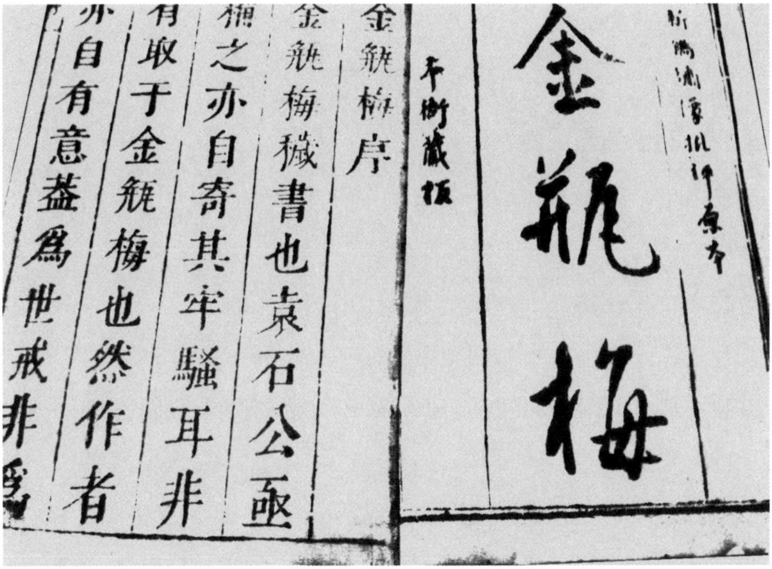

新鐫繡像批評原本

金瓶梅

本衙藏板

金瓶梅序

金瓶梅穢書也袁石公亟稱之亦自寄其牢騷耳非有取于金瓶梅也然作者亦自有意蓋爲世戒非爲

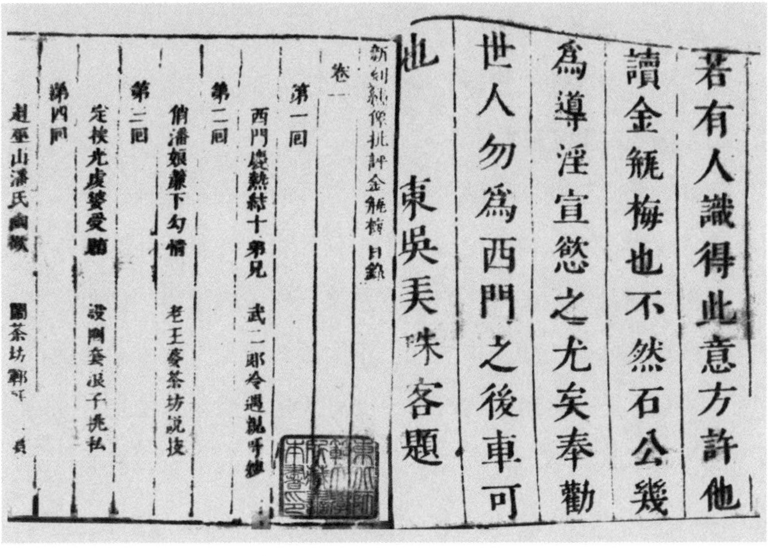

若有人識得此意方許他讀金瓶梅也不然石公幾爲導淫宣慾之尤矣奉勸世人勿爲西門之後車可也

東吳弄珠客題

新刻繡像批評金瓶梅目錄

卷一

第一回　西門慶熱結十弟兄　武二郎冷遇親哥嫂

第二回　俏潘娘簾下勾情　老王婆茶坊說技

第三回　定挨光虔婆受賄　設圈套浪子挑私

第四回　赴巫山潘氏幽歡　鬧茶坊鄆哥義憤

※東北師範大學圖書館藏《新鐫繡像批評原本金瓶梅》扉頁、序首半葉（上圖），序末半葉、目錄首半葉書影（下圖）

卷之十三存第六十三、六十四、六十五回（本卷缺第六十一、六十二回），卷之十四存第六十六、六十七、六十八回，為一冊。

卷之十四與卷之十五存第七十、七十一、七十二、七十三、七十四回，為一冊。

卷之十六存第八十回，卷之十七存第八十一至八十五回，為一冊。

卷之十八存第八十六回至第九十回，為一冊。

卷之二十存第九十六回至一百回，為一冊。

共存四十四回。插圖一冊，第一回至第四十五回每回兩幅，計九十幅。

扉頁存，右上“新鐫繡像批評原本”，中間“金瓶梅”，左中“本衙藏板”。現存首都圖書館藏本、內閣文庫藏本、東洋文化研究所藏本扉頁均失去。

第二十二回插圖“蕙蓮兒偷期蒙愛”左下有“新安劉啟先刻”，同天津圖書館藏本。

藏家珍愛此崇禎本，缺失部分用流行的張評本配補，為我們今天了解崇禎本流傳情況留下了十分珍貴的文獻。此殘存本據天津圖書館藏本刊印，為崇禎本系第三代中的版本，與首都圖書館藏本、內閣文庫藏本同代而不同版，所謂“新鐫繡像批評原本”，是我們見到的第四種，很可能是“新刻繡像批評原本”這一類的原刊本，待進一步考查。

§ 第九章 §

《金瓶梅》崇禎本各版本摭談

《金瓶梅》崇禎本卷題《新刻繡像批評金瓶梅》，百回二十卷，插圖二百幅。現有：

1. 北京大學圖書館藏本。已由北京大學出版社 1988 年線裝影印出版。

2. 天津圖書館藏本。已由線裝書局 2012 年線裝仿真影印出版。

3. 王孝慈舊藏本崇禎本圖二百幅，古佚小説刊行會影印北平圖書館購藏本時所附。1916 年之前為張粹盦藏，古佚小説刊行會影印時，為袁克文藏，後為王孝慈、鄭振鐸藏，現藏於國家圖書館。

4. 首都圖書館藏本。無回前評語，無眉批，有插圖一百零一幅。第一百零一幅圖為"普靜師幻度孝哥兒"，書口無題。

5. 內閣文庫藏本，東洋文化研究所藏本同版，圖已佚。荒木猛在〈關於《新刻繡像批評金瓶梅》（內閣文庫藏本）的出版書肆〉中認為內閣本與東大本（按：東洋文化研究所藏本）乃完全一致之同版，並説“在內閣文庫本中，從前應該依次有封面、東吳弄珠客序、廿公跋和五十頁一百幅圖等，但這些據説在疏散時的忙亂之中遺失了。現存的就是除這些之外的全部正文一百回，分成二十冊線裝”[1]。台灣天一出版社 1986 年精裝影印出版，但效果一般，且有缺葉。浙江古籍出版社 1991 年出版《新刻繡像批評金瓶梅》排印本，以內閣文庫藏本為底本，張兵、顧越校點，黃霖審定，收入《李漁全集》第十二、十三、十四卷。新加坡南洋出版社 2017 年線裝影印出版，補配王孝慈舊藏本插圖二百幅。台灣里仁書局 2019 年精裝彩色影印出版，除補配王孝慈舊藏本插圖二百幅外，又收錄首圖本

※《新刻繡像批評金瓶梅》校點本封面

李漁全集
第十二卷
新刻绣像批评金瓶梅（上）

1 ［日］荒木猛：〈關於《新刻繡像批評金瓶梅》（內閣文庫藏本）的出版書肆〉，載《日本研究〈金瓶梅〉論文集》，黃霖、王國安編譯，齊魯書社 1989 年版，第 132 頁。文章原載《東方》1983 年 6 月。

插圖一百零一幅，並增補比首圖本最後一幅還要完好的某私藏本插圖。

6. 上海圖書館藏《新刻繡像批評金瓶梅》崇禎本甲本，與北大圖書館藏本同版。

7. 上海圖書館藏《新刻繡像批評金瓶梅》崇禎本乙本，與天津圖書館藏本同版。

8. 東北師範大學圖書館藏《新刻繡像批評原本金瓶梅》。

9. 吳曉鈴先生藏乾隆抄本《金瓶梅》，台灣火鳥國際文化出版有限公司 2015 年線裝影印出版。

10. 呂小民購藏本《金瓶梅》崇禎本，存回目與圖兩冊。2017 年 1 月 14 日，筆者有幸見到呂小民購藏《金瓶梅》崇禎本回目與插圖兩冊，閱後留下印象最深的有如下幾點。

第一，東吳弄珠客〈金瓶梅序〉字體筆跡同天津圖書館藏本。"東吳弄珠客題"六字在"也"字下，未另起行。北大圖書館藏本另起行，單獨佔半葉。

第二，該本斷版處與天津圖書館藏本同。

第三，第一百回回目"普靜師幻度孝哥□"，缺"兒"字，同天津圖書館藏本。

第四，第二十二回"蕙蓮兒偷期蒙愛"圖左下署刻工"新安劉啟先刻"，同天津圖書館藏本。

第五，天津圖書館藏本〈金瓶梅序〉下蓋有"江東孫氏家藏"印章。此殘本無此印章。

據以上幾點，此殘本有可能是天津圖書館藏本同版或據同版後印的殘存本。可以確認，它是極為珍貴的《金瓶梅》崇禎本。

§ 第十章 §

《金瓶梅》崇禎本對詞話本回首詩詞的改換

日本學者荒木猛撰〈關於崇禎本《金瓶梅》各回的篇頭詩詞〉一文之後，繼續考察研究崇禎本回首詩詞的有孟昭連撰寫的〈崇禎本《金瓶梅》詩詞來源新考〉、龔霞撰寫的〈崇禎本《金瓶梅》回前詩詞來源補考〉、胡衍南教授指導的研究生林玉惠撰寫的論文〈崇禎本《金瓶梅》回首詩詞功能研究〉等。荒木猛考證出三十六首詩詞的出處及作者，孟昭連繼之考證出三十七首的出處及作者，龔霞考證出十二首的出處及作者。崇禎本有七回回首詩詞同詞話本，未做改換。

據現有研究成果，《金瓶梅》崇禎本改換詞話本回首詩詞，並非評改者自己的創作，引用出處較多者有沈際飛評點本《古香岑草堂詩餘》、曹學佺編《石倉歷代詩選》、徐𤊹撰《榕陰新檢》等。

筆者在〈試解《金瓶梅》崇禎本評改者之謎〉中，提出謝肇淛是崇禎本評改者之説。提四條理由：（1）謝肇淛藏有抄本（百分之八十），關注全本，潛心細讀，多年把玩，加以釐正。（2）其任職東昌，督理北河，駐節張秋，走訪諸城，遊覽嶧山、蘭陵，對《金瓶梅》故事背景地較為熟悉。（3）謝肇淛在〈金瓶梅跋〉，〈虞初志序〉，《五雜組》卷一三、卷一五，《文海披沙》卷七等論著中，對小說藝術真實性、虛實關係、藝術獨創、小說發展史進行精闢論述，提倡讀小說。他不但是小說理論家，還是小說作家，有筆記小說《麈餘》、傳奇小說《江妃傳》等。（4）〈金瓶梅跋〉和評改本評語是互補的，似應出自一人之手。謝肇淛卒於明天啟四年（1624），評改本應完稿在他的晚年，由他的友人徐𤊹，或後輩學人組織刊印在崇禎初年。

《金瓶梅》崇禎本第六十四回，在李瓶兒去世後，請畫師畫遺像、親朋與官員陸續來祭奠，在此背景下，回首詩引徐𤊹詩一首：

玉殞珠沉思悄然，明中流淚暗相憐。
常圖蛺蝶花樓下，記效鴛鴦翠幕前。
只有夢魂能結雨，更無心緒學非煙。
朱顏皓齒歸黃土，脈脈空尋再世緣。

此首詩見徐熥《幔亭詩集》卷八，又見《榕陰新檢》卷一五引《晉安逸志》的〈花樓吟詠〉。徐熥為徐𤊹之兄，萬曆二十七年（1599）因病去世，年三十九歲。《榕陰新檢》，徐𤊹編撰，萬曆三十四年（1606）撰成並刊行。徐熥（1560—

第六十四回

玉簫跪受三章約　書童私挂一帆風

詩曰

玉殞珠沉思悄然，明中流淚暗相憐。
常圖蛺蝶花樓下，記效鴛鴦翠幕前。
祇有夢魂能結雨，更無心緒學非烟。
朱顏皓齒歸黃土，脈脈空尋再世緣。

話說衆人散了，已有雞唱時分，西門慶歇息去了。玳安拿了一大壺酒，幾碟下飯，在舖子裡，還要和傅夥計、陳敬濟同吃。傅夥計老頭子，熬到這咱，已是坐不住，搭下舖就倒

※《金瓶梅》崇禎本第六十四回回首詩

1599）、徐𤊹（1570—1642）與謝肇淛年歲相當，是謝肇淛的舅父，是舅甥，又是朋友。徐𤊹幫助謝肇淛編輯校勘《小草齋文集》，合作編撰《鼓山志》《永福縣志》《史考》等，同為閩中詩派的詩人，有共同的文學主張。閩中詩派以福州長樂為活動中心，也是謝肇淛手持《金瓶梅》抄本的存藏地（與北方諸城等地文人有聯繫）。《小草齋文集》編刊在謝肇淛生前，其中〈金瓶梅跋〉，徐𤊹也應拜讀過。徐𤊹，布衣文人，著名藏書家，藏書七萬卷，與謝肇淛互通藏品。謝藏抄本，徐𤊹也應讀

守宮
歸期無定數難占鳳臈燒殘夜未厭幾點金徽
桃後譜半邊銅鏡嫁時匳紅銷榴帶絲空結朱
褪櫻脣酒不沾夢醒碧紗窓外月梅花踈影滿
雕簷 一
玉殞珠沉思悄然明中流淚暗相憐常圖蛺蝶
花樓下記刺鴛鴦繡幙前祇有夢魂能結雨曾
無心膽似非煙朱顏皓齒歸黃土脉脉空尋再
世緣

※《幔亭詩集》卷八載徐熥詩

過。徐𤊹可能參與了《金瓶梅詞話》的評改工作。徐𤊹輯《榕陰新檢》，是一部文言小說分類選輯，引書近百種之多，成書於萬曆三十四年（1606）以前（比馮夢龍的《情史》早許多年），收作品約二百七十篇，均註明出處。記事以閩、粵兩地為主，兼及其他。書中含有較多明代古體小說佳作和小說創作信息。謝肇淛、徐𤊹共同商定在第六十四回回首引入徐熥詩一首，以資紀念。在進行評改工作時，徐熥已逝世七年多。

《金瓶梅》崇禎本回首詩，除了引錄評改者同時代人徐熥的一首，還引錄閩中詩派的前輩林鴻的一首。林鴻，福清人，明初閩中十才子之一，有《鳴盛集》四卷。《金瓶梅》崇禎本第六十八回回首詞引林鴻〈翠雲吟〉半闋：

> 鍾情太甚，到老也無休歇。月露煙雲都是態，況與玉人明說。軟語叮嚀，柔情婉戀，熔盡肝腸鐵。岐亭把盞，水流花榭時節。

林鴻與閩縣張紅橋相戀，曾有數十首記敘其事，清詞麗句，柔情繾綣，一時廣為傳頌，世稱“紅橋詩”，對後來文言小說中的情詞艷語產生影響。本事見徐𤊹《榕陰新檢》卷一五〈幽期〉“紅橋倡和”（錄自《晉安逸志》）。曾附林鴻《鳴盛集》（抄本）中。

謝肇淛與《金瓶梅》抄本持有者或評論者屠隆、王稚登、屠田叔、丘志充、袁宏道等均有交遊（見《小草齋文集》）。

《晉安逸志》為陳鳴鶴撰，曹學佺作序。陳鳴鶴，福建侯官（今閩侯）人，與徐𤊹、謝肇淛交往密切。現就《晉安逸志》中的〈花樓吟詠〉輯錄如下：

> 太曼生者，東海人。世有聞人。生居閩中，幼從父宦遊四方，熟玩經史，且工詞賦。年十九，自吉州還閩。僦寓城東大廈，惡其喧雜，妨誦習功，乃賃別業於委巷中，屋僅數椽，而主人之園圃近焉。草樹扶疏，花柳間植，有濠濮間想。生常散步園中，吟詠自適。一日偶值雙鬟導一

女郎，年可十七，後園採花，不知生之先在也。生逡巡避之，女見生風神俊爽，氣度閒逸，且聞生善詞翰，情亦不能自禁，遂卻步歸。異香縹緲，真若仙姬之臨洛浦也。生自是神爽飛越，讀書之念頓廢。越旬餘，復於園中值向者雙鬟，因詢之曰：“君家女郎識字乎？”鬟曰：“女郎日夕手一編不輟，豈不識字？某常見女郎喜抄唐人詩，不但工刺繡而已。”生曰：“吾有一詩，汝能為我致之乎？”鬟曰：“郎君善詩，女稔知之。某敢不為郎君致書郵乎！“生遂賦一絕云：

春園花事鬥芳菲，萬綠叢中見茜衣。
自愧含毫非子建，風流難賦洛中妃。

燕謂女曰汝可賦此女亦唸曰綠筠擘破條條直紅
綠經開眼眼奇為愛如花成片段致令直節有參差
剛中見二人未議婚問愿合否生首懇之即判云佳
人才子兩相宜致福端由禍所基未作夫妻諧汝愿
不勞鑽穴隙相窺時稱為王方便云 群談采餘
花樓吟咏
太曼生者東海人世有聞人生居閩中幼從父宦遊
四方熟玩經史且工詞賦年十九自吉州還閩僦寓
城東大厦惡其喧雜妨誦習功廼賃別業于委巷中
屋僅數椽而主人之園圃近焉草樹扶疎花柳間植
有濠濮間想生常散步園中吟咏自適一日偶值雙
鬟導一女郎年可十七後園采花不知生之先在也
生逡巡避之女見生風神俊爽氣度閒逸且聞生善
詞翰情亦不能自禁遂卻步歸異香縹緲真若仙姬
之臨洛浦也生自是神爽飛越讀書之念頓廢越旬
餘復于園中值向者雙鬟因詢之曰君家女郎識字
乎鬟曰女郎日夕手一編不輟豈不識字某常見女
郎喜抄唐人詩不但工刺繡而已生曰吾有一詩汝
能為吾致之乎鬟曰郎君善詩女稔知之某敢不為
郎君作致書郵乎生遂賦一絕云春園花事鬭芳菲

※徐觀《榕陰新檢》卷一五幽期類〈花樓吟詠〉（一）

萬綠叢中見茜衣自愧含毫非子建風流難賦洛中妃女得詩見其詞翰雙美再三吟咏遂次韻以荅之云小園芳草綠菲菲粉蝶聯翩展畫衣自愧一雙蓮步闊隔花人莫笑潘妃自此槐黃期逼生就省試家人促歸不敢通問秋後放榜生不第鬱鬱復携書于別業女恒遣雙鬟慰勞之生由此得定情焉遂贈生玉玦半規紫羅香囊一付生賦詩云數聲殘漏滿簾霜青鳥啣箋事渺茫剖贈半規蒼玉玦分將百合紫羅囊空傳垂手尊前舞新結愁眉鏡裏妝一枕遊仙終是夢桃花春色誤劉郎時生已約婚而女亦受采

女常居花樓之下所著有花樓吟一卷秘而不傳惟生得一再覩焉其寄生詩甚多有云重門深鎖斷人行花影參差月影清獨坐小樓長倚恨隔墻空聽讀書聲踰年生就婚女亦適人蹤跡遂絕焉然詩札往來歲猶一二至越數載生得舉賓薦戒行有日女寄書以通慇懃生賦柳梢青一闋別之爲歌聲吞蛾眉黛蹙總是消魂銀燭光沉蘭閨夜永月滿離尊羅衣空濕啼痕腸斷處秋風暮猿潞水寒冰燕山殘雪誰與溫存生故多情而俳詞艷語半爲女發也又隔數歲女因念生得瘵疾臥床日久思一見生生乃託爲

※ 徐觀《榕陰新檢》卷一五幽期類〈花樓吟詠〉（一二）

女得詩，見其詞翰雙美，再三吟詠。遂次韻以答之云：

小園芳草綠菲菲，粉蝶聯翩展畫衣。

自愧一雙蓮步闊，隔花人莫笑潘妃。

自此槐黃期逼，生就省試，家人促歸，不敢通問。秋後發榜，生不第，鬱鬱復攜書於別業。女恆遣雙鬟慰勞之。生由此得定情焉。遂贈生玉玦半規、紫羅香囊一付。生賦詩云：

數聲殘漏滿簾霜，青鳥銜箋事渺茫。

剖贈半規蒼玉玦，分將百合紫羅囊。

空傳垂手尊前舞，新結愁眉鏡裏妝。

醫者視脉而進女見生咽不能語如求訣狀遂出是夕女一慟而絕家人莫之知也生哭之詩云玉殞珠沈思悄然明中流淚暗相憐常關蛺蝶花樓下記刹鴛鴦繡幙前秖有夢魂能結雨更無心膽似非烟朱顏皓齒歸黃土脉脉空尋再世緣不數月而生亦卒

晉安逸志

玉主報讐

林丙卿福清人生平倜儻好遊俠邪燕姬劉鳳臺者年十五有聲教坊貴游爭慕之一見丙卿雅志托以終身丙卿破數百金納爲妾久之丙卿遊吳越間道聞姬死慟哭幾絕疾馳抵燕日夜哀痛刻玉爲主提携不去左右爲賦長短句題玉上曰入時倒郎懷出時對郎面閱郎南北復西東芳草天涯共遠徧勝寫丹青圖勝妝成月殿玉魄與香魂都在此一片頑作巫山枕畔雲願作盧家梁上燕莫似生前輕別離教人看作班妃扇後丙卿去燕復遊西粵僦舟東下爲舟人陳亞三所殺沉其屍于江掠其貲以去蒼梧林司理丙卿友也夜半忽見婦人稱冤狀因呼邏卒嚴捕釁人者卒捜亞三橐得玉主司理大驚旁索餘黨伏辜求得屍顏面如生肌肉不損觀者異之徐惟起

※徐𤊹《榕陰新檢》卷一五幽期類〈花樓吟詠〉（三）

一枕遊仙終是夢，桃花春色誤劉郎。

時生已約婚，而女亦受採。女常居花樓之下，所著有《花樓吟》一卷，秘而不傳，惟生得一再睹焉。其寄生詩甚多，有云：

重門深鎖斷人行，花影參差月影清。

獨坐小樓長倚恨，隔牆空聽讀書聲。

逾年，生就婚，女亦適人，蹤跡遂絕焉。然詩札往來，歲猶一二至。越數載，生得舉賓薦，戒行有日。女寄書以通殷勤，生賦〈柳稍青〉一闋別之：

鶯語聲吞，蛾眉黛蹙，總是消魂。銀燭光沉，蘭閨夜永，月滿離尊。羅衣空濕啼痕，腸斷處，秋風暮猿，潞水寒冰。燕山殘雪，誰與溫存？

生故多情，而俳詞艷語，半為女發也。又隔數歲，女因念生得瘵疾，臥床日久，思一見生。生乃託醫者視脈而進，女見生咽不能語，如永訣狀。遂出。是夕，女一慟而絕，家人莫之知也。生哭之詩云：

玉殞珠沉思悄然，明中流淚暗相憐。
常圖蛺蝶花樓下，記刺鴛鴦繡幕前。
只有夢魂能結雨，更無心膽似非煙。
朱顏皓齒歸黃土，脈脈空尋再世緣。[1]

不數月，而生亦卒。(《晉安逸志》)

1 按：崇禎本第六十四回回首引此詩"記刺鴛鴦繡幕前"作"記效鴛鴦翠幕前"，"更無心膽似非煙"作"更無心緒學非煙"。

§ 第十一章 §

《張竹坡批評第一奇書金瓶梅》開創了《金瓶梅》傳播評點新階段

一、張評康熙本與繡像崇禎本

張竹坡，名道深，字自得，號竹坡，銅山（今江蘇徐州市）人，生於康熙九年（1670）七月二十六日，卒於康熙三十七年（1698）九月十五日，享年二十九歲。[1] 他繼承了馮夢龍等人的小說史觀與四大奇書之說，稱《金瓶梅》為“第一奇書”，於康熙三十四年（1695）刊刻了《皋鶴堂批評第一奇書金瓶梅》。

張評康熙本是以《新刻繡像批評金瓶梅》，即崇禎本為底本的。這個本子和詞話本有若干不同之處：

1. 第一回不同，崇禎本把原“景陽崗武松打虎”改為“西門慶熱結十弟兄”，讓主要人物西門慶在第一回以主人公身份

1　關於張竹坡生平，參見吳敢〈張竹坡生平述略〉，載《徐州師院學報（哲社版）》1984 年第 3 期。

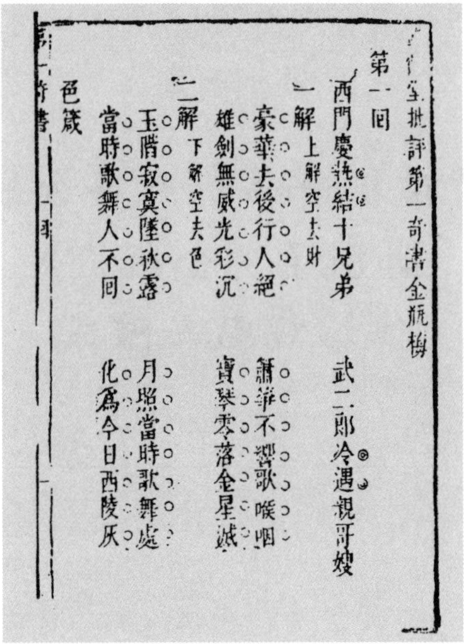

[illegible]批評第一奇書金瓶梅

第一回

西門慶熱結十兄弟　武二郎冷遇親哥嫂

一解 上解空去財

豪華去後行人絕　簫箏不響歌喉咽

雄劍無威光彩沉　寶琴零落金星滅

二解 下解空去色

玉階寂寞墜秋露　月照當時歌舞處

當時歌舞人不回　化為今日西陵灰

色箴

第一奇書　一回

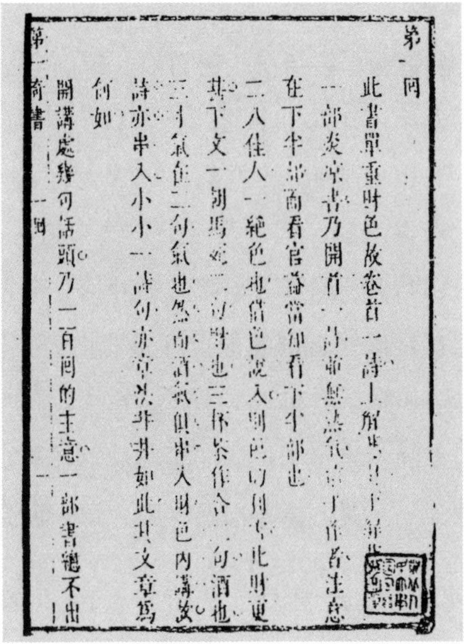

第一回

此書單重財色故卷首一詩上解財下解色
一部炎涼書乃開首一詩[illegible]作者注意
在下半部而看官每每卻看下半部也
二八佳人一絕色也借色說入財色[illegible]此財更
其下文一朝馬死二句財也三杯茶作合二句酒也
三寸氣在二句氣也然而酒氣俱串入財色內講故
詩亦串入小小一詩何亦章法井井如此其文章為
何如
開講處幾句話頭乃一百回的主意一部書總不出

第一奇書　一回

※吉林大學圖書館藏《張竹坡批評第一奇書金瓶梅》第一回正文首半葉書影第（上圖），第一回回評首半葉書影（下圖）

出場。

2. 詞話本有〈欣欣子序〉、開場詞，崇禎本無。

3. 崇禎本第五十三、五十四回與詞話本不同。

4. 詞話本第八十回吳月娘遭搶劫後為宋江所救的情節，崇禎本刪去。

5. 詞話本中的大量詞曲，崇禎本刪去。

6. 崇禎本對詞話本中的某些情節做了改動，如第二十四回，詞話本寫來旺在夜晚主動起來為家主捉賊。崇禎本改為惠蓮夜間被西門慶叫去，來旺發覺後怒從心起，徑撲入花園，被當作賊人捉去。

7. 詞話刊本多有魯西蘇北方言，崇禎本或改或刪，刪改後便於廣大地區讀者閱讀，缺點是減弱了小說方言的獨特色彩，且有誤改或改為另一種方言之處。

如："照臉"改為"照面"（第十二回），"七擔八柳"改為"七擔八捱"（第十四回），"人中"改為"唇中"（第二十九回），"俺們"改為"我們"（第四十五回），"別了鞋"改為"脱了鞋"（第四十六回），"屈馳"改為"褻瀆"（第六十一回），"深為可惡"改為"深為可恨"（第六十九回），"抵盜"改為"偷盜"（第九十二回），"打偏別"改為"差什麼"（第七十四回），"私肚子"改為"私孩子"（第八十五回），"發了眼"改為"説謊"（第九十一回）等。

上述崇禎本異於詞話本的特點，張評康熙本都保存了下來。張評康熙本正文行款與北大藏崇禎本相同。崇禎本有眉批（北大藏崇禎本有眉批一千二百八十六條）、行間夾批，並有行內夾批。對崇禎本誤刻之處，張評本大都未加校對。如“蹴鞠齊眉”（第十五回）的“齊眉”為“齊雲”之誤，張評康熙本亦作“齊眉”。又如“他又不是婆婆，胡亂帶過斷斷罷了”（第七十三回）的“斷斷”為“斷七”之誤，張評本也作“斷斷”。再如“失脱人家逢五鬼，溟冷餓鬼撞鍾馗”[1]（第七十九回）的“失脱”為“失曉”誤刻，崇禎本相沿而誤，張評康熙本亦同。

但是，張評康熙本對底本也有所改動，改動情況主要有兩種。

1. 改動不恰當、不通順的字詞。如“休教那俗人見偷了”（崇禎本第八十二回），“俗人見”改為“俗人兒”；又如“保大伯在這裏”（崇禎本第五十一回），詞話本作“保大爺”，張評康熙本“伯”改為“爺”；在回目中，如第七十、七十一回：

崇本：“老太監朝房邀酌，二提刑樞府庭參”

張本：“老太監引酌朝房，二提刑庭參太尉”

崇本：“李瓶兒何家託夢，朱太尉引奏朝儀”

張本：“李瓶兒何家託夢，提刑官引奏朝儀”

2. 從政治上考慮的改動。如：第四十九回，張評康熙本把崇禎本回目與正文中“胡僧”改為“梵僧”；第十七回，張評康熙本把“虜患”改為“邊患”，“夷狄”改為“邊境”，“玁狁”改為“太原”，“匈奴”改為“陰山”，“突厥”改為“河東”，“大遼縱橫中國”改為“干戈浸於四境”，“金虜”改為“金國”，“憑陵中夏”改為“兩失和好”，“虜犯內地”改為“兵犯內地”。

---

1 “溟冷”，在天圖本作“溟泠”。

張評康熙本刪除了崇禎本原有評語，卻並不掩飾它的存在。如北大藏崇禎本第八十二回，寫陳敬濟調戲潘金蓮時有這樣一句：“敬濟吃得半酣兒，笑道：‘早是摟了你，就錯摟了紅娘，也是沒奈何。’”此處所云紅娘，隱指潘金蓮的大丫環春梅。崇禎本旁批云：“趁勢就插入春梅，妙甚。”張評康熙本此處評語云：“原評謂此處插入春梅。予謂自酒醉，春梅關在炕屋，已點明春梅心事矣。”張評清楚地表明與崇禎本之間的傳承關係。

二、張評康熙本今存兩種

1. 張評康熙本甲種，卷首謝頤序署“康熙歲次乙亥清明中浣，秦中覺天者謝頤題於皋鶴堂”。扉頁上端無題，框內右上

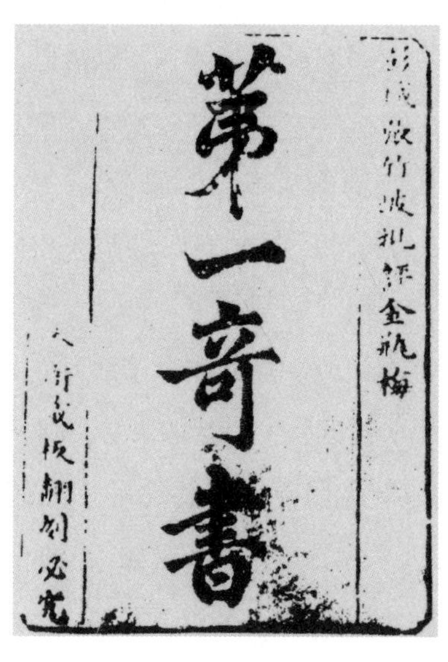

※ 吉林大學圖書館藏《張竹坡批評第一奇書金瓶梅》扉頁

方“彭城張竹坡批評金瓶梅”，中間“第一奇書”，左下方“本衙藏板翻刻必究”。有摹刻崇禎本圖二百幅，另裝二冊。書口為“第一奇書”，無魚尾。正文半葉十行，行二十二字。正文內有眉批、旁批、行內夾批，眉批較多。正文第一回前有〈竹坡閒話〉〈《金瓶梅》寓意説〉〈苦孝説〉〈批評第一奇書金瓶梅讀法〉〈冷熱金針〉等總評文字。每回前有回評，回評列回目前，另排葉碼。正文回目另葉刻印。回前評與正文不相連接。有的回評有“終”字或“尾”字，標明回評完。這樣刻印易於裝訂不帶回前評語的本子。

2. 張評康熙本乙種，與上書同板，不帶回前評語，只是在裝訂時未裝入各回的回前評語。甲、乙兩種刻印精良，日本學者鳥居久靖謂：“此書居於第一奇書中的善本。”（《〈金瓶梅〉版本考》）

以張評康熙本甲、乙兩種為祖本，產生出《第一奇書》兩個系列的翻刻本：有回前評語本與無回前評語本。

有回前評本：

1. 全像金瓶梅本衙藏板本（丙種本），扉頁上端題“全像金瓶梅”，框內右上題“彭城張竹坡批評”，中間“第一奇書”，左下“本衙藏板”，無“翻刻必究”四字。無眉批，有回前評語。有的字，甲種本未改，而此本做了改動。如：“黃土墊道，雞犬不聞”（第六十五回），詞話本、崇禎本、張評甲種本作“墊”，因迎接的是黃太尉而不是皇帝，不應黃土墊道，作“墊道”可通。因而此本改為“墊”。又如：“前日因往西京”（第五十七回），詞話本、崇禎本、張評甲種本均作“西京”，而張評丙種本改作“東京”。張評丙種本係甲種本的翻刻本，約是道光年間的產物。[1]

2. 影松軒本。有一種扉頁上端無題，框內右上方“彭城張竹坡批評金瓶梅”，中間“第一奇書”，左下方“影松軒藏板”。另有一種扉頁上端題“第一奇書”，框內右上方“彭城張竹坡批評”，中間“繡像金瓶梅”，左下方“影松軒藏板”。兩種本子的行款與康熙本甲相同，有回前評，無眉批。甲種本眉批，在此本中有被刪除的，有改為旁批的。此本亦係翻刻本。

3. 四大奇書第四種本，扉頁上端題“金聖歎批點”，框內右上方“彭城張竹坡原本”，左上方“丁卯初刻”，左下方“本衙藏板”，中間“奇書第四種”。謝頤序署“乾隆歲次丁卯清明上浣，秦中覺天者謝頤題於皋鶴書舍”。插圖每回兩幅，裝兩冊。分卷，第一回前卷題：“四大奇書第四種卷之一，彭城張竹坡評點。”無眉批，有旁批，有回前評語。正文半葉十一行，行二十四字。翻刻於乾隆丁卯年（1747）。

4. 袖珍本：本衙藏板本、玩花書屋藏板本、崇經堂板本，均有回前評，可能為道光間刊本。

無回前評本：

1. 在茲堂本，扉頁上端題“康熙乙亥年”，框內右上方“李笠翁先生著”，中間“第一奇書”，左下方“在茲堂”。正文半葉十一行，行二十二字。有總評各篇、眉批、旁批，無回前評。在張評甲種本中為眉批者，在茲堂本為旁批，如第

1 柳存仁〈倫敦所見中國小說書目提要〉謂此丙種本“不是康熙間原刻”，“很可能是道光間的產物”。

康熙乙亥年
李笠翁先生著
第一奇書
在茲堂

※ 在茲堂本扉頁

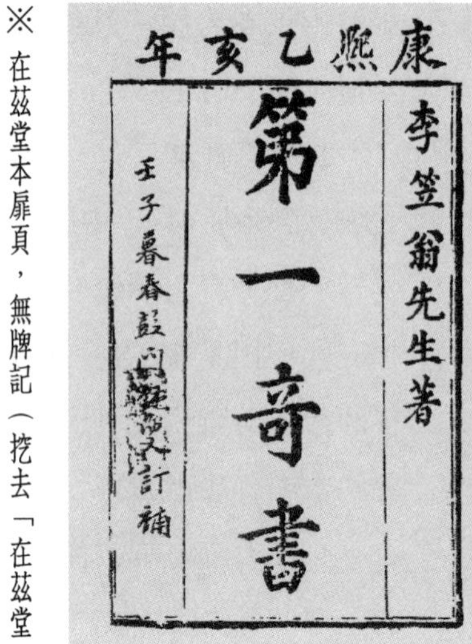
康熙乙亥年
李笠翁先生著
第一奇書
壬子暮春鼓[illegible]訂補

※ 在茲堂本扉頁，無牌記（挖去「在茲堂」三字）。

四十一回“上文先敘月娘眾人衣服”一段，第六十一回“分明要寫下文瓶兒死後幾篇文字”一段，第七十八回“看他欲寫西門一死”一段等。

2. 無牌記本。扉頁框內左下無“在茲堂”三字。有漶漫痕跡，其餘各款同在茲堂本，為在茲堂同版的後印本，挖去了牌記。錯字同上本。以上兩種不可能是原刻本。[1]

3. 皋鶴草堂梓行本，扉頁上端無題，框內右上方“彭城張竹坡批點”，左下方“皋鶴草堂梓行”，中間“第一奇書金瓶梅”（雙行），“梅”字下“姑蘇原板”（小字）。正文半葉十一行，行二十二字，無回前評語，正文錯字較多，係在茲堂本的翻刻本。

1 戴不凡定在茲堂本為張竹坡評本的“最早刻本”，見《小說見聞錄》，浙江人民出版社 1980 年版。

圍繞兩類張評本，有兩個問題值得進一步探討。

一是今存張評康熙本甲、乙兩種中，缺〈凡例〉〈第一奇書非淫書論〉兩篇，而無回評的在茲堂本等不缺。黃霖同志曾就此問題說：

> 近來一些論文中，也有同志感覺到了這個問題，但未引起足夠的重視而予以進一步細究，如王汝梅同志在〈評張竹坡的《金瓶梅》評論〉一文中指出了〈凡例〉〈第一奇書非淫書論〉兩篇為乾隆丁卯本所無而不同於康熙乙亥本，但結果還是將兩種本子混在一起來評論張竹坡的文學思想，這是十分可惜的。[1]

筆者以前只注意到了這一現象，確實未加細究。黃霖同志認為有回前評的乾隆丁卯本接近張評本原貌（按：乾隆丁卯本據張評康熙甲種本翻刻），今天看是對的。但甲、乙兩種本子所缺少的兩篇是書商偽造的觀點不妥，這兩篇也出自張竹坡之手。系統研究張評可見：

〈第一奇書非淫書論〉集中駁斥淫書論，認為《金瓶梅》是一部洩憤的世情書，是一部史記，而不是淫書。這是貫穿張竹坡全部評語的一個中心論點。此文云："況小子年始二十有六，素與人全無恩怨，本非借不律以洩憤懣，又非囊有餘錢，借梨棗以博虛名。" 張竹坡評點於康熙乙亥年（1695），此年

1 黃霖：〈張竹坡及其《金瓶梅》評本〉，見《中國古典文學叢考》第一輯，復旦大學出版社 1985 年版。

張竹坡正是二十六歲，與事實相符。張竹坡生卒年，《張氏族譜》有準確記載。〈凡例〉闡明評刻宗旨，與張評本實際相符。有回前評系列的張評本，為何缺此兩篇？可能出於偶然原因以致漏裝——這在明清小說木刻本中是屢見不鮮的。也可能出於政治上的考慮，有意不裝入此兩篇。這是因為〈凡例〉以讚揚的語氣提到《水滸傳》、金聖歎。金聖歎被清廷殺頭，是當時的罪人。〈第一奇書非淫書論〉鮮明提出“非淫書論”觀點，直接與康熙禁毀淫詞小說的聖諭相對抗。

二是張評本回前評語與總評各篇、眉批、旁批、夾批是同一時期同一寫作過程的產物，而不可能是先寫總評、眉批、旁批、夾批，刊印為“康熙乙亥年”本（實為在茲堂本與無牌記本），過了一個時期，再補寫回評刊印為甲種本。總評各篇、讀法、回前評語、眉批、旁批、夾批是有內在聯繫的，構成張竹坡評論的體系，前後並有照應。張評甲種本第七十六回回前評云：“‘舞裙歌板’一詩梳籠桂姐文中已見，今於此回中又一見……是此一詩兩見，終始桂兒，又實終始金蓮，特特一字不易，以作章法，以對下文‘二八佳人’之一絕，作兩篇一樣關鎖也。”該回眉批則云：“一詩與梳籠桂姐一字不差。妙處已載總批內矣。”此處説明寫回前評在前，寫眉批在後。又如：張評甲種本第三十三回旁批云：“謂一百回非一時做出，吾不信也。”與第三十二回回前評：“固知一百回皆一時成就，方能如針線之聯絡無縫也。”二者互相照應。《讀法》第三十九則中也説：“一百回不是一日做出，卻是一日一刻創成。”

劉廷璣《在園雜誌》卷二論到《金瓶梅》時説：

彭城張竹坡為之先總大綱，次則逐卷逐段分註批點，可以繼武聖歎，是懲是勸，一目了然。惜其年不永，歿後將刊板抵償夙逋於汪蒼孚，蒼孚舉火焚之。故海內傳者甚少。

記述了張竹坡評點的統一過程，以及原版焚毀、原刻本流傳甚少的情況。《在園雜誌》有康熙五十四年（1717）自序，劉廷璣此時任淮徐道觀察，與張氏家族有密切交往，他關於張竹坡評點的記載是可信的。

三、張竹坡《金瓶梅》評論的價值

張竹坡評刊《第一奇書》的目的，是"憫作者之苦心，新同志之耳目"。他的評點，不但有《讀法》一百零八則，有回前總評、眉批、夾批，而且有專論。張竹坡對《金瓶梅》做了全面研究和系統的評論，開創了《金瓶梅》評論的新階段，在小説理論批評史上，也佔有相當重要的地位。

張道淵在〈仲兄竹坡傳〉中記述了張竹坡評點的宗旨：

兄讀書一目能十數行下，偶見其翻閱稗史，如《水滸》《金瓶》等傳，快若敗葉翻風，晷影方移，而覽轍無遺矣。曾向余曰："《金瓶》針線縝密，聖歎既歿，世鮮知者，吾將拈而出之。"遂鍵戶旬有餘日而批成。或曰："此稿貨之坊間，可獲重價。"兄曰："吾豈謀利而為之耶？吾將

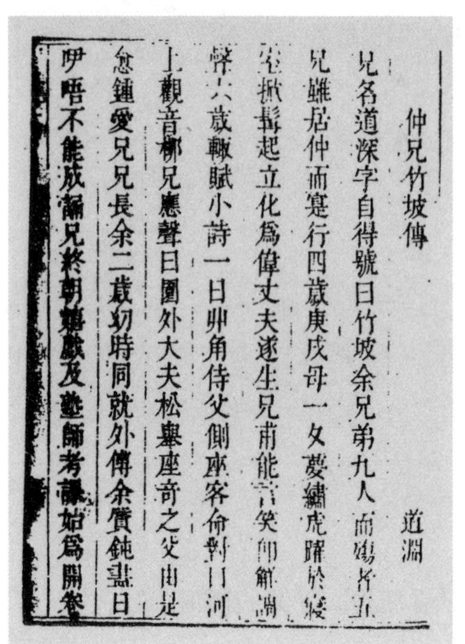
仲兄竹坡傳　道淵

兄名道深字自得號曰竹坡余兄弟九人而殤者五兄雖居仲而寔行四歲庚戌母一夕夢繡虎躍於寢室掀髯起立化爲偉丈夫遂生兄甫能言笑即解調聲六歲輒賦小詩一日丱角侍父側座客命對曰河上觀音柳兄應聲曰圃外大夫松舉座奇之父由是愈鍾愛兄兄長余二歲幼時同就外傳余質鈍甚日伊唔不能成誦兄終朝嬉戲及塾師考課始爲開卷

※《張氏族譜．仲兄竹坡傳》書影

梓以問世，使天下人共賞文字之美，不亦可乎？”遂付剞劂，載之金陵。

張竹坡生活貧困，為世態炎涼所激，“恨不自撰一部世情書以排遣悶懷”，並“幾欲下筆，而前後拮构甚費經營”，但是他終於擱筆，最後以創作一部小説的激情和嚴肅認真的態度寫下《金瓶梅》評語。其主要貢獻可歸納為如下幾點：

第一，以“不憤不作”的進步文學思想來評價作品，認為《金瓶梅》是一部洩憤的世情書，是一部史公文字，而不是淫書。張竹坡在《讀法》中告訴讀者，要靜坐三月，放開眼光，把一百回作一回讀。其精神實質是強調要從整體上認識《金瓶梅》的主導傾向，不要只著眼於淫詞穢語。

第二，重視對作者閱歷的研究。張竹坡認為作者經歷過患難愁苦，入世最深，有深沉的感慨。他在《讀法》第三十六則說："作小説者，概不留名，以其各有寓意，或暗指某人而作。夫作者既用隱惡揚善之筆，不存其人之姓名，並不露自己之姓名，乃後人必欲為尋端竟委，說出名姓何哉？何其刻薄為懷也！且傳聞之説，大都穿鑿，不可深信。總之，作者無感慨，亦必不著書，一言盡之矣。"

第三，總結《金瓶梅》寫實成就。張竹坡認為作者描繪市井社會，逼真如畫，"使人不敢謂操筆伸紙做出來的"。他在《讀法》第六十三則中說："其各盡人情，莫不各得天道，即千古算來，天之禍淫善福，顛倒權奸處，確乎如此。讀之，似有一人親曾執筆在清河縣前，西門家裏，大大小小，前前後後，碟兒碗兒，一一記之，似真有其事，不敢謂為操筆伸紙做出來的。"張竹坡在總結《金瓶梅》創作經驗的基礎上，強調以作家閱歷為基礎的藝術真實，強調現實日常生活，又重視作家激情，強調兩方面的統一。

第四，分析《金瓶梅》刻畫人物性格的藝術特點，豐富了典型性格論。張竹坡分析了《金瓶梅》寫同類人物的不同性格特徵，為"眾腳色摹神"，能"各各皆到"，"特特相犯，各不相同"。強調討得人物情理的重要。《讀法》第四十三則說："做文章不過是'情理'二字。今做此一篇百回長文，亦只是'情理'二字。於一個人心中討出一個人的情理，則一個人的傳得矣。雖前後夾雜眾人的話，而此一人開口是此一人的情理，非其開口便得情理，由於討出這一個人的情理，方開口耳。”張竹坡認為《金瓶梅》寫人物性格獨特性，達到極細微程度，一絲不混，一點不差，處處不同。“剛寫王六兒，的是王六兒；接寫瓶兒，的是瓶兒；再接筆寫金蓮，又的是金蓮。絕不一點差錯，真是史筆。”（第六十一回眉批）張竹坡還總結了作者在對立中、在各種關係中刻畫人物性格的方法，提出在“抗衡”與“危機相依”的矛盾中塑造典型的思想。《金瓶梅》寫出了人物性格的豐富複雜性及其發展變化，張竹坡對此也做了分析。

張竹坡的《金瓶梅》評論，其中也有不少離開作品形象的主觀猜想以及封建性的説教，這是迂腐的、保守的。〈寓意説〉提出：《金瓶梅》所寫人物不下數百，大半屬寓言。他幾乎對每個人物名字都臆測出寓意，如“然則金蓮，豈盡無寓意哉！蓮與芰，類也；陳，舊也，敗也；‘敬’‘莖’同音。敗莖芰荷，言蓮之下場頭。故金蓮以敬濟而敗”等。[1] 這會將閱讀導向歧途，是極其荒謬的。

四、《金瓶梅》張評本的初刻本

張竹坡在康熙三十四年（1695）評點刊刻《皋鶴堂批評第一奇書金瓶梅》，此書為張評本的初刻本。現存張評本初刻本極為罕見。1988 年春，筆者進一步考察現存張評本時，在大

1 關於張竹坡的迂腐、保守思想，參見拙文〈評張竹坡的《金瓶梅》評論〉，載《文藝理論研究》1981 年第 2 期。

連圖書館發現一部，六函三十六冊，正文半葉十行，行二十二字。行款、版式、書名頁、牌記與吉林大學圖書館藏張評本相同。此書為清代皇族世家藏書，卷首鈐有恭親王藏書章。當時，筆者懷著一種興奮的心情，公佈了這一可喜的發現。

新發現的大連圖書館藏張評本與吉林大學藏張評本有同有異。重要的相異之點有如下幾點：

（一）在張竹坡總評〈寓意說〉“千秋萬歲，此恨綿綿，悠悠蒼天，曷其有極，悲哉，悲哉！”之後多出二百二十七字：

> 作者之意，曲如文螺，細如頭髮。不謂後古有一竹坡為之細細點出，作者於九原下當滴淚以謝竹坡。竹坡又當酹酒以白天下錦繡才子，如我所說，豈非使作者之意彰明較著也乎。竹坡彭城人，十五而孤，於今十載，流離風塵，諸苦備歷，遊倦歸來。向日所為密邇知交，今日皆成陌路。細思床頭金盡之語，忽忽不樂。偶睹《金並〔瓶〕》起手云：親朋白眼，面目寒酸，便是凌雲志氣，分外消磨，不禁為之淚落如豆。乃拍案曰：“有是哉！冷熱真假，不我欺也。”乃發心於乙亥正月人日批起，至本月廿七日告成。其中頗多草草，然予亦自信其眼照古人用意處，為傳其金針大意云爾。緣作〈寓意說〉，以弁於前。

至今所見張評早期刻本、翻刻本均無此段文字。此段文字有張竹坡對自己評語的評價，有他的經歷，交代了評點《金瓶梅》時間與所處困境，具有重要的文獻價值。

據此段文字，可以確定張竹坡評點《金瓶梅》的具體時間：康熙三十四年（1695）正月初七批起，至三月二十七日告成，約經三個月時間。秦中覺天者謝頤題署〈第一奇書序〉為“時康熙歲次乙亥清明中浣”，即康熙三十四年（1695）三月中旬，大約在評點接近完稿時寫序。據此，對〈仲兄竹坡傳〉中所説“遂鍵戶旬有餘日而批成”，則不能解釋為十幾天或三月中旬前後。“旬有餘日”，誇飾言時間很短，是約略言之。此段文字中言“十五而孤”，指康熙二十三年甲子（1684）十一月十一日，其父張𣸣卒，竹坡年十五歲。此有《張氏族譜》中的〈張翃小傳〉、〈仲兄竹坡傳〉（“十五赴棘圍，點額而回，旋丁父艱，哀毀致病”）相印證，説明此段文字涉及竹坡之事皆為實錄。

（二）此張評本評語與吉林大學圖書館藏本在文字上有差異，並且有若干小批、眉批，為吉林大學圖書館藏本缺略。

第一回：卜鄰亦要緊事也。（大連圖藏本）
卜鄰當慎也。（吉大圖藏本）

第六回：寫何九受賄，全為西門拿身份。（大連圖藏本）
寫何九受賄金，為西門拿身份。（吉大圖藏本）

第一回：迷六兒者去。（大連圖藏本）
迷六兒者死。（吉大圖藏本）

第七回：比金蓮妖婦之事何如？（大連圖藏本）
比金蓮妖淫之態何如？（吉大圖藏本）

第十四回：好兄弟恁放心。（大連圖藏本）

好兄弟寫盡。（吉大圖藏本）

多出的小批，如第十三回寫李瓶兒的兩個丫環繡春、迎春伴瓶兒多次出場，有小批"丫環一"至"兩個丫環八"。在瓶兒跟西門慶對話"兩個小廝又都跟去了，止是這兩個丫環和奴。家中無人"句處有眉批"此處將兩個小廝、兩個丫環一總"。吉大圖藏本無。兩種本子評語文字相異之點比較，吉大圖藏本略優於大連圖藏本。吉大圖藏本是據大連圖藏本修改而成的。

（三）兩種張評本，正文的文字也有不同之處。如：

第十三回："兩次三番顧睦你來家"（大連圖藏本），同崇禎本。吉大圖藏本"顧睦"作"顧照"。

第十三回：結尾詩"思往事端夢魂迷"（大連圖藏本），同崇禎本。吉大圖藏本作"思往事夢魂迷"。

第十二回："粲枕孤幃"（大連圖藏本），同崇禎本。吉大圖藏本作"單枕孤幃"。

第二回："販鈔"（大連圖藏本），同崇禎本。吉大圖藏本作"財鈔"。

第七十一回："激切屏蒙之至"（大連圖藏本），同內閣本。吉大圖藏本作"激切屏營之至"。

所有文字相異處，大連圖藏本同崇禎本，而吉大圖藏本則與崇禎本相異。說明大連圖藏本正文更接近崇禎本，大連圖藏本刻印在前，吉大圖藏本是據大連圖藏本加工修飾而成。

（四）兩種張評本書名頁牌記均署“本衙藏板翻刻必究”，〈第一奇書序〉為手寫體，字體行款相同（仔細比勘，又可找出細微差異）。書名頁與序，應是吉大圖藏本據大連圖藏本影摹刻印的。吉大圖藏本插圖缺，現有插圖為藏家描摹墨畫，非原版刻印。大連圖藏本正文多用俗別字、異體字，如“貪戀”“數次”“猶可”“花園”“交歡”“簍兒”（第十二回）。吉大圖藏本與之相比，俗別字、異體字為少，刻印更為精良。

根據以上四點判斷：大連圖藏本為張竹坡於康熙三十四年（1695）刊刻的初刻本。當時其生活貧困，處境艱難，於三個月內匆忙評點完稿，在金陵刊印發售。“日之所入，僅足以供揮霍”（〈仲兄竹坡傳〉），“我為刻書累”（竹坡《幽夢影》評語），不久，“遂將所刊梨棗，棄置於逆旅主人，罄身北上”（〈仲兄竹坡傳〉）。三年後病死在巨鹿客舍。張竹坡評點時，對小說正文除因避清諱（改“胡僧”為“梵僧”，改“虜患”為“邊患”，改“匈奴”為“陰山”，改“玁狁”為“太原”，改“夷狄”為“邊境”，改“伐遼”為“伐東”）等外，一般對正文文字未做改動。

吉大圖藏本為據張評初刻本復刻，行款、版式、書名頁、序與初刻本相同。但對評語有文字加工與刪減，對小說正文文字上有改動。

張評修訂本的加工刊刻者是誰？經考證，筆者初步判定為張竹坡的弟弟張道淵。張道淵是竹坡評點刊刻《金瓶梅》的知情者、支持者，在竹坡死後，又是張評本的修訂復刻者，也應是竹坡手稿的存藏者。

據《張氏族譜》，我們了解到張道淵的生平。張道淵，字明洲，號蘧庵，生於康熙十一年壬子（1672）九月二十日，卒於乾隆七年壬戌（1742）二月初七日，享年七十一歲，鄉謚孝靖先生。妻陶氏、繼妻任氏、側室丁氏。子四：瑭、瑊、璐、璹。女三。《張氏族譜》中有周鉞撰〈孝靖先生傳〉。據此傳可知，張道淵富有藏書"凡千卷"，性友愛，"仲兄竹坡早逝，每良辰美景，先生偕伯兄秋山、季弟汲庵，開閣延賓，酒兵詩債鏖戰者往往徹宵旦"，"先生曠達，不問生產，以故家益中落"，"獨抗懷高尚，不樂仕進"。張道淵好遊名山大川，有詩文之豪興，其著述有〈仲兄竹坡傳〉〈奉政公家傳〉〈珍姪家傳〉〈聖姪家傳〉〈姪女彥瑷小傳〉。〈姪女彥瑷小傳〉是一篇詩評文字。彥瑷是一位早逝的女詩人，有《嫻猗草》集。張道淵評曰："其間多有天然之句。如〈詠落花〉有云：'不知一夜飛（按：《嫻猗草》作"吹"）多少，贏得階前萬點紅。'何其飄灑之至，豈非出自性靈耶！"讚其大得詩人之旨，"瀛島詩姝，偶落人世"。更重要的一篇是〈仲兄竹坡傳〉，此傳敘述了他們兄弟之間自小友愛的感情，"兄長余二歲，幼時同就外傅"，是手足，又是學友。更可寶貴的是，這篇傳記記錄了張竹坡評點《金瓶梅》的具體情況、宗旨、刊印地點、銷售情況、評點困難處境。據張道淵撰《張氏族譜·後序》記載，他主持修譜在"戊戌、己亥之間"（康熙五十七至五十八年，1718—1719），成稿在雍正十一年癸丑（1733）。〈仲兄竹坡傳〉當作於此時，距竹坡逝世已有二十多年。道淵回憶與竹坡之間的友愛，感情至為真摯。

張道淵在文化工作方面做了兩件大事：一是修撰《張氏族譜》，整理傳播了本族文學家的優秀作品；二是修訂復刻張評本《金瓶梅》，繼承了胞兄張竹坡的事業。其修訂復刻張評本的背景值得注意的是兩項：一是他修撰族譜期間撰〈仲兄竹坡傳〉，引發了修訂復刻的激情，修訂復刻的時間大約也在此時。張道淵《張氏族譜・後序》中說："族譜之修幾經仇校，曾在戊戌、己亥間遍歷通族，詳分支派，遵照舊譜條目，匯選恩綸、傳志、藏稿、贈言、壽挽諸章，裒集成帙。正在發刊，忽以他務糾纏，奔走於吳中白下之途，曾一歲而三往返焉。"族譜的刊印"只得暫為輟工"。所云奔走蘇州、南京而從事的"他務"，當即復刻張評本。修撰刊印族譜，對張道淵來說，應是壓倒一切的重要而神聖的工作，不會因瑣事而中輟，只有修訂復刻張評本這一與本家族有極密切關係，對仲兄竹坡有重要紀念意義的事務，才可以與刊印族譜相比肩。張道淵中輟了族譜的刊發，而去忙於復刻刊印張評本。二是，康熙四十七年（1708），戶曹郎中和素把崇禎本並參照張評《金瓶梅》正文譯成滿文，大約是在宮廷翻書房譯刊（參見昭槤《嘯亭續錄》）。《金瓶梅》被譯成滿文刊印，滿漢文化交融的這一壯舉，當是激發張道淵暫時中輟族譜的刊印，而去復刻刊印張評本的更為重要的誘因。張道淵不但支持了張竹坡評點刊刻《金瓶梅》，而且在竹坡死後，繼承竹坡之遺志，修訂復刻張評本，在《金瓶梅》的整理傳播上做出了重要貢獻。張道淵在〈仲兄竹坡傳〉

中肯定評點《金瓶梅》是可流傳後世的“著書立説”，“有不死者在”，可以千古不朽。此評，道淵可與其仲兄竹坡共享。

韓國首爾梨花女子大學圖書館藏張竹坡評點本《金瓶梅》，總評〈寓意説〉結尾不缺二百二十七字，無回評，行款版式同大連圖書館藏張評本初刻本。2010 年 8 月，筆者在宋真榮教授嚮導下，到梨花女子大學考察這一版本。

正文半葉十行，行二十二字，版框高十九點四厘米，寬十三點五厘米，扉頁失去。何時傳入韓國不詳，傳入韓國後重新裝訂為十二冊，藍色封面，插圖失去。從版式、總評各篇等綜合看，梨花女子大學圖藏本為大連圖藏本同版刪去回評的後印本。首圖本無回評，總評、正文等同吉大圖藏本。梨花女子大學圖藏本無回前評，總評、正文等同大連圖藏本。這説明《金瓶梅》張評本的初刻本、修訂本兩種都有有回前評和無回前評的本子流傳。

※筆者在梨花女子大學圖書館考察館藏張評本

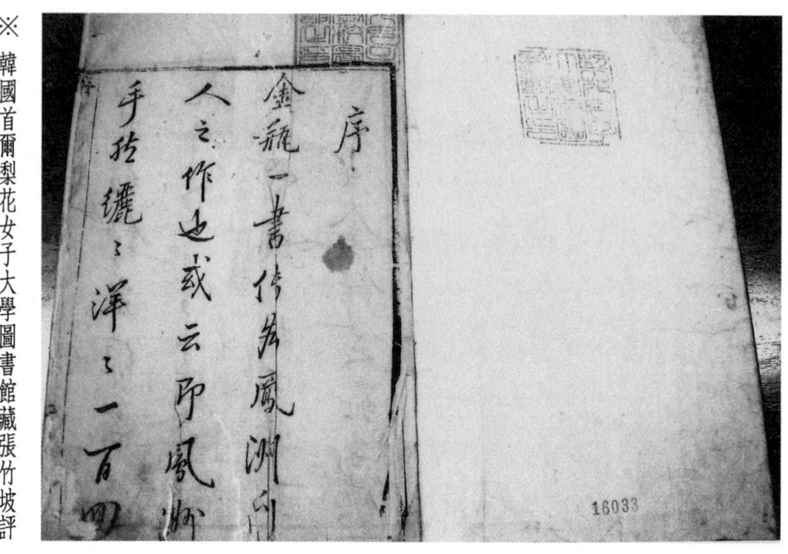

序

金瓶一書傳為鳳洲門人之作也或云即鳳洲手拈纚纚洋洋一百回

※韓國首爾梨花女子大學圖書館藏張竹坡評本序首半葉書影

散此皆掉手成趣處他如張好問白、、之類不可枚舉隨時會意皆見作者狡猾之才若夫玉樓彈阮愛姐繼其後抱阮以往湖州何官人家依二搗鬼以於是作者窮途有淚無可灑處乃于愛河中搗此一篇鬼話明亦無可如何之中作書以自遣也至其以孝哥結入一百回用普淨幻化言惟孝可以消除萬惡惟孝可以永錫爾類今使我不能全孝抑會反思爾之于爾親却是如何千秋萬歲此恨綿綿悠悠蒼天曷有其極悲哉悲哉作者之意曲如文螺細如頭髮不謂後古有一竹坡爲之細細點出作者于九泉下當滴淚以謝竹坡竹坡又當酹酒以白天下錦繡才子如我所說豈非使作者之意彰明較著也乎竹坡彭城人十五而孤于今十載流離風塵諸苦備歷游倦歸來向日所爲寄通知交今日皆成陌路細思床頭金盡之語忽忽不樂偶睹金瓶起手云親朋白眼面目寒酸便是凌雲志氣分外消磨不禁爲之淚落如豆乃拍案曰有是哉冷熱真假不我欺也乃發心于乙亥正月人日批起至本月廿七日告成其中頗多草草然予亦自信其眼照古人用意處爲傳其金針之大意云爾緣作寓意說以弁于前

※韓國首爾梨花女子大學圖書館藏張竹坡評本〈寓意說〉書影

五、文龍手批在茲堂刊本

文龍，字禹門。漢軍，正藍旗。約生於道光十年（1830），歷任南陵、蕪湖知縣。文龍喜愛古代小說，少年時就聞有《金瓶梅》，直至咸豐六年（1856）才開始閱讀。光緒五年（1879），文龍得到友人邵少泉贈送的《皋鶴堂批評第一奇書金瓶梅》（在茲堂刊本），於當年五月十日開始評批，到光緒八年（1882）九月完成，歷時三年多，時在南陵、蕪湖知縣任上，手寫回評、眉批、旁批約六萬字。文龍手批在茲堂本，藏國家圖書館，四帙二十冊。文龍在第四十二回回評中說："竊嘗有言曰：人生作一件好事，十年後思之，猶覺欣慰……天地既生我為人，人事卻不可不盡，與其身安逸而心中負疚，終不若身勞苦而心內無慚。"據此可知他的勞苦無愧的清廉人生態度。

文龍的《金瓶梅》評點可概括為如下幾個主要方面：

（一）評人物形象。他的評語重點關注吳月娘、潘金蓮兩個人物。稱讚月娘能守節，"從一而終，守貞不二"，"西門生前，月娘獨能容"。文龍以傳統觀念肯定月娘形象，並與張竹坡的觀點針鋒相對，不同意竹坡評月娘有罪、月娘陰險等觀點。從封建的貞節觀出發，他認為玉樓一嫁再嫁，不能稱為賢良之婦。文龍有濃厚的"女人禍水"思想，對金蓮的被污辱、被損害處境，缺少同情，一再斥責金蓮，"蓮則斷斷不可存留於世間，遭之者死，見之者病，誠然禍水也"。文龍認為金蓮是美女，是金蓮與王六兒二人雙刀並舉殺死了西門慶。這些觀點遠遠落後於作者，落後於晚明啟蒙思潮。

文龍對人物性格特點的評析，多有可取之處，他注意在對比中分析，如評李瓶兒生子，“月娘羡慕深而嫉妒輕，金蓮嫉妒重而羡慕淺”；又如評“金蓮淺而桂兒深，金蓮直而桂兒曲”；又如評三個妓女“銀兒溫柔，桂兒刁滑，月兒奸險”；又如以“蕩”“柔”“縱”三字概括三位女性行為的不同特點說“金之淫以蕩，瓶之淫以柔，梅之淫以縱”。

（二）關於藝術虛構、形象塑造。文龍雖未深入論述藝術虛構，但他接受了明清以來作家關於藝術虛構的思想，超越了紀昀排斥小説藝術虛構與《聊齋志異》才子之筆的觀點。文龍在評語中多次提到“潘金蓮亦不必實有其人”，認為諸多人物形象都是作者的藝術塑造。他在分析西門慶形象時，認為西門慶“其名遂與日月同不朽”。他說：“《水滸傳》出，西門慶始在人口中；《金瓶梅》作，西門慶乃在人心中。《金瓶梅》盛行時，遂無人不有一西門慶在目中意中焉。其為人不足道也，其事跡不足傳也，而其名遂與日月同不朽。”（第七十九回回評）

（三）接受了張竹坡關於《金瓶梅》非淫書論思想，肯定了作者關於性行為的描寫。文龍認為《金瓶梅》是警世之書，讀此書要生“畏戒”心。“生性淫，不觀此書亦淫；性不淫，觀此書可以止淫。然則書不淫，人自淫也。”（第十三回回評）他主張要高一層著眼，深一層存心，遠一層設想，“有全部在胸中，不可但有前半截，竟無後半截也”（第一百回回評）。這裏接受了張竹坡關於一百回當一回讀，從整體形象出發閱讀全書的觀點。關於情慾問題，文龍也做了一些探討。他認為男女之間有兩種情緣：有情而無緣與有緣而無情。西門慶與瓶兒之間就是有情而無緣。文龍在第二十七回評“醉鬧葡萄架”時說

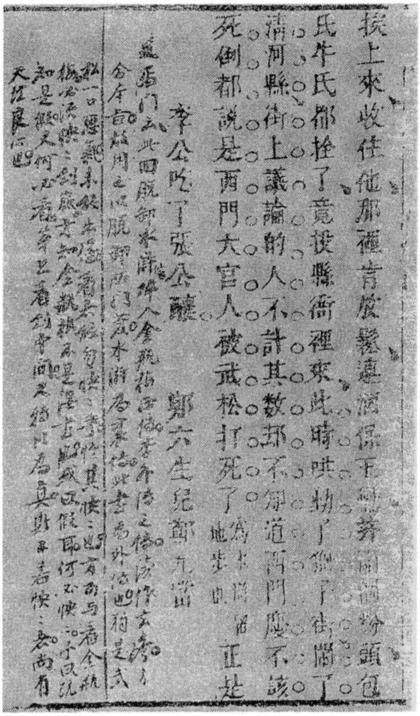

※文龍批評《金瓶梅》手跡

“久已膾炙人口”，“充其量而實寫出耳”，持一種很開明的思想。同時，他也指出，少年之人“慾火正盛”，不可令其閱讀，應讀“四書五經”以定其性情。這實際上承認《金瓶梅》是一部成人小説，少年不宜。文龍在第二十回評中説：“六房串遍，亦足以消遣溫柔，疲於奔命而終老是鄉也。逆取順守，獲罪於天者，竟不至一敗塗地也。”他並不主張禁慾，而主張順應自然天性，樂而有節。

文龍的《金瓶梅》評點寫在晚清。哈斯寶《紅樓夢》回評寫於道光二十七年（1847），略早於文龍的《金瓶梅》評，均在晚清，為同時期的評點，其成就與時代局限大致相同。文龍未寫總評與讀法，沒有如張竹坡那樣評形成了自己的體系，在理論價值上遜於張竹坡評。張竹坡處在小説評點的高峰期，是三大家（金聖歎、毛宗崗、張竹坡）之一。文龍在光緒年間，處在小説理論從傳統向現代的轉型期，雖有其獨到見解，但不如舊紅學的評點派成就大。晚清的《金瓶梅》評點，獨此一家，填補了《金瓶梅》評點史上的空缺，而成為與崇禎本評點、張竹坡評點相續而列的第三家評點。這是其應佔有的歷史地位。

六、多倫多大學東亞圖書館藏《金瓶梅》版本考

（一）版本特徵

多倫多大學東亞圖書館慕學勳書庫藏有一部《金瓶梅》，是張竹坡批評第一奇書版系。書名頁、謝頤〈第一奇書序〉失去。現有序係摹原序字體抄補。此部《金瓶梅》屬張評本中的何種子系版本，需據版式、行款特徵加以判斷。1993 年，東亞圖書館正在做慕氏書的編目，準備輸入電腦。於安娜館長、李三千館員囑筆者幫助考證此部《金瓶梅》版本歸屬。經與中國大陸所藏張評本加以比勘後，筆者可以斷定此部《金瓶梅》不是張評本康熙年間原刊本，而是據原刊本翻刻的一種本子，為張評本中的“全像金瓶梅，本衙藏板”本。

東亞圖書館藏《金瓶梅》有回前評語，評語每半葉十一行，行二十三字（比小説正文低兩字刻印）。每回回評結束，無“終”或“尾”字。正文回目接回評刻印，不另起葉。無眉批。有雙行夾批，夾批位置與文字同康熙間原刊本。有行間小

批。書口有魚尾，上題“第一奇書”，中為回次，下為本回葉碼。板框高二十一厘米、寬十四厘米。正文每半葉十一行，行二十五字。摹原序抄補的序文後署“時康熙歲次乙亥清明中浣，秦中覺天者謝頤題於皋鶴堂”，下有“謝頤之印”“敬齋”兩方鈐記。抄補序文每半葉四行，行十一字。有圖二百幅，甚粗糙。原為四函，一函八冊，共三十二冊。東亞圖書館入藏時重新裝訂，每四冊一本，共八本。

（二）在張評本系列中的地位及缺點

據張評康熙間原刊本翻刻的本子有兩類：一類有回前評語，多數無眉批，有“本衙藏板”本、“影松軒”本、“四大奇書第四種”本等。另一類無回前評語，有“在茲堂”本、“皋鶴堂梓行”本等。以上版本，只有在茲堂本書名頁右端偽題“李笠翁先生著”，張評康熙間原刊本此處題“彭城張竹坡批評

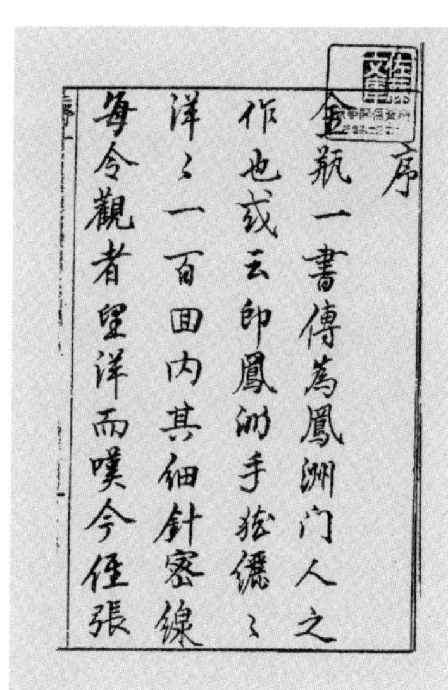
序
金瓶一書傳為鳳洲門人之
作也或云即鳳洲手然洋洋
洒洒一百回內其細針密線
每令觀者望洋而嘆今經張

※ 多倫多大學東亞圖書館藏序首葉書影

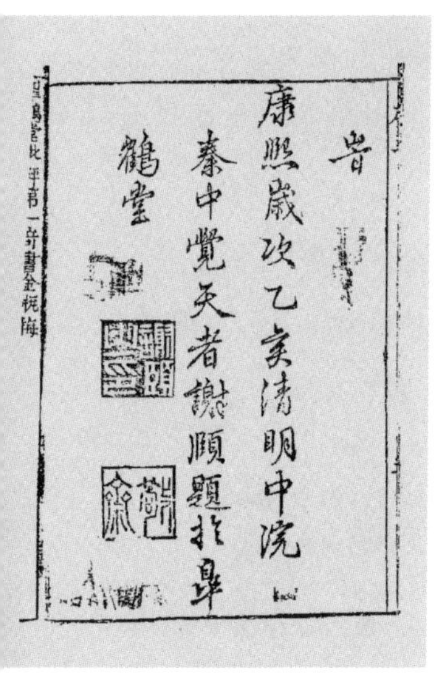
皋鶴堂批評第一奇書金瓶梅
時
康熙歲次乙亥清明中浣
秦中覺天者謝頤題於皋
鶴堂

※ 多倫多大學東亞圖書館藏《金瓶梅》序末葉書影

金瓶梅”，其他版本題“彭城張竹坡批評”或“彭城張竹坡批點”“彭城張竹坡原本”等。[1]《中國古代小說百科全書》說：“所有張竹坡批評的《第一奇書》早期刻本，扉頁右端均署為‘李笠翁先生著’。”[2] 與版本實際不符。[3]

東亞圖書館張評本《金瓶梅》係有回前評語的“本衙藏板”本。據紙質與字體判斷，此種本子很可能刻印在清道光年間，且係此種版本的後印本（有斷版處）。柳存仁〈倫敦所見中國小說書目提要〉亦謂此種本子不是康熙間原刊本。此種張評本，又藏北京大學圖書館、北京師範大學圖書館、南開大學圖書館。英國倫敦博物院藏此種版本的小型本，書名頁亦題“全像金瓶梅，本衙藏板”，吉林大學圖書館藏有該種版本的膠捲。

此種張評本對《金瓶梅》傳播起了一定作用，在《金瓶梅》版本系統中佔有一定地位。但是，因係據原刊本翻刻，翻刻時書坊主人偷工減料，錯字較多。

儘管“本衙藏板”本錯誤較多，無眉批，但在北美各大圖書館藏《金瓶梅》極少的情況下，東亞圖書館藏的《金瓶梅》確為該館的一件珍品。

（三）流傳路線：中國—日本—中國—加拿大

東亞圖書館藏《金瓶梅》是怎樣由中國漂洋過海流傳到北美的？有跡可循。這部《金瓶梅》每回首葉蓋有一方形藏書

1 見拙文《張竹坡批評第一奇書金瓶梅》前言，齊魯書社 2014 年版。

2 《中國古代小說百科全書》，中國大百科全書出版社 1993 年版，第 616 頁。

3 李漁不是《新刻繡像批評金瓶梅》評改者，也不是作者，見拙文〈“李漁評改《金瓶梅》”考辨——兼談崇禎本系統的某些特徵〉，載《吉林大學社會科學學報》1992 年第 5 期。

章——“佐藤文庫，戰爭關係資料，福島縣立圖書館”。

據此藏書章判斷，這部《金瓶梅》可能在1900年八國聯軍入侵天津、北京之時，或中日甲午戰爭（1894年）之時，由日本人從中國掠去，歸入“戰爭關係資料”一類圖書。至於，怎樣從福島縣立圖書館又回歸中國，流入慕學勳之手，很難判斷。筆者推測有兩種可能：一是福島縣立圖書館藏此一部《金瓶梅》，視為珍品，引人注目，卻不慎流失，輾轉而入慕氏手；一是慕學勳藏較多中國善本古籍，他用其中的一種或若干種與福島縣立圖書館交換而得到此部《金瓶梅》。慕學勳（1884—1929），字房文，山東蓬萊人，畢業於天津北洋大學，其後在德駐北京使館任中文秘書十七年，直至逝世。1933年，英格蘭教宗韋廉·懷德主教購得慕學勳藏書十萬餘冊。這批書

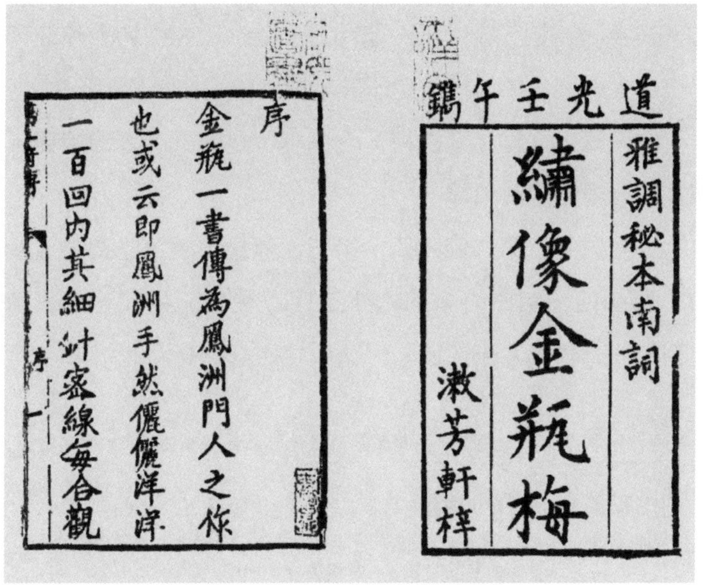
道光壬午鐫

雅調秘本南詞

繡像金瓶梅

漱芳軒梓

序

金瓶一書傳為鳳洲門人之作

也或云即鳳洲手然儷儷洋洋

一百回內其細針密線每令觀

※道光二年漱芳軒刻本《繡像金瓶梅》

在1936年6月運抵加拿大多倫多市皇家安大略博物館。[1] 1961年，慕氏藏書遷移到多倫多大學東亞圖書館。張評"本衙藏板"本《金瓶梅》隨之入藏。

在西方另有荷蘭高羅佩藏書《金瓶梅》在茲堂本。英國倫敦博物院藏有小型本的"本衙藏板"本。德國漢學家弗朗茨·庫恩的《金瓶梅》德文譯本，是據萊比錫島社在中國蘇州購得的"皋鶴堂梓行"本（此種本子無回前評語）。早期的英文譯本、法文譯文、日文譯本、朝鮮文譯本，均根據張竹坡評第一奇書翻譯。[2] 這充分説明，張竹坡評本在清初後廣泛流傳，並在世界產生了較大影響，對《金瓶梅》傳播起了積極作用。

七、彈詞演出本《雅調秘本南詞繡像金瓶梅》

十五卷一百回，十六冊，清道光二年（1822）漱芳軒刊本。藏日本東京大學東洋文化研究所雙紅堂文庫。

全書以第一奇書《金瓶梅》為底本，是第一奇書的摘要，選擇其故事要點開展情節。

第一回熱結、第二回拜盟、第三回遇兄，為第一奇書《金瓶梅》第一回。第一奇書第六十三回以後省略掉較多故事情節，到第一奇書第八十七回，武松殺嫂血祭為高潮而結束。[3]

1　見吳曉鈴先生〈多倫多大學東亞圖書館所藏蓬萊慕氏書庫述概〉，載《文獻》1990年第3期。

2　見王麗娜編著《中國古典小説戲曲名著在國外》，學林出版社1988年版。

3　摘自鳥居久靖〈關於《繡像金瓶梅——金瓶梅版本考補》〉，見黃霖、王國安編譯《日本研究〈金瓶梅〉論文集》，齊魯書社1989年版。

§ 第十二章 §

影松軒本“替身”影印出版

影松軒本為張竹坡評本《金瓶梅》的一種版本。書名頁右上“彭城張竹坡批評金瓶梅”，中間大字題“第一奇書”，左下“影松軒藏板”。大連圖書館藏有這種版本。大連圖書館藏《皋鶴堂批評第一奇書金瓶梅》“本衙藏板翻刻必究”本，為康

※ 大連圖書館藏影松軒本扉頁

熙三十四年（1695）刊印的張評本的初刻本，在總評部分的〈寓意說〉中多出二百二十七個字，為其他張評本所無。影松軒本是這種本子的翻刻本，有回前評，無眉批，不是完整的張評本。大連圖書館藏張評初刊本，蓋有恭親王藏書章，為皇族世家藏本，後為日本大谷光瑞舊藏，是大谷光瑞舊藏明清小說中的一種。

2000 年，大連出版社影印出版“大連圖書館孤稀本明清小說叢刊”，原計劃影印“本衙藏版翻刻必究”版張評初刊本，列入叢刊。但是，在館藏書出庫時，誤把影松軒本提出，未經審查，誤把影松軒本當作張評初刊本影印。在叢刊編者前言中說：“該館所藏之皋鶴堂批評第一奇書金瓶梅，是極為罕見的張評本初刻本，較其他刻本多出的二百七個字（按：實為二百二十七個字），乃迄今所知其他張刻本所無者，具有十分重要的史料價值。”編者怎麼也想不到，影松軒本竟成為了張評初刊本的“替身”而得以影印出版，使我們讀者、研究者至今未讀到張評本初刊本的影印本。

影松軒本“替身”影印出版，在《金瓶梅》版本傳播史上增加了一種影印本，使我們便於了解影松軒本的真實面貌。

大連圖書館藏影松軒本的影印本，六函，三十六冊。首有書名頁。謝頤序為寫刻。總評部分有〈竹坡閒話〉〈寓意說〉〈趣談〉〈雜錄小引〉〈苦孝說〉〈西門慶家人名數〉〈潘金蓮淫過人目〉〈房屋〉〈讀法〉〈第一奇書目〉，缺〈第一奇書非淫書論〉〈冷熱金針〉〈凡例〉。第一回回前評，結尾時有“終”字，另起葉為正文回目。正文半葉十行，行二十二字，有行內批、行間批，無眉批。書口標有“第一奇書”“回次”“葉數”，無魚尾。

第七回後、第八回前有手寫第八、九、十、十一、十二回回目。

第十二回後、第十三回前加一葉手寫第十三、十四、十五、十六、十七回回目。此書原藏者可能見到過崇禎本分五回為一卷的情況。張評本不分卷。

插圖據崇禎本圖或張評本初刊本圖仿刻，分回插入回評前，每回兩幅，應有二百幅。此本缺略較多：

第二十七回缺插圖。第三十一、五十、五十一、五十二、五十九、六十一、六十五回無插圖。第七十三回缺第二幅圖。第七十四回缺第一幅插圖。第七十五、七十八回缺插圖。第七十九回缺第一幅插圖。第八十二、八十三回缺插圖。第八十五回缺第一幅圖。第八十六回缺第二幅圖。第九十七、九十九回缺插圖。九十九回回評接前回結尾連排，未另起葉。第一百回第一幅圖無籬笆門，結尾詩“閥閱遺書思惘然”與其他張評本同。

此影松軒本缺葉較多，原藏者手寫配補了缺葉：第二十七回第十三至十七葉缺三葉；第二十八回缺兩葉；第三十七回缺一葉半，又缺兩葉；第七十三回缺三葉；第八十二回缺兩葉。原藏者很認真細心地抄寫配補缺葉，説明藏書者非常珍愛《金瓶梅》的版本。這種收藏珍愛古籍、熱愛傳統文化之精神值得肯定與讚揚。影松軒本的影印出版，給我們今天的讀者提供了一種特殊的版本類型。

第二十八回
陳敬濟徼倖得金蓮　西门慶糊塗打鉄棍
詩曰
幾日深閨繡得成　看來便覺可人情
一湾嬈玉凌波小　兩瓣秋蓮落地輕
南陌踏青春有跡　西廂立月夜無聲
看花又濕蒼苔露　晒向窓前趁晚晴
話說西门慶扶婦人到房中脫去上下衣裳衣兩脫赤着身子婦人止着紅紗抹胸兒兩個並肩疊股而坐重斟杯西门慶一手摟過他粉頸一遞一口和他吃酒極盡溫存

※影松軒本第二十八回所缺兩葉係抄寫配補

※影松軒本第一百回第一幅圖左上角無籬笆門

§ 第十三章 §

張竹坡評點本的刊刻與苹華堂本的發現

現存張評康熙年間刊本四種：

第一種，扉頁牌記“本衙藏板翻刻必究”，卷首謝頤序署“康熙歲次乙亥清明中浣秦中覺天者謝頤題於皋鶴堂”。扉頁上端無題。框內右上方“彭城張竹坡批評金瓶梅”，中間“第一奇書”，左下方“本衙藏板翻刻必究”。有摹刻崇禎本圖二百幅，另裝二冊。書口為“第一奇書”，無魚尾。正文半葉十行，行二十二字。正文內有眉批、旁批、行內夾批。正文第一回前有〈竹坡閒話〉等總評文字（缺〈第一奇書非淫書論〉〈凡例〉）。每回前有回評，回評刊回目前另排葉碼。正文回目另葉刻印（不與回評接排），回前評與正文不相連接，有的回評末有“終”字或“尾”字，表明回評完。這樣刻印易裝訂不帶回評的本子。六函共三十六冊，刻印精良，日本鳥居久靖氏謂“此書居於第一奇中的善本”（《金瓶梅版本考》）。吉林大學圖書館藏有此種版本。

第二種，"本衙藏板翻刻必究"本，與上書同版，不帶回前評語。首都圖書館藏有此種版本。

第三種，"本衙藏板翻刻必究"本，大連圖書館藏，行款、版式、扉頁、牌記與吉林大學圖書館藏本大致相同。此版本為皇族世家藏書，卷首蓋有恭親王藏書印，在總評〈寓意說〉"千秋萬歲，此恨綿綿，悠悠蒼天，曷其有極，悲哉悲哉"之後多出二百二十七字（詳見本書第 130 頁）。

大連圖書館藏本與吉林大學圖書館藏本相比勘，有多出的夾批、眉批。總評不缺〈第一奇書非淫書論〉〈凡例〉兩篇，正文文字相異處，大連圖藏本同崇禎本，而吉大圖藏本則與崇禎本相異。大連圖藏本更接近底本崇禎本。吉大圖藏本是據大連圖藏本加工修飾而成。大連圖藏本正文多用俗別字、異體字。吉大圖藏本與之相比，俗別字、異體字少，刻印更為精良。大連圖藏本為張竹坡於 1695 年評點刊刻的初印本。他當時生活貧困，處境艱難，於三個月評點完稿，在金陵刊印發售。張竹坡評點時，對小說正文個別文字有所改動，改"胡僧"為"梵僧"，改"虜患"為"邊患"，改"匈奴"為"陰山"，改"玁狁"為"太原"，改"夷狄"為"蛀蟲"，改"伐遼"為"伐東"等為避清諱，一般對正文文字未作改動。

吉大圖藏本據張評初刊本復刻，行款、版式、扉頁、序與初刊本相同，但對評語有加工刪減，對小說正文文字有改動。此復刻本的加工與刊刻者，初步判定為張竹坡的弟弟張道淵。張道淵是張竹坡評點刊刻《金瓶梅》的知情者、支持者，在竹坡逝世後，又是張評本的修訂復刻者，也應是竹坡手稿的存藏者。

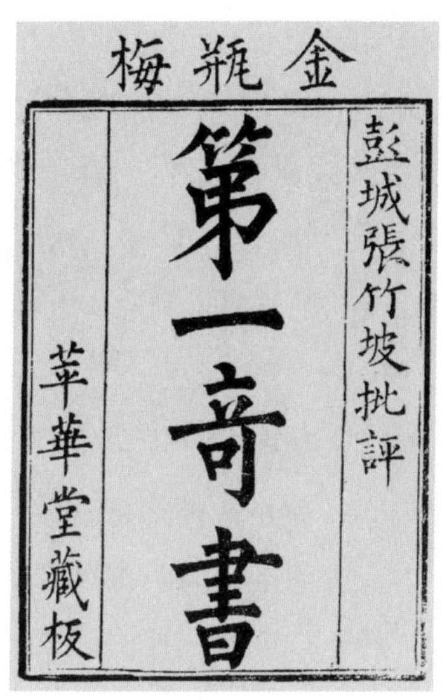

※苹華堂藏板第一奇書扉頁

第四種，近年在韓國梨花女子大學圖書館發現張評本初印本的翻刻本或同版後印本，此版本省略了回評，裝訂為 12 冊。總評〈寓意説〉不缺二百二十七字。行款、版式同大連館圖藏本。

張評本雖有較多版本存世，但苹華堂本未見著錄，是近年新發現，為張青松先生購藏，已由台灣學生書局 2014 年 12 月影印出版。扉頁右上為“彭城張竹坡批評”，中題“第一奇書”，左下“苹華堂藏板”，上眉“金瓶梅”。謝頤序手寫體。總評部分〈第一奇書非淫書論〉〈凡例〉兩篇不缺，〈寓意説〉結尾處缺二百二十七字（同吉大圖藏本，與大連圖藏本不同）。

正文半葉十一行，行二十二字。書口上刊“第一奇書”，中為回次，下為本回葉次，無魚尾。版面字體清晰。此種版本，有如下特點值得關注。

第一，無回前評語，眉評、行間夾批、行內雙行批，未加刪減。眉批二字一行同大連圖藏本、吉大圖藏本，為了更清晰，有五回十二條眉批上加刻一框線（第五十八回兩條、第七十一回兩條、第七十八回五條、第七十九回兩條、九十三回一條），在張評本的其他刊本中未見。

第二，刊刻忠實於底本，不隨意改字。如：第九十八回第四葉 A 面："緝捕番捉""提刑緝捕觀察番提"，未改"提"為"捉"。（崇禎本、大連館藏本吉大館藏本均前一句為"捉"，後一句中為"提"）第十二回第一葉 B 面"單枕孤幃"同吉大圖藏本，與大連圖藏本作"粲枕孤幃"不同。

第七十一回第十一葉 B 面"激切屏營之至"同吉大圖藏本。大連圖藏本"營"作"蒙"同崇禎本。

第三，從結尾詩看，第七十六回四句：

靡不有初鮮克終，交情似水淡長濃。
自古人無千日好，果然花無摘下紅。

吉大圖藏本無此四句。詞話本、崇禎本、大連圖藏張評本均有此四句。

第十五回結尾二句："笑罵由他笑罵，歡娛我且歡娛"，大連圖藏本、吉大圖藏本均缺此二句。苹華堂本不缺，應是據崇禎本補入。

第七十九回結尾缺四句詩：

※苹華堂藏板第一奇書第五十八回第二十一葉眉批

作者因借金蓮以諷天下人見逆如金蓮何嘗良心滅絕是知凡天下爲人子者皆

裡抽替內有塊臘肉兒哩卽令來安兒你去對蘭香說還有兩個餅錠叫他拿與你來金蓮叫那老頭子問你家媽媽兒吃小米兒粥不吃老漢子道怎的不吃那裡有可知好哩金蓮也叫過來安兒來你對春梅說把昨日你姥姥稍來的新小米兒量二升就拿兩根醬瓜兒出來與他媽媽兒吃（以已母遺之物贈人不能養其母不一返思直猪狗矣）那來安去不多時拿出半腿臘肉兩個餅錠二升小米兩箇醬瓜兒叫道老頭子過來造化了你你家媽媽子不是害病想吃只怕害孩子坐月子想定心湯吃那老子連忙雙手接了安放在擔內望着玉樓金蓮唱了個喏揚長挑着擔兒搖着驚閨葉去了平安道二位娘不該與他這許多東西被這老油嘴

第一奇書　五十八回　二十一

造物於人莫強求，勸君凡事把心收。

你今貪得收人業，還有收人在後頭。

應是刻工疏忽造成的。

第五十回末二句結尾詩“若教此輩（輩）成佛道，天下僧尼似水流”刻在“正是”下成為行內批，未另起行刻。

第四，有缺字、錯字。第十四回次缺“第”字，“義士”刻成“義十”。第二十回“傻幫閒趨奉鬧萃（華）筵”。第四十八回“戲贈一枝桃”漏刻“一”字。第五十四回“戲雕欄一笑回真（嗔）”，大連圖藏本作“真”。第八十二回回目“潘金蓮熱心冷而（面）”。第八十六回第八葉有一墨丁。第八十九回回目“永福寺大（夫）人逢故主”。第九十回回目“雪娥受辱守備□”脱一“府”字。

在茲堂本、苹華堂本都有斷板，不是初印本。還有一種題李笠翁先生著《第一奇書》，挖去“在茲堂”，手寫“壬子暮春鼓門鈍叟訂補”的本子與在茲堂本同版或後印。皋鶴草堂梓行本也是無回前評語的張評本，以上三種為張評本的無回前評本系列。李金泉先生考察認為苹華堂本為這一系列的底本，這一說法可以成立。苹華堂本在張評本系統中佔有一席重要地位，在《金瓶梅》傳播上起了重要作用。

§ 第十四章 §

滿文譯本《金瓶梅》

一、知見版本

滿文譯本《金瓶梅》一百回，六函四十冊，中央民族大學圖書館藏。框高十八點五厘米，寬十四厘米，白口，單魚尾，上下雙邊。半葉九行，每行字數不等，竹紙印。序署“康熙四十七年五月穀旦序”。

滿文豎排，自左往右讀。專用名詞、特殊詞語旁標註漢字，如“三國演義”“水滸傳”“西遊記”“嚴嵩”“嚴世蕃”“酒色財氣”等。

又見趙則誠先生藏本，版式同上，僅半部。

加拿大多倫多大學東亞圖書館藏影印滿文譯本《金瓶梅》，係美國亞洲文化研究中心影印（可能據普林斯頓大學葛思德東方圖書館藏滿文本影印）。

吉林大學圖書館藏精抄本，殘存五回：第十七卷第四十八回“弄私情戲贈一枝桃，走捷徑探歸七件事”，第四十九回“請

康熙四十七年五月穀旦序

※滿文譯本《金瓶梅》刊本序文末半葉書影

※滿文譯本《金瓶梅》刊本第一回書影

酒色財氣

七情六慾

純陽子祖師

呂岩

四部洲

上八洞

唐國

巡按屈體求榮，遇梵僧現身施樂”；第二十卷第五十五回“西門度兩番慶壽旦，苗員外一諾送歌童”，第五十六回“西門慶捐金助朋友，常峙節得鈔仿（傚）妻兒”，第五十七回“緣簿募千金喜舍，雕欄戲一笑回嗔”。大約抄於清乾隆年間，抄寫精良，裝訂考究。據王麗娜介紹，國家圖書館藏有完整的四十卷本，中國社會科學院民族研究所、北京民族文化宮藏有殘本（《金瓶梅在國外》）。

據日本學者澤田瑞穗《增修〈金瓶梅〉研究資料要覽》著錄，天理圖書館藏《滿文金瓶梅》，全一百回，四十卷，八十冊，內補寫十三冊。

又據日本學者早田輝洋譯註《滿文金瓶梅譯註（序至第十回）》所引用《滿文金瓶梅》主要是靜嘉堂文庫藏《滿文金瓶梅》，鈍宧（冒廣生）〈小三吾亭隨筆〉（《國粹學報》1911 年第 75 號）：“往年於廠肆見有《金瓶梅》，全用滿文，唯人名則旁註漢字，後為日本人以四十金購去，賈人謂是內府刻本。”天理圖書館藏本，或靜嘉堂文庫藏本，應有一種是晚清民國年間傳入日本的。

二、譯者之謎

滿文譯本《金瓶梅》卷首有序文三葉半，未署譯者姓名。昭槤（1776—1829）《嘯亭續錄》卷一“翻書房”：“及定鼎後，設翻書房於太和門西廊下，揀擇旗員中諳習清文者充之，無定員。凡《資治通鑒》《性理精義》《古文淵鑒》諸書，皆翻譯清文以行。其深文奧義，無煩註釋，自能明晰，以為一時之盛。有戶曹郎中和素者，翻譯絕精，其翻《西廂記》《金瓶梅》諸書，疏櫛字句，咸中肯綮，人皆爭誦焉。”昭槤，為清太祖努爾哈赤第二子代善之後，愛好詩文，喜讀宋金元明史籍，頗好交遊，所記和素為滿文本《金瓶梅》譯者，是可靠的。

和素（1652—1718），字存齋、純德，完顏氏，滿洲鑲黃旗人。御試清文第一，賜號“巴克什”，充皇子師傅，任翻書房總裁，累官至侍讀學士，是清代著名滿文翻譯家。和素為《御製清文鑒》主編，《清文鑒》與滿文《金瓶梅）同年刊行（1708）。和素另譯有《素書》《醒世要言》《孝經》《太古遺音》（《琴譜合璧》）等。

康熙年間一再重申嚴禁刊行“淫詞小說”。翻譯《金瓶梅》這樣浩大的文化工程，必須得到康熙帝的御旨，而不可能是一種民間行為。翻譯《金瓶梅》應是被批准的翻書房的計劃內工程，由和素主持，且是由翻書房譯員多人參與的一項浩繁工程。

滿文《金瓶梅》序有言：“此書勸戒之意，確屬清楚，故翻譯之，余趁閒暇之時作了修訂。”據此可知，和素主持翻譯工作，對譯稿做了審閱修訂。此譯序出自和素手筆。

《金瓶梅》滿文本譯者又有徐元夢說（葉德均《戲曲小說叢考》引《批本隨園詩話》）。徐元夢（1655—1740），字善長，一字蝶園，舒穆祿氏，滿洲正白旗人。累官至禮部侍郎、太子少保。中年後精研理學，歷仕三朝，在官六十餘年，以直言下獄者再。徐元夢是康熙十二年（1673）進士（見錢儀吉《碑集傳》卷二二），到《金瓶梅》滿文本序刻的康熙四十七年，已是垂暮之年，恐無力譯此巨著。其精研理學的興趣，與譯序讚賞《金瓶梅》的觀點也不符合。

三、譯本序文漢譯

20 世紀 80 年代初，筆者與北京大學侯忠義教授合作編輯《〈金瓶梅〉資料彙編》（北京大學出版社 1985 年版）時，得到趙則誠先生大力支持，慨然同意借閱珍藏的滿文本《金瓶梅》，並同意複印序文。滿文本序文，由清史專家劉厚生教授譯為漢文。現據闞鐸手札《金瓶梅》滿文漢譯校訂後的譯文如下：

> 試觀，大凡編撰故事者，或揚善懲惡，以結禍福；或娛心申德，以昭詩文；或明理論性，譬以他物；或褒正疾邪，以斷忠奸。雖屬稗官，然無不備善。《三國演義》《水滸傳》《西遊記》《金瓶梅》四部書，在平話中稱為"四大奇書"，而《金瓶梅》堪稱之最。凡一百回為一百戒，篇篇皆是朋黨爭鬥、鑽營告密、褻瀆貪飲、荒淫姦情、貪贓豪取、恃強欺凌、構陷詐騙、設計妄殺、窮極逸樂、誣謗傾軋、讒言離間之事耳。然於修身齊家有益社稷之事者無一件。
>
> 西門慶鴆毒武大，（武大）旋飲潘金蓮之藥而斃命。潘金蓮以藥殺夫，終被武松以利刃殺之。至若西門慶姦他人之妻，而其妻妾與其婿、家奴通姦之。

吳月娘瞞夫將女婿藏入家中，姦西門慶之妾，家中淫亂。吳月娘並無廉恥之心，竟恃逞於殷天錫，來保褻瀆。而蔡京等人欺君罔上，賄賂公行，僅二十年間身為刑徒，其子亦被正法，奸黨皆坐罪而落荒。

西門慶心滿意足，一時巧於鑽營，然終不免貪慾喪命。西門慶臨死之時，有盜竊的，有逃走的，有詐騙的，不啻燈吹火滅，眾依附者亦皆如花落木枯而敗亡。報應之輕重宛如秤戥權衡多寡，此乃無疑也。西門慶尋歡作樂莫逾五六年，其諂媚、鑽營、作惡之徒亦可為非二十年，而其惡行竟可致萬世鑒戒。

自尋常之夫妻、和尚、道士、姑子、拉麻、命相士、卜卦、方士、樂工、優人、妓女、雜戲、商賈，以至水陸雜物、衣用器具、嘻戲之言、俚曲，無不包羅萬象，敘述詳盡，栩栩如生，如躍眼前。此書實可謂四奇中之佼佼者。

此書乃明朝閒儒生盧柟為斥嚴嵩、嚴世蕃父子所著之說，不知確否？此書勸戒之意，確屬清楚，故翻譯之。余趁閒暇之時作了修訂。

觀此書者，便知一回一戒，惴惴思懼，篤心而知自省，如是才可謂不悖此書之本意。倘若津津樂道，效法作惡，重者家滅人亡，輕者身殘可惡，在所難免，可不慎乎！可不慎乎！至若不懼觀污穢淫靡之詞者，誠屬無稟賦之人，不足道也。如是作序。

康熙四十七年五月穀旦序

四、底本小考

張竹坡評本《金瓶梅》，評刻於康熙三十四年（1695），滿文本《金瓶梅》譯刊於康熙四十七年（1708），相距十三年。張評本《金瓶梅》是以崇禎本為底本評刻的，對崇禎本正文文字有改動之處，也有誤刻之處。

第十七回，出於政治上的考慮，張評本把"虜患"改為"邊患"，"夷狄"改為"邊境"，"玁狁"改為"太原"，"匈奴"改為"陰山"，"突厥"改為"河東"，"大遼縱橫中國"改為"干戈浸於四境"，"金虜"改為"金國"，"憑陵中夏"改為"兩失和好"，"虜犯內地"改為"兵犯內地"。滿文刊本同崇禎本。

第七十回回目，崇禎本為"老太監朝房邀酌，二提刑樞府庭參"，張評本為"老太監引酌朝房，二提刑庭參太尉"。滿文刊本此回回目同張評本。

崇禎本第四十九回"遇胡僧現身施藥"，張評本改"胡僧"為"梵僧"。滿文刊本同張評本。

第一百回回末詩，詞話本為"閒閱遺書思惘然"，崇禎本、張評本均誤作"閥閱"，滿文刊本同崇禎本、張評本。

第四十八回"走捷徑探歸七件事"，張評本礙於政治刪去最後兩條，但回目中仍曰"七件事"。滿文刊本同崇禎本，而與張評本不同。

第四回"我往你王奶家坐一坐就來"，詞話本、張評本作"王奶奶家"。崇禎本作"往你王奶家"，缺一"奶"字，北大藏崇禎本、內閣文庫藏崇禎本同。滿文刊本同崇禎本。

第四回“單道這雙關二意”，張評本作“單道這瓢雙關二意”。崇禎本少“瓢”字，滿文刊本同崇禎本。

第四回“紅赤赤黑須”，詞話本作“黑胡”，崇禎本，張評本均作“黑須”，滿文刊本同。

第九回結尾詩：“李公吃了張公釀，鄭六生兒鄭九當。世間幾許不平事，都付時人話短長。”張評本缺後二句，崇禎本不缺。滿文刊本同崇禎本。

第十回，形容李瓶兒“好個溫克性兒”，詞話本、崇禎本同。張評本作“溫存性兒”。滿文刊本同崇禎本。

從以上比勘可知，滿文譯本以崇禎本為底本，又參照了張評本，在回目上更加明顯。

五、作者盧柟說

和素任內閣侍讀學士、皇子師傅、《御製清文鑒》主編、翻書房總裁，對漢文小說《金瓶梅》等有深入的研究。他精通漢、滿兩種文化，處於清廷皇室文化統領的最高層。《金瓶梅》滿文譯刊年代，又正逢撰修《明史》巨大文化工程的關鍵階段，當時網羅彙集了明代大量史料文獻。在這種崇高地位與特殊文化背景下，和素在滿文《金瓶梅》序文中提出作者盧柟說，值得特別關注與研究。筆者曾於 1985 年撰〈談滿文本《金瓶梅》序〉，做了初步的探討。[1]

1　見徐朔方、劉輝編《〈金瓶梅〉論集》，人民文學出版社 1986 年版。

盧柟，生卒年不詳，字次楩，一字子木，號浮丘山人，河南浚縣人，著有《蠛蠓集》五卷。穆文熙撰〈重刻蠛蠓集引〉云："始刻於吳之太倉州，乃鳳洲王公家藏抄本。" 此引寫於萬曆三年（1575）。此抄本應是王世貞家藏的盧柟文集的稿本。《明史》卷二八七載，盧柟出獄後，"走謁榛（謝榛），榛方客趙康王所，王立召見柟，禮為上賓。諸宗人以王故爭客柟，柟酒酣罵座如故"，"柟騷賦最為王世貞所稱，詩亦豪放如其為人"。盧柟〈幽鞫賦〉〈放招賦〉在獄中作，收入《蠛蠓集》。王世貞《四部稿》中有詩〈魏郡盧柟〉〈寄盧次楩〉〈盧山人少楩〉，有文〈盧次楩集〉〈盧柟傳〉，有書牘〈寄盧次楩〉。〈魏郡盧柟〉詩云：

盧生富結撰，揚馬有遺則。
及乎為詩歌，雅好在李白。
春風揚波瀾，浩渺靡所極。
仰見朝霞媚，俯見水五色。
蛾眉一成妒，雄飛鎩其翮。
朝奏獄中書，夕為坐上客。
妻子不殢人，長歌下震澤。

王世貞說他"少負才，敏甚。讀書，一再過，終身不忘"，"才高，好古文辭，不能俯而就繩墨"，"楠為人跅弛，不問治生產，時時從倡家遊，大飲，飲醉輒弄酒罵其坐客"，"下筆數千言立就"，後入獄，"出獄，家益貧，乃為《九騷》⋯⋯趙王覽而奇其文，立召見，賜金百鎰。於是諸王人人更置邸延柟，柟則稱客，坐右坐，握麈尾辨說，揮霍數百千萬言，風雨集而江波流也。嗚毫颯颯，倏忽而為辭若賦”（〈盧柟傳〉）。盧柟有〈答王鳳洲郎中書〉〈與王鳳洲郎中書〉。盧柟出獄後曾寓居王世貞門下。他非常熟悉浚縣、臨清一帶市井細民生活，有文才。

《見只編》《明文海》載有盧柟傳奇小說〈滑縣尹擒賊記〉，這篇作品極具文學生動性，姚士磷跋語說：“描寫入神，使人若身見之者。”顯示出盧柟出色的小說創作才能。

康熙十二年（1673），宋起鳳《稗說》卷三提出王世貞“中年筆”之說。康熙三十四年（1695），《張竹坡批評第一奇書金瓶梅》謝頤序提出“鳳洲門人”“或云即鳳洲手”之說。和素並沒有承襲宋起鳳、謝頤的看法，而提出《金瓶梅》作者盧柟說。他們可以說是同時代人，觀點卻如此相異與相聯。

六、滿文譯本大連館藏抄本《翻譯世態炎涼》

黃潤華〈滿文翻譯小說述略〉說“大連圖書館藏有一部完整的，題名為《世態炎涼》”，認定為《金瓶梅》滿文譯本的抄本。

《翻譯世態炎涼》兩函三十二冊，第一函卷一至十六，共十六冊，由首回至第五十七回。第二函卷十七至三十二，共十六冊，由第五十八回至第一百回。

每半葉十行，行字數不等。序文首半葉蓋有“南滿洲鐵路

※ 大連圖書館藏滿文譯本《翻譯世態炎涼》清抄本書影

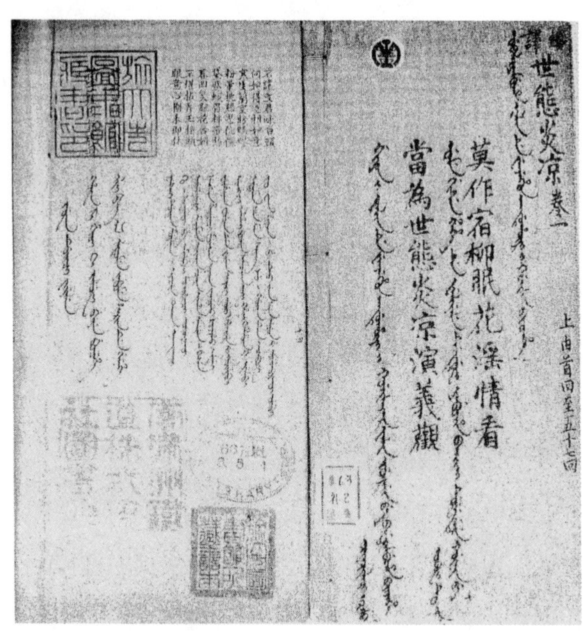

譯世態炎涼卷一

上由首回至五十回

莫作宿柳眠花淫情看

當為世態炎涼演義觀

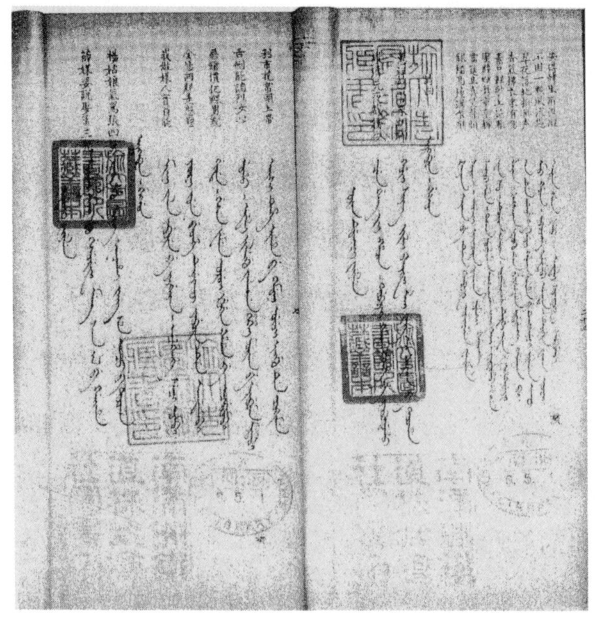

株式會社圖書館”章。第三十二冊卷尾有松崎鶴雄手寫的說明：

北平闞君鐸得蒙文本《金瓶梅》，見抄寄其序文漢譯一篇。闞君云敝處所藏蒙文《金瓶梅》乃係刻本，其中名詞註在側面，惟序內於名詞之外兼及全文，似係御製原書，似係三十二冊，經某西人改為洋裝四冊。今以序之譯文鈔寄，乞閱過寄還。內中誤字乃原文如此也。外間通行本，有康熙乙亥年字樣在封面上。乙亥為三十四年。在此序十三年以前，彼時正是此書盛行之際，如王崇藺〔簡〕《冬夜箋記》所記，朝貴以此書相矜尚者亦一證也。

右闞鐸君手札附記以為據

松崎鶴雄

時庚午冬日

此書每回只抄回目，不寫回次，標註漢文比滿文刊本多。除專有名詞標註漢字，詩詞韻語也用漢字標註在天頭位置。如第一回，“第一腰便添痛”五句在書眉有漢文，“奴是塊金磚，怎比泥土基”唱詞，眉上標有漢文。闞鐸寄給松崎鶴雄的序文漢譯，全同滿文漢譯。滿文是據蒙文創制而成，而所謂“蒙文本《金瓶梅》”，係松崎鶴雄誤認。《三國演義》等漢文小說，也是據滿文譯本轉譯成蒙文本。大連圖書館藏滿文譯本《翻譯世態炎涼》清抄本係松崎鶴雄替圖書館買進。松崎鶴雄當時為南滿洲鐵路株式會社圖書館館員。

§ 第十五章 §

蒙文譯本《金瓶梅》

蒙文譯本《金瓶梅》，是據滿文譯本翻譯的，以手抄本形式傳播，未見木刻版本。蒙古國國立圖書館藏抄本七種（全抄本兩種），殘本五種。其中有一種抄本有題記：達瓦・依達姆等在博格達汗哲第八世哲布尊丹巴呼圖克圖授意下翻譯的。據蘇聯漢學家李福清考察，譯者於 1910 年從滿文譯本翻譯此書。[1] 李福清認為，這並不是第一個蒙譯本，在列格勒（現為聖彼得堡）分類書目中著錄有《金瓶梅》蒙文譯本，此書目著錄不晚於 19 世紀中葉。《金瓶梅》蒙文譯本的翻譯年代，待進一步考察。

據圖書目錄，內蒙古自治區圖書館藏《金瓶梅》蒙文譯本第六十六回抄本。此殘抄本與蒙古國國立圖書館藏抄本之間關係不詳。

1 李福清：〈中國古典小說的蒙文譯本——嘗試性文獻綜述〉，見《中國傳統小說在亞洲》，國際文化出版公司 1989 年版。

內蒙古社科院圖書館藏《夢紅樓夢》蒙文殘抄本兩回，據傳為蒙古族作家尹湛納希（1837—1892）十八歲時作。此兩回寫寶玉、黛玉之間發生性行為，可能受《金瓶梅》影響。如果尹湛納希閱讀的是蒙文譯本《金瓶梅》，則此時蒙文譯本已流傳。這與李福清的推論相吻合。

蒙文譯本《金瓶梅》的研究是一項新課題，可以説明漢族、滿族、蒙古族文化之間的交流融合。蘇聯漢學家李福清所撰〈中國古典小説的蒙文譯本——嘗試性文獻綜述〉、聚寶所撰〈蒙古國所藏明清小説蒙譯本及其學術價值〉和秀雲從事的《金瓶梅》滿蒙譯本研究已進行開拓性考察。

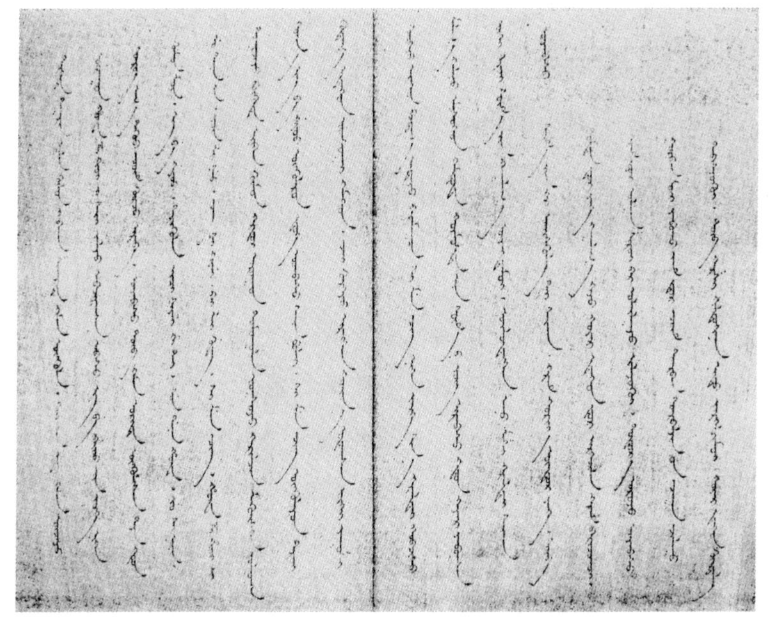

※蒙古國立圖書館藏《金瓶梅》蒙文抄本書影

§ 第十六章 §

民國時期《金瓶梅》稀見本藏家及在民間流傳的版本

一、民國時期《金瓶梅》稀見本藏家

1. 傅惜華藏《繡刻古本八才子詞話》

韓南《金瓶梅的版本及其他》著錄：《繡刻古本八才子詞話》書名頁下有“本衙藏板”。現存五冊，序文一篇，目錄及第一、二，第十一至十五，第三十一至三十五，第六十五至六十八回。序文作於順治二年（1645）。此序與各版本之序不同，序作者不詳。無插圖。

韓南曾從傅惜華處借閱此書，把它列入崇禎本系統。吳曉鈴曾云：“順治間坊刊《繡像八才子詞話》，大興傅氏碧蕖館舊藏，今不悉散佚何許。”[1] 胡文彬編著《金瓶梅書錄》著錄：“《繡刻古本八才子詞話》，殘本，清順治間刻本，原傅惜華先

1 吳曉鈴：〈金瓶梅詞話最初刊本問題〉，見《金瓶梅藝術世界》，吉林大學出版社 1991 年版。

生藏，現為中國藝術研究院藏。”

據韓南著錄，傅惜華還藏有一部與北京大學圖書館藏本極為相似的崇禎本，二十卷一百回，無圖。

2. 周越然藏《新刻繡像批評金瓶梅》

周越然（1885—1962），浙江吳興人，曾任職商務印書館編審室。藏書極富，與馬廉（隅卿）齊名，有“北馬南周”之稱。周越然藏《金瓶梅》中外版本十多種，其所著《書書書》中有《瓶說》，介紹了《金瓶梅》版本七種，認為作者是一位“多才之狂人”。

周越然舊藏《新刻繡像批評金瓶梅》二十卷一百回，明崇禎間刊本，白口，不用上下魚尾，有眉批、行間夾批，卷首東吳弄珠客序三葉、目錄十葉、精圖一百葉。周越然藏本第二回圖“俏潘娘簾下勾情”影印件右下有周越然印章（見本書第四章第二節插圖）。

周越然還藏有《張竹坡批評第一奇書》一百回，半葉十行，行二十五字。又藏有湖南木活字本，半葉十一行，行二十二字。

3. 馬隅卿舊藏《金瓶梅》抄本

馬隅卿（1893—1935），浙江寧波人，曾執教於北京孔德學校，並受聘於北京大學，是古典小說戲曲專門藏書家。馬氏藏書於 1937 年入藏北京大學圖書館。馬氏原藏《新刻繡像批評金瓶梅》，已由北京大學出版社影印出版。

馬氏舊藏《金瓶梅》二十卷一百回，首有東吳弄珠客序，清抄本，無圖無評，見《不登大雅文庫書目》第六箱“小說”

著錄。

此馬氏藏抄本，與吳曉鈴藏清乾隆抄本相比較有較大不同。每行字小而密，每行字數不一、字為一般手寫行書而非館閣體。序文前半失去，各葉未標葉數。可能是民國抄本，待進一步考察。

4. 鄭振鐸藏《金瓶梅》

崇禎本圖兩冊二百幅，已影印為一冊，附古佚小說刊行會影印詞話本。此圖為王孝慈原藏。鄭振鐸著《插圖本中國文學史》影印一幅第七回〈楊姑娘氣罵張四舅〉，下註：“通縣王氏藏。”鄭振鐸計劃編著中國木刻版畫史，王孝慈家藏版畫最多，精品尤夥。鄭氏、王氏二人互相鑒賞藏品，互相交流。鄭振鐸將收藏的明萬曆間真誠堂所刊《列女傳》贈送王孝慈。[1]1988 年 10 月 6 日，筆者在北京圖書館（現國家圖書館）典藏部查閱鄭氏藏《金瓶梅》，未見王孝慈原藏兩冊插圖。有崇禎本，僅兩冊，圖簡陋，刻工姓名從略，應不是王孝慈原藏本。[2]

5. 俞大維藏張竹坡評點本的在茲堂本

俞大維（1897—1993），美國哈佛大學哲學博士，曾任國民政府兵工署署長、交通部長。在海外留學時，與陳寅恪同學七年。陳三立次女新午與俞大維為夫妻，俞大維與陳寅恪、陳方恪為妻兄弟。陳方恪曾在南京圖書館工作。俞大維藏在茲堂

---

1 鄭振鐸：〈關於版畫〉，見《鄭振鐸全集》第十四卷，花山文藝出版社 1988 年版。

2 據張青松考察，《金瓶梅》崇禎本圖，1916 年前為張粹盦藏，古佚小說刊行會影印時，為袁克文藏，後為王孝慈、鄭振鐸藏，現藏於國家圖書館。

本蓋有彥通藏書印，陳方恪字彥通。此在茲堂本為陳方恪原藏，現藏台灣施合鄭民俗文化基金會。

二、民國時期在民間流傳的版本

1.《新刻繡像批評金瓶梅》，吳曉鈴舊藏殘刊本。

2.《新刻繡像批評金瓶梅》，張青松藏殘刊本。

3.《新刻繡像批評金瓶梅》，呂小民藏殘刊本。

4. 濟水太素軒梓《第一奇書金瓶梅》。

5.《繪圖真本金瓶梅》，上海存寶齋排印本，1916 年出版，精裝兩冊。

6.《古本金瓶梅》，上海卿雲圖書公司排印本，1926 年出版，精裝兩冊，平裝四冊。

※《第一奇書金瓶梅》濟水太素軒本

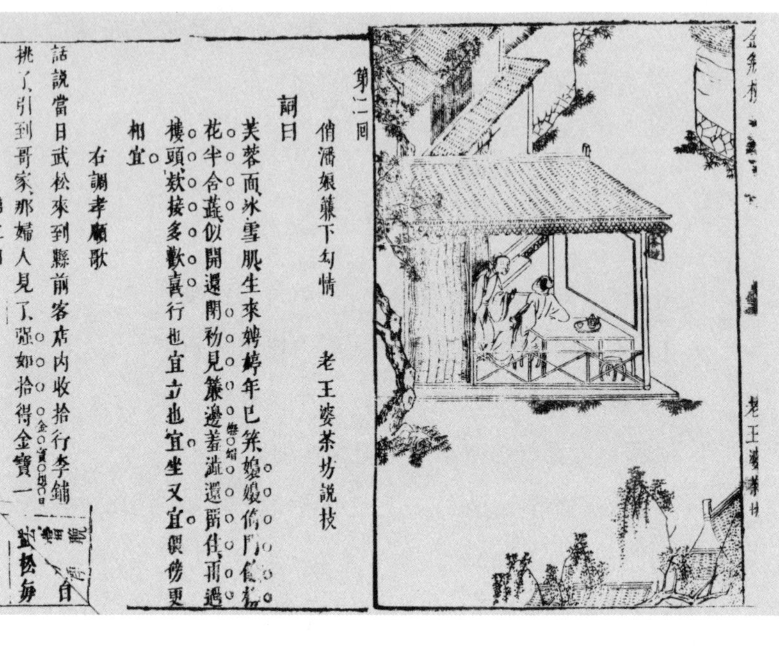

第二回　俏潘娘簾下勾情　老王婆茶坊說技

詞曰

芙蓉面冰雪肌生來娉婷年巳笄嬝嬝倚門餘梅花半含蘂似開還閉初見簾邊羞澀還留住再過樓頭欵接多歡喜行也宜立也宜坐又宜偎傍更相宜

右調孝順歌

話說當日武松來到縣前客店內收拾行李鋪挑了引到哥家那婦人見了强如拾得金寶一

金瓶梅　第二回

※《新刻繡像批評金瓶梅》吳曉鈴舊藏殘刊本

※《新刻繡像批評金瓶梅》張青松藏殘刊本

7.《校正全圖足本多妻鑒全集》，香港舊小説社石印本，線裝一函十六冊。

8.《繪圖第一奇書》，香港舊小説社石印本，線裝二函二十冊。

9.《中國文學珍本叢書》本《金瓶梅詞話》，施蟄存校點，上海雜誌公司排印本，1935 年出版，平裝五冊。

10.《古本全圖金瓶梅》，襟霞閣主人精印，上海中央書店排印本，1938 年出版，平裝四冊。

11.《金瓶梅詞話》，偽滿洲國藝文書房 1942 年出版，平裝二十冊。

12.《古本金瓶梅》，襟霞閣主重編，上海襟霞閣發行，1949 年出版，平裝四冊。

§ 第十七章 §

《金瓶梅》繪畫

一、《新刻繡像批評金瓶梅》精美插圖二百幅

《金瓶梅詞話》發現後，1933 年以古佚小説刊行會名義影印一百零四部，影印本兩函二十一冊，原書影印二十冊，同時影印崇禎本插圖二百幅，合印一冊配附。二百幅插圖據王孝慈舊藏本（僅存插圖）影印。

王孝慈舊藏本插圖甚精美，署刻工姓名多。第一回第二幅圖“武二郎冷遇親哥嫂”欄內右側署“新安劉應祖鐫”六字，為現存其他崇禎本插圖所無。從插圖和回目判斷，王孝慈舊藏本為原刊本或原刊後印本。

《金瓶梅》崇禎本插圖二百幅，每回兩幅，是畫工在精心閱讀文本基礎上，既依從原著，又不拘泥於原著，對百回回目情節的具象化題解。這些插圖特別注重回歸日常生活世界，對世態人情刻畫入微，具有濃厚的寫實風格與平民趣味。全部插

※崇禎本王孝慈原藏插圖第一回圖二「武二郎冷遇親哥嫂」欄內右側署「新安劉應祖鐫」

圖緊扣原著情節，把畫工的解讀融入畫面，以插圖的形式參與對原著的評點，形成中國古典文字插圖的傑作，是中國古代的藝術瑰寶。

崇禎本插圖採用散點透視，景大人小，虛實相生，畫面容量大。雖不同於現代的寫實畫，但能以形傳神。第一回“西門慶熱結十弟兄”，十兄弟穿的衣服一樣，但站立的位置不同，神情各異，角度不同，畫面勻稱而鮮活。人物居於畫面下部，以房屋院牆、遠處的鐘樓相襯。小童一人在遠處，十兄弟有一致的注視點。

崇禎本插圖還擅長畫群像，把眾多人物集中在一個畫面，又能創造一種氣氛、意境。第七回“楊姑娘氣罵張四舅”，圖中畫十六個人物，分兩組，上部以楊姑娘、張四舅相罵為中心，有八個人物，孟玉樓處於邊緣位置，另有八人在中部和下部往外搶抬孟玉樓的箱櫃財物，有挑的，有兩人抬的，有一人手拿肩扛的，有一個人搬箱子大步由房內向外快走的，形象極為生動傳神。

第二十回“傻幫閒趨奉鬧華筵”，畫面有二十五個人物，分三組，幫閒人物十六人在下部，六位正在彈唱的歌女在中部，有三位佳人在室外側身往內觀看，場面十分熱鬧。

第四十二回“逞豪華門前放煙火”。一架煙火在左上部正在燃放，觀看煙火的人們分三組，一組在左側下部，畫面有二十人，包括放煙火的玳安，面向煙火，背向讀者。右側中部也畫二十人，包括小孩、老人。右下角畫王六兒、一丈青等女性人物在大門內往外觀看。畫面這麼多人物，卻留有三分之一的空白，西門慶和眾妻妾在樓上觀看，未正面畫出。畫面不但熱烈，還有街道、夜空的空闊感。這樣一幅內容豐富的畫面，在小說中只有幾句概括的敘述：

> 玳安和來昭將煙火安放在街心裏，須臾，點著。那兩邊圍看的，挨肩擦膀，不知其數。都說西門大官府在此放煙火，誰人不來觀看？

畫工把概括的文字敘述轉化為可視性的畫面，比原作品更生動更豐富。可見畫工對原作下功夫鑽研才能有這樣富有生活

※ 崇禎本王孝慈舊藏插圖第一回圖一「西門慶熱結十弟兄」

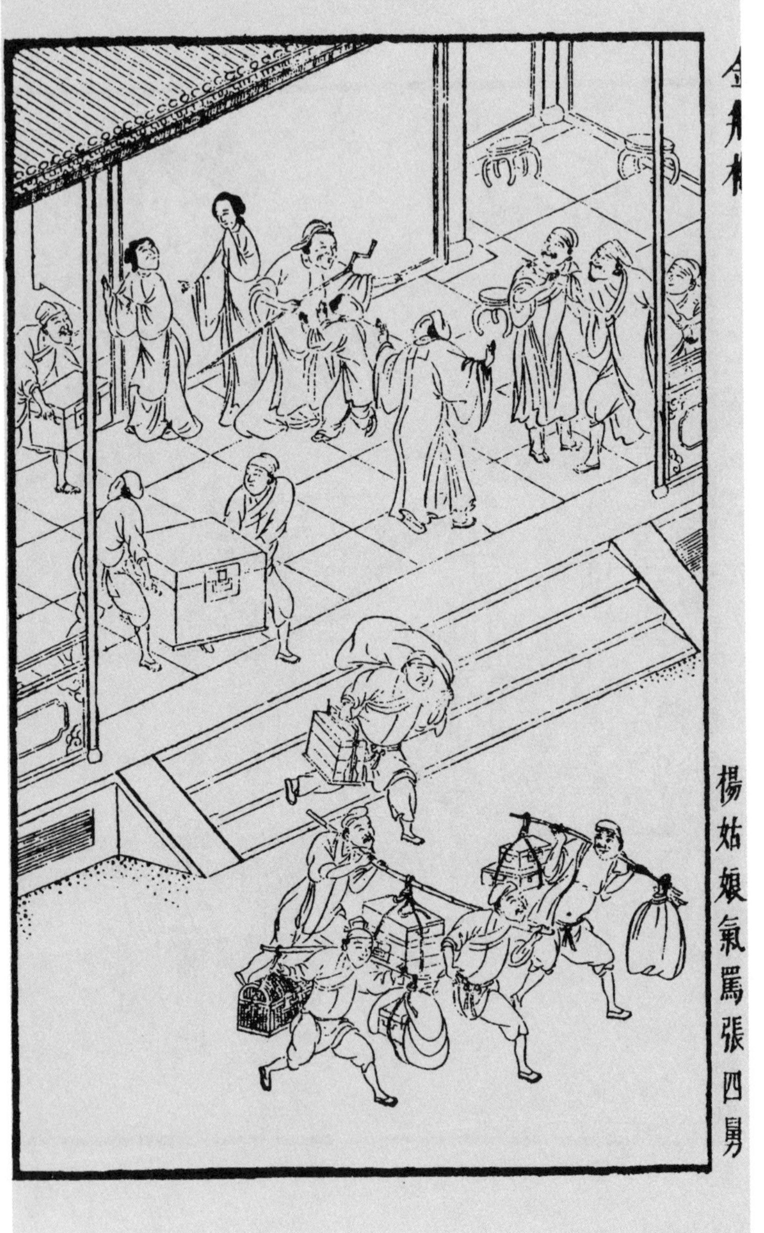

※崇禎本王孝慈舊藏插圖第七回「楊姑娘氣罵張四舅」

※ 崇禎本王孝慈舊藏插圖第二十回「傻幫閒趨奉鬧華筵」

※崇禎本王孝慈舊藏插圖第四十二回「逞豪華門前放煙火」

氣息的再創作。崇禎本畫工與作者、評點者成為《金瓶梅》藝術創造工程的合作者，二百幅插圖成為《金瓶梅》崇禎本的有機組成部分。二百幅精美木刻插圖，極大地豐富了崇禎本的美學價值。文字文本與插圖、評點結合，增加了視覺審美效應，成為現代影視傳媒產生之前最為先進的傳媒形式。繡像崇禎本這種綜合藝術文本成為晚明小說刊印傳播的典範，是中國優秀傳統文化的瑰寶。

二、清宮珍寶皕美圖

現僅見民國年間上海富晉書社珂羅版影印《清宮珍寶皕美圖》，大開本線裝，分為兩種，一是五冊足本二百幅，一是四冊一百六十八幅，刪去三十二幅，版權頁說明為一百六十八幅。影印清晰，面部五官清楚。每葉上半為圖，下半空白。對《清宮珍寶皕美圖》，未見有專門研究論文。學界缺乏研究，猜測之詞較多。

《清宮珍寶皕美圖》以《金瓶梅》崇禎本二百幅插圖為底本，在崇禎本插圖畫面基礎上加以精工細描，對於環境與人物增加了寫實性。每幅圖右上側標回目，不標回次。第二十五幅"李瓶姐牆頭密約"，構圖、人物同崇禎本插圖。標題作"牆頭"，而不作"隔牆"（王孝慈舊藏本插圖、詞話本回目作"隔牆"，而不作"牆頭"）。天圖本、北大本此回目作"牆頭"。第四十七回，王孝慈舊藏本圖作"走捷徑操歸七件事"，《清宮珍寶皕美圖》作"探歸"。第四十九回"遇梵僧現身施藥"，崇禎本作“胡僧”，王孝慈舊藏本插圖作“胡僧”。張評本、《金瓶梅》滿文譯本作“梵僧”。《清宮珍寶皕美圖》應產生在康熙三十四年（1695）之後。

《清宮珍寶皕美圖》有五幅畫有駿馬或驢。

第八十一回“韓道國拐財遠遁”，畫韓道國騎馬居畫面中間，崇禎本插圖畫人騎馬被山石遮擋一部分，人物極小。

第九十六回“楊光彥作當面豺狼”，畫楊光彥騎在驢上，手拿鞭子，驢臉正面，形象傳神，畫面有二十八個形態各異人物，極大地豐富了畫面。

第七十七回“西門慶踏雪訪愛月”，畫西門慶騎的白駿馬比人物都有神情。崇禎本插圖畫在室內，西門慶擁愛月而坐，桌上有一台蠟燭燃著，表明在晚上，而未畫西門慶騎馬踏雪。

第四十八回“走捷徑探歸七件事”，畫兩人騎驢快走，兩人騎馬奔跑。崇禎本圖畫四人騎馬慢行，少動感。

第四十四回“避馬房侍女偷金”，畫三匹正在槽上吃草的馬，神態各異。而崇禎本插圖畫兩匹馬的頭埋在槽內，無法顯示馬的神態；一匹馬靜立在那裏不吃草料。

從以上五幅畫面可知，創作《清宮珍寶皕美圖》的畫家擅長畫馬，喜愛畫馬。這一特徵，使我們聯想到宮廷畫家郎世寧。

郎世寧（1688—1766），意大利人，天主教士，康熙時來中國。他工畫，雍正、乾隆時供奉內廷。雍正六年（1728）畫〈百駿圖〉，駿馬百匹，形態各異。乾隆八年（1743），奉旨繪〈十駿圖〉，形態寫真，表現了每匹馬的神態性格。〈十駿圖〉鈐蓋了“太上皇帝之寶”“八徵耄念之寶”的印璽。《清宮珍寶

※《清宮珍寶皕美圖》第八十一回插圖「韓道國拐財遠遁」

※《清宮珍寶皕美圖》第九十六回插圖「楊光彥作當面豺狼」

※《清宮珍寶皕美圖》第七十七回插圖「西門慶踏雪訪愛月」

※《清宮珍寶皕美圖》第四十八回插圖「走捷徑探歸七件事」

※崇禎本第四十八回插圖「走捷徑探歸七件事」

※《清宮珍寶皕美圖》第四十四回插圖「避馬房侍女偷金」

※崇禎本第四十四回插圖「避馬房侍女偷金」

※郎世寧〈十駿圖〉之〈大宛騮〉

※「五福五代堂古稀天子寶」印璽

※「八徵耄念之寶」印璽

※「太上皇帝之寶」印璽

皕美圖》卷首也蓋有“八徵耄念之寶”“五福五代堂古稀天子寶”“太上皇帝之寶”的印璽。《清宮珍寶皕美圖》有可能是郎世寧在宮廷所繪，大約在繪〈百駿圖〉之後的雍正、乾隆年間，這有待進一步考察論證。

芮效衛譯英文本《金瓶梅》五冊（1993—2013），普林斯頓大學出版社出版，封面彩圖五幅：〈應伯爵替花邀酒〉〈敬濟

※應伯爵替花邀酒

※敬濟元夜戲嬌姿

※ 西門慶官作生涯

※ 潘金蓮私僕受辱

※ 黃真人發牒薦亡

元夜戲嬌姿〉〈西門慶官作生涯〉〈黃真人發牒薦亡〉〈潘金蓮私僕受辱〉，均為《清宮珍寶皕美圖》的彩圖。據芮效衛的學生陸大偉說，此五幅彩圖從美國密蘇里州堪薩斯市納爾遜 - 阿特金斯藝術博物館攝錄（感謝齊林濤幫助考察）。

三、曹涵美畫《金瓶梅全圖》(1937—1942)

曹涵美，1902 年生，江蘇無錫人。他與漫畫家張光宇、張正宇是同胞兄弟，因過嗣給舅父，故改姓曹。孟超著《金瓶梅人物論》，有五十多幅人物圖，是曹涵美之兄張光宇所畫。曹涵美畫過《水滸傳》《紅樓夢》《聊齋志異》《西廂記》《儒林外

※張光宇畫《金瓶梅》人物

史》等連環畫。1957 年，曹涵美被錯劃為“右派”，1959 年又被定為“反革命分子”，“文革”中受到衝擊。1975 年病逝於江蘇無錫，享年七十三歲。1979 年 10 月，他的冤假錯案得到平反。曹涵美畫《金瓶梅全圖》在金學史和繪畫史上都應佔有一席之地。

曹涵美畫《金瓶梅全圖》共有兩種：兩集版本與十集版本。早期畫的《金瓶梅》分三部分發表：(1)《金瓶梅》，刊《時代漫畫》，民國二十三年（1934）二月出版；(2)《李瓶兒》，刊《獨立漫畫》，民國二十四年(1935)八月出版；(3)《春梅》，刊《漫畫界》，民國二十五年（1936）出版。後兩種都依次插入《金瓶梅全圖》中。

早期《金瓶梅全圖》，共出兩集，每集三十六幅。第一集民國二十五年（1936）六月一日初版，由上海時代圖書公司發行。第一集有邵洵美題序、賀天健題序，並有曹涵美撰文〈畫金瓶梅果真低級嗎？〉。第二集有姚靈犀題序，曹涵美撰文〈感謝諸君賜評〉（1937 年 6 月 15 日），文中提到“第一集出版，便同聲讚美⋯⋯各地來信，幾無日無之”，説明第一集出版後，社會反響熱烈。以下，曹涵美引述各家評論，並表達了自己的主張見解。有人評説：“曹君之畫，古味若唐宋人，閱者欣賞；但現代色彩，自然流露，如畫地板，將木紋畫出，線條太多，徒惹人目亂，改之，則全美盡善矣！”曹涵美反對“復古從舊”，“在我，非有創造，不能爭勝古人”。他自云不願重複《清宮珍寶皕美圖》的畫法。

姚靈犀自天津致信曹涵美，曹涵美在覆信中曾説“拙作舊不入古，新不成派，非驢非馬”，“惟竭盡心力，多所探討”。曹涵美引姚氏信中觀點：“先生主張為畫，須重含蓄，此足證高懷識淵，自是吐屬不凡，深佩卓見，當為名言拜納。”而後，曹涵美節錄了自己寫過的一篇文章，算作自我的表白，正面地表達自己的意見：

> 在我，正見到古人之畫，有古人的長處，也有古人的短處。時人之畫，有時人的長處，也有時人的短處。所以相信我有我自己特殊的一貫表現作風。你説我是宋元派

> 的古畫，裏面卻有宋元人所想不到的現代章法。你說我是現代派的新畫，裏面卻有現代人所不屑學的宋元章法。有些，簡直非宋非元，也非現代，完全出於我自己杜造：如眼角的傳情，眉梢的挑語，人體的注意，紗衫的透明，角度的變化，視線的不一，把名字作圖案，以春意為雲煙。說非諷刺，然而臉的牛馬，為何又獸又鬼？說無透視，卻是景的遠近，有拆有合。古人那裏如此冒大不韙？

由此可知，曹涵美畫《金瓶梅》雖然學古人章法，但更注意創造，古人不足處，補之；古人呆板處，活之。這不但可以幫助我們欣賞評價《金瓶梅全圖》，亦可供今日插圖、連環畫畫家借鑒。

曹涵美在早期《金瓶梅》畫作基礎上，採納了來自讀者的意見，重新繪作《金瓶梅全圖》，今存十集五百幅，由國民新聞圖書印刷公司出版。第一集民國三十一年（1942）一月初版，二月再版。卷前有包天笑〈介紹《金瓶梅》全圖〉，卷末有馬午〈讀曹涵美畫《金瓶梅》〉。

曹涵美畫《金瓶梅》，於1941年開始重新畫，先在報刊上連載一部分，後編集分十冊在1942—1945年陸續出版。

曹涵美畫《金瓶梅》不按章回，依小說內容情節人物故事。十集五百幅僅包括《金瓶梅》第一至三十六回前半內容。第五百幅畫第三十六回“翟謙寄書尋女子，西門慶結交蔡狀元”上半回，止於“再不，把李大姐房裏繡春，倒好模樣兒，與他去罷”。由此可知，曹涵美的《金瓶梅全圖》是件未完成品，按已畫內容與小說正文比較，完成品應為一千五百幅。真可謂是：蘭陵笑笑生創作的是部偉大的小說《金瓶梅》，曹涵美畫的是部偉大的圖畫《金瓶梅》。

曹涵美與 20 世紀 40 年代畫《金瓶梅全圖》十集五百幅與早期的《金瓶梅全圖》兩集七十二幅相比較有變化、有發展。早期畫作重布景，多大場面，用鳥瞰透視；20 世紀 40 年代的畫作重人物、重表情，用平面透視。曹涵美的《金瓶梅》畫，雖用現成題材；但不附和現成題材，而能超越現成題材；雖用舊章法，而有新創造，佈局奇特，一幅有一幅的情調。

曹涵美畫《金瓶梅》之前，有畫作《玩蓮二十幀》《陳園園二十三幅》《霸王別姬》《李師師》《魚娘哀史》等。

曹涵美《金瓶梅全圖》早期作品兩集七十二幅，今已不易見到。為便於讀者了解、欣賞與借鑒，選印附錄於後，原刊一頁一幅，右圖

※曹涵美畫《金瓶梅全圖》題簽

左為節錄《金瓶梅》原文。另，曹涵美 20 世紀 40 年代畫《金瓶梅全圖》十集五百幅，每頁上圖下文，圖側有一句《金瓶梅》原句起標題作用，現亦選出幾幅影印附錄於後，以便與早期之《金瓶梅全圖》做比較。

《金瓶梅全圖》從何處開始，第一幅畫什麼人物，曹涵美是經過精心構思的，詞話本第一回“景陽崗武松打虎，潘金蓮嫌夫賣風月”是從武松打虎，武大、武二相會開始的。而崇禎本、張評本第一回“西門慶熱結十弟兄，武二郎冷遇親哥嫂”，是從熱結十兄弟開始的。從《金瓶梅全圖》引文與構圖看，曹涵美是以張評本為底本改編成繪畫的。兩集版本第一集前二十八幅都是以潘金蓮為人物中心畫的，第二十九幅畫金蓮娶進西門慶家參拜吳月娘。

第一集第一幅為潘金蓮單人畫。《金瓶梅》寫道：“這潘金蓮，卻是南門外潘裁的女兒，排行六姐。因他自幼生得有些姿色，纏得一雙好小腳兒，所以就叫金蓮。”曹涵美據此畫潘金蓮坐在長凳上，翹起一條腿，露出一隻小腳兒，以顯示這一人物的這一突出特點。

第一集之八畫武松搬到哥哥家住，武松坐火盆前撥火，潘金蓮烘動春心，用手捏武松的肩，武松露出焦躁憤怒的表情，另一側桌上擺滿了招待武松的菜，迎兒正端一火鍋走來，畫面三個人物，有主有從，形象極為生動。

第一集第二十三幅，四幅圖在同一頁上：潘金蓮手拿繡鞋打相思卦。金蓮思念西門慶，內心焦躁不安，在迎兒身上發洩，賴迎兒偷吃了角兒，把小妮子跣剝去身上衣服，拿馬鞭子

※曹涵美畫《金瓶梅全圖》早期作品書影（一）

仰臥枕上，睡得正濃，搖之不醒。

照一個，燒一個。回首見西門慶仰臥枕上，睡得正濃，搖之不醒。

金瓶梅全圖・二百

※ 曹涵美畫《金瓶梅全圖》早期作品書影（二一）

就掀開被，見他一身白肉．

金瓶梅全圖・二百五十四

這金蓮慌忙梳頭罷，和玉樓同過李瓶兒這邊來。李瓶兒還睡着在牀上，迎春說：三娘，五娘來了！玉樓，金蓮進來說道：李大姐好自在！這咱時還睡？懶龍纔伸腰兒。金蓮就舒進手去被窩裏，摸見薰被的銀香毬兒道：李大姐生了彈！就掀開被，見他一身白肉。那李瓶兒連忙穿衣不迭。玉樓道：五姐休鬼混他！李大姐你快起來！俺們有樁事兒來對你說，如此這般，他爹昨日和大姐姐好了！咱每人五錢銀子；你便多出些兒，當初因爲你起來；今日大雪裏，只當賞雪，咱安排一席酒兒，請他爹和大姐姐坐坐兒，好不好？李瓶兒道：隨姐姐教我出多少，奴出便了。金蓮道：你將就只出一兩兒罷！你秤出來；俺好往後邊，問李嬌兒，孫雪娥要去。

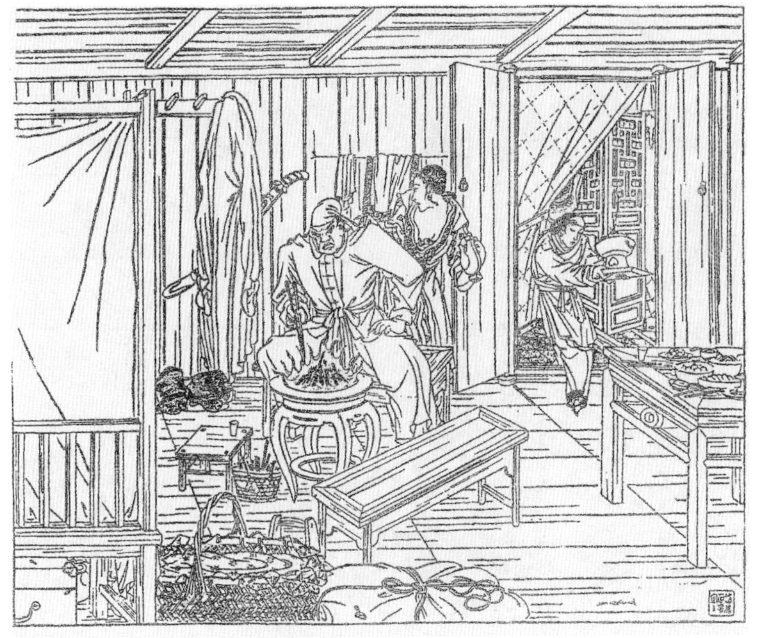

※曹涵美畫《金瓶梅全圖》第一集之八

打了二三十下。金蓮手舉馬鞭子，作跳起動作，佔畫面主要位置，迎兒一條腿跪在地上，雙手捂腦袋作躲避狀，地上放一屜蒸角兒。第三小幅畫金蓮歪在床上打盹。第四小幅畫玳安騎馬從金蓮門前過，婦人叫玳安，問他往何處去。這四小幅畫的是小說第八回開頭一段的情節，畫家給予了很細緻的描繪。

第一集第二十九幅畫潘金蓮拜見吳月娘，金蓮居於畫面中心。小說從吳月娘的視角寫金蓮的貌美。吳月娘驚歎金蓮生得這樣標致，“玉貌妖嬈花解語，芳容窈窕玉生香”。吳月娘把金蓮從頭看到腳，風流往下跑；從腳看到頭，風流往上流。吳月娘心內想道：“小廝每來家，只說武大怎樣一個老婆，不曾

※ 曹涵美畫《金瓶梅全圖》第一集之二十三

看見，不想果然生的標致，怪不的俺那強人愛他。”金蓮的美不但降服了西門慶這個男子，也令女人吳月娘之輩欽佩讚歎。畫家曹涵美極細心地讀透了小說關於金蓮美貌的強調，所以能著筆重點描畫跪拜時金蓮的美貌與形體的風流，雖然吳月娘坐在主位，孫雪娥、孟玉樓等站立周圍，都是對金蓮的陪襯與烘托，形成眾星拱月之態勢。《金瓶梅全圖》經過畫家的二度創作，使得小說的描寫更加鮮明生動。欣賞《金瓶梅全圖》，可以幫助讀者深入小說的文本，幫助讀者更形象、更生動地領悟《金瓶梅》的靈性。

第二十七回“李瓶兒私語翡翠軒，潘金蓮醉鬧葡萄架”是

※曹涵美畫《金瓶梅全圖》第一集之二十九

《金瓶梅》的名篇。《金瓶梅全圖》第二集第九幅即畫醉鬧葡萄架。崇禎本醉鬧葡萄架這幅圖為劉啟先刻，圖右側有刻工姓名。圖中人物西門慶、春梅為一方，潘金蓮為另一方，西門慶對潘金蓮施行性虐待。崇禎本插圖摹寫了小說的這一情節內容。曹涵美畫私僕受辱，既借鑒了古人，又超越了古人。這幅圖雖也畫了西門慶、春梅為一方，潘金蓮為另一方，但在形象、姿態、神情上都有獨特的創造，比崇禎本的同題的圖要高出一籌。圖中樹葉茂密，丫環在柱後以同情的眼神看著潘金蓮，手中扇子滑落在地下，使讀者感受到了畫面顯示的獨特氛圍。

※曹涵美畫《金瓶梅全圖》第二集之九

《金瓶梅全圖》一幅有一幅的情調，用舊章法有新創造。蘭陵笑笑生的《金瓶梅》是部偉大的小說，曹涵美畫的《金瓶梅全圖》堪與《金瓶梅》原作比美。很可惜，《金瓶梅全圖》是件未完成品。

《金瓶梅》中對性行為性愛的描寫，在總體上能與人物性格刻畫結合，與社會批判暴露、道德反省結合。小說性描寫的深度、廣度與人自身解放覺醒程度成正比。《金瓶梅》產生在理學走向崩潰的明代後期，它對性壓抑、性禁錮的強烈反撥，是小說性描寫發展史上的一塊里程碑。從現代文化角度審視，《金瓶梅》可以說是一部古代性學的文獻，可作為研究性文化的參考，也可以說是 16 世紀中國的形象的市民性行為報告。當然，《金瓶梅》中的性描寫少情多慾，視女性為淫樂工具，不是互愛的與平等的，更不是和諧的與美好的。作者以菩薩心、悲憤心寫人類文明時期的不文明與醜陋，否定現實，褻瀆倫常，以警戒人心。但他不知道人類怎樣才能美好，看不見未來。

崇禎本《金瓶梅》插圖第八、十三、二十三、二十七、二十九、五十、五十一、五十九、六十一、七十五、七十八、八十二、九十七、九十九回均有較直露的畫面，畫家與刻工是摹寫原作中的描寫，移植改編時較少創造。而曹涵美所畫有所不同，畫家不迴避刪減，而是加以虛化，有的以簾子、紗帳相隔，產生朦朧、模糊、夢境似的效果，沒有刺激性，予以不直露的藝術描畫。

讀《金瓶梅》研究文本時，又讀《金瓶梅全圖》，確實可以圖文並茂、相得益彰。《金瓶梅全圖》在 20 世紀三四十年代，在《金瓶梅》的研究與傳播方面，起到了積極的作用，在《金瓶梅》研究與傳播史上，可與鄭振鐸的〈談《金瓶梅詞話》〉(1933)、吳晗的〈《金瓶梅》的著作年代及其社會背景〉(1934)、姚靈犀的《瓶外卮言》(1940) 相媲美，成為《金瓶梅》現代研究熱潮中的一朵奇葩。

四、白鷺畫《繪畫全本金瓶梅》

《繪畫全本金瓶梅》共二十一集：

※白鷺畫《繪畫全本金瓶梅》人物

一、簾下勾情
二、通姦殺夫
三、偷娶金蓮
四、私僕受辱
五、隔牆密約
六、情感西門
七、藏春偷情
八、生子加官
九、雪夜訴怨
十、爭寵憤深
十一、驚散幽歡
十二、計害官哥
十三、大哭瓶兒
十四、夢訴幽情
十五、嬌撒西門
十六、貪慾喪命
十七、熱心冷面
十八、血染空房
十九、春梅得志
二十、暗續鸞膠
二十一、人絕幻度

香港民眾出版社 2011 年初版。著名美術家白鷺用了長達十七年時間，採取中國傳統的白描藝術，獨立完成了《繪畫全

※白鷺畫《繪畫全本金瓶梅》封面

本金瓶梅》這一巨大工程。該書畫法細膩，求真寫實，技巧精湛，藝術風格獨特，共有圖總計三千餘幅，從第一回直畫到第一百回，是一部真正意義上的《金瓶梅》全圖。20 世紀三四十年代之交，曹涵美畫《金瓶梅全圖》五百幅，僅畫至第三十六回，是一件未完成品。其後一直至 20 世紀末，中國內地、台灣、香港未有以個人力量將《金瓶梅》作品獨立全部繪畫完成者。曹涵美繪《金瓶梅全圖》即使完成，也只有一千五百幅（按已完成的五百幅推算）。近年來，有多位畫家友人有志於獨立繪製《金瓶梅》，均深入研究原著，花十幾年工夫醞釀構思，又充滿著藝術家的激情，來從事這一偉大藝術工程的構建。白鷺是這幾位畫家中的代表之一。他花十幾年的時間，在鑽研原著、考證《金瓶梅》時代風物的基礎上，對《金瓶梅》加以移

※白鷺畫《繪畫全本金瓶梅》書影（一）

西門慶派往東京的家人回來稟告，已成功用五百兩金銀買通李邦彥大人，讓西門慶的名字從罪犯名單中去掉，西門慶心中一塊石頭，總算落地。
月娘，幸虧及時請人去打點，不然怎麼得了！
西門慶下令將門打開，花園照舊營造。
無事一身輕，西門慶又出去到街上走動，往來院中尋歡作樂。

※白鷺畫《繪畫全本金瓶梅》書影（二）

植改編，從傳統的文字閱讀接受轉換為圖像視覺接受，忠實於原著主旨，凸顯奇書的藝術魅力，真實地再現《金瓶梅》的藝術世界。白鷺的《繪畫全本金瓶梅》重人物性格心理刻畫，重特寫，重世情與性愛。讀者鑒賞《繪畫全本金瓶梅》，可以快速、形象、便捷地感受原著的豐富蘊涵。

蘭陵笑笑生創作的是一部偉大的小說《金瓶梅》，當代畫家再創作的是偉大的繪畫《金瓶梅》。《金瓶梅》繪畫把原著形象地展示給全世界的讀者，促進《金瓶梅》進一步走向世界。《金瓶梅》繪畫工程，是具有世界文化意義的。英、法、日等文本的《金瓶梅》繪畫，對《金瓶梅》視覺再現解讀，奉獻給全世界熱愛真實、熱愛自然、熱愛生活及美感的人們，將會給西方讀者提供鑒賞的方便，給世界貢獻偉大的藝術珍品。

※愚公畫《手繪金瓶梅全圖》之「定挨光虔波（婆）受賄」

※愚公畫《手繪金瓶梅全圖》之「老王婆茶坊說技」

※愚公畫《手繪金瓶梅全圖》之「赴巫山潘氏幽歡」

※愚公畫《手繪金瓶梅全圖》之「楊姑娘氣罵張四舅」

※愚公畫《手繪金瓶梅全圖》之「妻妾玩賞芙蓉亭」

當代《金瓶梅》繪畫，還有畫家詹忠效的《白描精繪金瓶梅》二百幅、畫家劉文嫡的《畫説金瓶梅》、畫家愚公的《手繪金瓶梅全圖》兩千零一十八幅、吳以徐繪的《金瓶梅百圖》等。

胡也佛（原名胡國華，1908—1980）畫《金瓶梅秘戲圖》約三十幅，"熟練地運用傳統筆墨的功力，善於以環境景物或室內陳設一一鋪敘，完全突破了統一時空的局限"，"狀物傳神"，"抒情達意"，"顯現個人風格"（沈津〈《金瓶梅》的繪圖——兼説胡也佛〉）。胡也佛曾在上海人民美術出版社工作。

胡永凱《金瓶梅一百圖》（香港心源美術出版社出版）繪於 20 世紀 90 年代中期。

香港女畫家關山美繪畫《中國的唐璜：〈金瓶梅〉中的一段孽戀》，畫原著第十三至十九回內容，曾連載於香港的一家晚報。20 世紀 60 年代，該書在美國出版。[1]

1 據齊林濤〈《金瓶梅》西遊記——第一奇書英語世界傳播史〉，載《明清小說研究》2015 年第 2 期。

※胡也佛《金瓶梅秘戲圖》選

§ 第十八章 §

整理校註：《金瓶梅》傳播的現實走向

一、施蟄存對詞話本的刪節標點與姚靈犀對疑難詞語的開創性註釋

民國二十年（1931），《新刻金瓶梅詞話》被發現。民國二十二年（1933），孔德學校圖書館主任馬隅卿先生採用集資方式，以古佚小説刊行會名義影印一百零四部，引起學術界的重視，掀起了出版與研究《金瓶梅》的熱潮。

1935 年 5 月，鄭振鐸在他主編的《世界文庫》中，分冊出版了《金瓶梅詞話》刪節本，只出到第三十三回。1936 年 9 月，施蟄存校點《金瓶梅詞話》（據古佚小説刊行會影印本），列入"中國文學珍本叢書"第一輯，由上海雜誌公司出版。在校點本卷末，有施蟄存寫的《金瓶梅詞話》（校點本）跋：

凡以《金瓶梅》當作淫書者，從前看舊本《金瓶梅》

時，專看其描寫男女狎媟之處，而情動，而心癢；聞說《詞話》是其祖本，總以為《詞話》中描寫男女狎媟處，必更有足以動其情、癢其心者。今《詞話》全書一百回出齊，吾知此人必大大失望也。蓋此書非但原本並無比舊本更淫穢之處，即其同樣淫穢處，亦已經恪遵法令，刪除淨盡。故以淫書看《金瓶梅詞話》者，到此必叫冤枉也。或曰："然則《金瓶梅詞話》好在何處？"曰："好在文筆細膩，凡說話行事，一切微小關節，《詞話》比舊本均為詳盡逼真。舊本未嘗不好，只是與《詞話》一比，便覺得處處都是粗枝大葉，抵不過《詞話》之雕鏤入骨也。所有人情禮俗，方言小唱，《詞話》所載，處處都活現出一個明朝末年澆漓衰落的社會來。若再翻看舊本《金瓶梅》，便覺得有點像霧裏看花了。何也？鄙俚之處，改得文雅，拖沓之處，改得簡淨，反而把好處改掉了也。故以人情小說看《金瓶梅》，宜看此《詞話》本。若存心要看淫書，不如改看博士《性史》，為較有時代實感也。"

中華民國二十四年十一月施蟄存書

施蟄存在跋文中肯定《金瓶梅》是一部細膩逼真描寫晚明社會的人情小說，而不是"淫書"。施蟄存應上海雜誌公司聘請，與阿英合編"中國文學珍本叢書"，他校點的《金瓶梅詞話》即列入叢書第一輯出版。[1]

1 以上據經施蟄存審閱的〈施蟄存先生著譯年表〉。

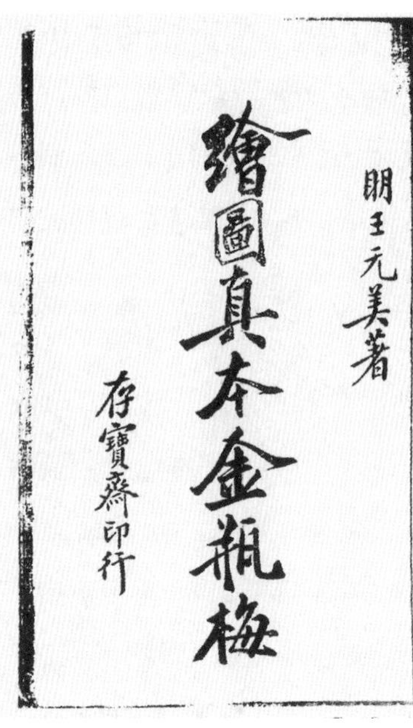

繪圖真本金瓶梅

明王元美著

存寶齋印行

※ 存寶齋版《繪圖真本金瓶梅》內封

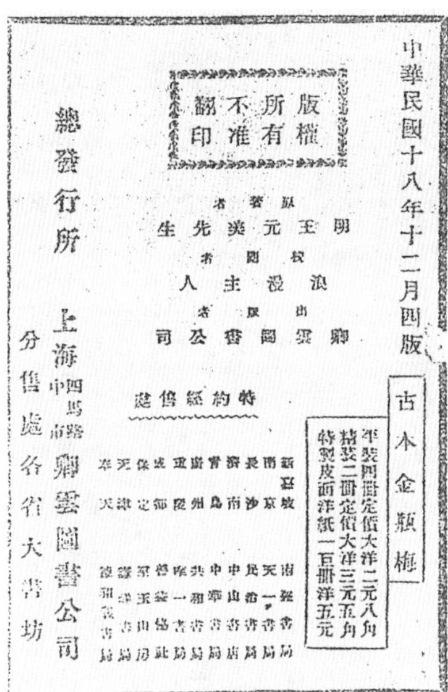

中華民國十八年十二月四版

古本金瓶梅

平裝四冊定價大洋二元八角
精裝二冊定價大洋三元五角
特製皮面洋紙一巨冊洋五元

版權所有 不准翻印

編著者 明王元美先生

校閱者 浪沒主人

出版者 卿雲圖書公司

特約經售處

[illegible]

總發行所 上海四馬路中市 卿雲圖書公司

分售處 各省大書坊

※ 卿雲圖書公司版《古本金瓶梅》版權頁

施蟄存在跋文中所說“舊本”，指 1916 年存寶齋出版《繪圖真本金瓶梅》鉛印本，蔣敦艮據張竹坡評本刪改而成。1926 年，卿雲圖書公司出版《古本金瓶梅》，謊稱“古本”，實際是《真本金瓶梅》的縮約本。在《金瓶梅詞話》發現之前，這種本子流傳甚廣。

在 20 世紀 40 年代，天津書局出版了《金瓶梅》研究的第一部論文集《瓶外卮言》。姚靈犀編著，1940 年 8 月出版。因刊印較少較早，不易見到，原刊本已很少流傳。朱一玄先生把《瓶外卮言》重新校點後，收入中州古籍出版社出版魏子雲著《金瓶梅詞話註釋》（增訂本，1988 年版）中，方便了讀者。

《瓶外卮言》，“瓶”指《金瓶梅》，“卮言”是謙稱。意思是說，這本書中所講的，不過是關於《金瓶梅》的支離破碎之言。卮是酒器，卮言即飲酒時隨意閒談。《瓶外卮言》卷首有〈江東䨵月序〉〈魏病俠序〉。輯有吳晗〈《金瓶梅》的著者時代及其社會背景〉、鄭振鐸〈談《金瓶梅詞話》〉、闞鐸〈《紅樓夢》抉微〉（《金瓶梅》《紅樓夢》對比部分）、癡雲〈《金瓶梅》版本之異同〉〈《金瓶梅》與《水滸傳》《紅樓夢》之衍變〉（前一篇未署名，後一篇云：“其版本之異同，另有說見前。”疑前章亦為癡雲撰）。姚氏的文章有〈金紅脞語〉〈金瓶小札〉〈金瓶集諺〉〈金瓶詞曲〉。〈小札〉引言說：《金瓶梅》“描寫明代社會情狀，極為深刻，近年來明板詞話本影印問世，遂為士人所注視，見卷中俚言俗語，一一拈出，考其所本，得若干條，有不能解者，則註曰待考”。〈小札〉註釋詞語約一千八百七十條，對我們今天閱讀研究《金瓶梅》仍極有參考價值。下面試舉幾例。

詞話本第五回，喬鄆哥嘲武大是鴨。武大道："含鳥猢猻，倒罵得我好。我的老婆又不偷漢子，我如何是鴨？"〈小札〉指出："鴨若止一雄，則雖合而無卵，須二三始有子，以其為諱者，蓋為是耳。……宋人諱鴨，直如今人諱龜。"

又如解"白米五百石"云："《金》書，明人所作，白米五百石，即銀五百兩也，猶一千一方，為劉瑾用事時賄賂之隱語也。"並引史實為據："明孝宗時，太監李廣有罪自殺，上命搜廣家，得納賄簿，有某送黃米幾百石，某送白米幾千石。上曰：'廣食幾何，而多若是石？'左右曰：'黃米，金也；白米，銀也。'上怒。"

再如註解"打背"云："竹坡本作'打背躬'，應作'打背公'。原書三十三回作'背工'，此當時俗語也。凡交易事，居間者索私贈，謂之'後手'，又名'打夾帳'。《醒世姻緣》一回有云：'著人往來説合，媒人打夾帳，家人落背弓，陪堂講謝禮。'又見《堅瓠》三集，皆一事也。兩面人説兩面話，於中取利，故李皂隸名外傳，即裏外傳話之意，原書中已有解釋。戲劇中扮者以袖障面，將心中事道出，曰'背工'，恐即由此而出。按《説文》'厶'為'私'之古字，故背厶為公，此適相反。"

而如註釋"太太"云："職官之妻，古稱郡君、縣君，母則曰太君。太太者，明時部民呼有司眷屬，惟中丞以上得稱太太，見胡應麟《甲乙剩言》。《聊齋志異》十五卷'夏雪'條異史氏曰：'若縉紳之妻呼太太裁數年耳，惟搢紳之母，始有此稱。以妻而得此稱者，惟淫史（按即《金瓶梅》）中有林（王

※天津書局版《瓶外卮言》封面

中華民國二十九年八月初版發行

實價壹元伍角
（外埠酌加郵費）

瓶外卮言

版權所有

翻印必究

著作人 姚靈犀

發行人 柯縵庭

發行所 天津法租界二十六號路 天津書局

印刷者 天津書局印刷部

總發行所 天津法租界二十六號路 天津書局

代售處 全國各大書局

※天津書局版《瓶外卮言》版權頁

招宣）、喬（大戶之嬸）耳，他未之見也。'"

〈小札〉對"書帕""馬泊六""行貨""搗子""沈萬三""扒灰""韶武""三寸丁""頭腦酒""挨光""敗缺""蓋老""鳥""大蟲""窠子"等的注疏與考證，對我們今天的讀者讀通《金瓶梅》，仍有幫助。

〈小札附言〉説："以上小札皆信手箋於書眉，難解之處所不能免，亦有可以意會而無法解釋者，掛漏遺譏，惟有俟再版時改正。"《集諺》後有一則説明："俟有增補訂正時再將《金瓶梅》之批評，前人記述，西門慶、潘金蓮之紀事年表，書中人名表，書中時代宋明事故對照表，暨金瓶梅寫春記、詞話本刪文補遺等，一併付刊，以成完璧。"至今未見有《瓶外卮言》之增訂本出版。

1967 年香港重印《瓶外卮言》時，更名為《〈金瓶梅〉研究論集》。魏子雲先生編撰《金瓶梅詞話註釋》（台灣增你智文化事業有限公司 1980 年版）引用了姚氏〈小札〉。魏氏《註釋》後引述姚氏寫"紀事年表"等後説："但均未見，不知有否完成？迄未獲知。"《瓶外卮言》的初版本今已不易見到。

前人關於《金瓶梅》研究的資料，是我們今天研究的借鑒、憑據。我們對他們的貢獻應給予歷史的肯定。

二、改革開放新時期，《金瓶梅詞話》校點本、校註本的出版

人民文學出版社 1985 年 5 月出版了戴鴻森校點本，平裝上、中、下三冊，列入"中國小説史料叢書"，以 1957 年

文學古籍刊行社影印《金瓶梅詞話》為工作底本。此影印本據古佚小說刊行會影印本再影印的。第五十二回缺失的兩葉，據日本大安株式會社 1963 年影印本配補。全書刪掉一萬九千一百六十一字，在各回刪節處的頁下註明刪去字數。初版印一萬部，專業對口控制發行。

在老一輩古典文學專家張友鸞、周紹良的幫助下，戴鴻森用多年時間，做了艱苦細緻的校點工作，每回後附有校記。

在改革開放新時期的初年，此整理本的出版，有重要歷史意義。它給《金瓶梅》其他版本的整理出版開啟了先路，打開了一個禁區，促進了文化出版界、學術研究界的思想解放，是學術出版史上一個鼓舞人心的重要事件。1957 年，人民文學出版社下屬的文學古籍刊行社影印出版了《金瓶梅詞話》（限定級別控制發行）。《金瓶梅詞話》整理本出版，是以上這一重視

※戴鴻森校點本《金瓶梅詞話》封面

※戴鴻森校點本《金瓶梅詞話》內封

中国小说史料丛书

金瓶梅词话

中

兰陵笑笑生著

戴鸿森校点

人民文学出版社

一九八五年·北京

古典文學名著研究出版舉措的繼續。

改革開放歷史新時期，以《金瓶梅詞話》整理本出版為先導，逐步掀起了《金瓶梅》研究的熱潮，取得了豐碩的研究成果。

限於當時的學術條件，校點工作也有不足之處。(1)《金瓶梅》崇禎本是據詞話本評改的，評改者之功大於過，但也有錯改之處，在校點時，崇禎本只能作他校之參照。據崇禎本改詞話本的字詞，容易產生以誤改正的問題。如：第二十五回，戴校本第305頁，“不曾你貪他這老婆”，“不曾”以否定詞表肯定義，在詞話本中多有，不應據崇禎本改“不曾”為“不爭”。第六十一回，戴校本第834頁，“薑汁調著生半夏”，詞話本作“人言調著生半夏”，“人言”即信石，砒霜之別稱，不應據崇禎本改“人言”為“薑汁”。(2)應校改而未改，如第七回，戴校本第80頁，“都來做生日”，詞話本、崇禎本、張評本均誤，據前後文意，應作“做三日”。(3)由於當時對性描寫文字在詞話本中的文學意義、性文化研究價值研究不夠，刪減文字過多，有的刪減之處影響了文意的貫通。

人民文學出版社於1989年7月重印戴鴻森校點本《金瓶梅詞話》，兩冊精裝本。

人民文學出版社2000年10月出版《金瓶梅詞話》校註本，列入“世界文學名著文庫”。陶慕寧校註，寧宗一審定，精裝上下兩冊，校註參考了戴鴻森校點本《金瓶梅詞話》。全書刪掉四千三百字，註釋、校記、註明刪文字數均排印於頁下。

※白維國、卜鍵校註本《金瓶梅詞話校註》封面

《金瓶梅詞話校註》，白維國、卜鍵校註，岳麓書社 1995 年 8 月出版，分裝四冊。校點以日本大安株式會社影印本為工作底本，有刪節。註釋詳細，多者一回有三百多條。註釋詳明，可與北京師範大學出版社出版的張俊等註《紅樓夢》校註本相媲美。

《夢梅館校本金瓶梅詞話》，梅節校訂，陳詔、黃霖簡明註釋。梅節校點本，由香港星海文化出版有限公司 1987 年 8 月初版，書後附有校點者主編《金瓶梅詞話辭典》。梅節校點本前言曾刊於《吉林大學社科學報》1988 年第 1 期。1993 年完成第二次校訂，出版重校本《金瓶梅詞話》。1999 年完成第三次校訂。2012 年 7 月，由台灣里仁書局出版修訂版，精裝三冊。筆者在〈讀《金瓶梅詞話辭典》札記〉中評道：

※香港星海文化出版有限公司版《夢梅館校本金瓶梅詞話》封面

※《夢梅館校本金瓶梅詞話》封面

校點者解決了一些疑難、訛誤，提出了若干重要的學術問題，發表了獨到見解。全校本的出版，是對《金瓶梅》研究的新貢獻，繼人民文學出版社出版的《金瓶梅詞話》整理本、齊魯書社出版的張竹坡評點本之後，將會進一步促進《金瓶梅》學術研究的進行。

雙舸榭重校評批《金瓶梅》，卜鍵點評。在〈校點凡例〉中說明“本書以《金瓶梅詞話》為底本”，有刪節。全五冊，作家出版社 2010 年 1 月出版，內部發行。卜鍵花費了五年時間，在前人成果基礎上，細讀文本，逐回評批，提供了一部新時期的評點本。

劉心武評點《金瓶梅》上、中、下三冊，灕江出版社 2012

※卜鍵點評《雙舸榭重校評批金瓶梅》封面

年 11 月出版，刪節約一萬零二百三十五字。評點多發作家感悟性之語，與清代的金聖歎有相似之處，少有概念、教條之言，在學術範圍內發言，不與現實直接掛鈎，但深層仍有現實關懷在內。劉心武在〈評點金瓶梅序〉中認為："《金瓶梅》在駕馭人物對話的語言功力上，往往是居《紅樓夢》之上的。""比《紅樓夢》早二百年左右出世的《金瓶梅》呢？我以為已是一部不僅屬我們民族，也更屬全人類的文學巨著，而且，在下一個世紀裏，我們有可能更深刻地意識到這一點，尤其是，有可能悟出其文本構成的深層機制，以及時代與文學、環境與作家間互制互動的某種複雜而可尋的規律，從而由衷地發出理解與諒解的喟歎！"

《全本詳注金瓶梅詞話》，白維國、卜鍵校註，人民文學出版社 2017 年 11 月出版，2020 年 9 月進行第二次印刷。本書以大安株式會社影印本為工作底本，覆校以台北聯經出版公司朱墨本及文學古籍刊行社影印本。參考了近人校點的詞話本，還參考了齊魯書社排印本《張竹坡批評第一奇書金瓶梅》（1987 年）和《新刻繡像批評金瓶梅》（1989 年）。

校勘以本校為主，不輕易以崇禎本或張評本改動詞話本。反映作品方言特點的假借字、俗體字是研究《金瓶梅》語言特色的材料，予以保留，不加改動。註釋力求簡明詳實，多者一回達 384 條。對註釋，校點者下了很大的功夫，對原書中涉及的典章故實、職官稱謂、釋道方術、風俗遊藝、建築陳設、服飾飲食、醫藥生物、方言俗語等均加註釋。

《全本詳注金瓶梅詞話》分裝六冊，布面精裝，是在岳麓書社 1995 年出版《金瓶梅詞話校註》基礎上的增補修訂本，

※《全本詳注金瓶梅詞話》書影

是對初版的全面整修。該書將在初版中刪節的性描寫文字全部輯入，是《金瓶梅》出版史上又一次重要突破。1989 年，齊魯書社出版了《新刻繡像批評金瓶梅》（崇禎本）會校全本，是中華人民共和國成立後首次出版《金瓶梅》排印本足本，受到研究者的歡迎。《全本詳注金瓶梅詞話》的出版，會進一步促進《金瓶梅》學術研究的深入。

由於工作底本大安株式會社影印本、台北聯經出版公司朱墨本、文學書籍刊行社影印本均有失真之處，此《全本詳注金瓶梅詞話》也有失真之處。如第 27 回（第 828 頁）"遂輕輕抱出，到於葡萄架下，咲道"，北平圖書館購藏本作"笑道"。"坐在隻枕頭上"，北平圖書館購藏本作"坐在一隻枕頭上"。第 27 回第 829 頁"你不知使了其麼行子"，北平圖書館購藏本"其"作"甚"。由於客觀條件限制，本《全本詳注金瓶梅詞話》未能以北平圖書館購藏本為工作底本，是一大遺憾。

關於《金瓶梅詞話》的整理校註，筆者有如下幾點感言：

第一，崇禎本評改者不熟悉《金瓶梅詞話》的基礎方言，有些地方錯改，或把甲地方言詞語改為乙地方言詞語，或對完整通順的語句刪改得不完整、不通順。詞話本的校點，不可輕易以崇禎本為據而改動詞話本原文詞句。

第二，只要我們弄懂讀通詞話本原文，大體上說，詞話本的文詞還是通順的、明白的。往往因為我們暫時未弄懂原文句意，誤以為不通或誤刻。詞話本在寫人物對話時，特別注意口語化，人物語言有自然、質樸、原生態、鮮活的特點。因作者注意摹寫口語，顯得不夠精練、準確，像帶毛刺的胚子。如果我們校點時，主觀地把毛刺刨光，那就失去了詞話本原有的語言特色。校點以精校少改、悉存本真為上策。

第三，為了存真，除判定為明顯的誤刻可以徑改外，詞話本校點一般不要徑改。有疑問之處，可以加註、加校記說明，供讀者參考。已經做的整理校點工作，其成績與失誤，都是《金瓶梅》基礎性研究的寶貴財富。

三、《金瓶梅》張竹坡評本的整理校註出版

《張竹坡批評第一奇書金瓶梅》校點本，齊魯書社 1987 年 1 月出版，精裝上下冊。

20 世紀 80 年代初，為適應學術研究的需求，齊魯書社提出出版張竹坡評本的申請報告，國家出版局下達〔86〕出版字第 456 號文件："《金瓶梅》版本繁多，張竹坡評本《第一奇書金瓶梅》在體裁、回目、文字上自成特色，具有一定的學術參考價值，經研究，同意齊魯書社出版王汝梅的整理刪節本。"張評本的整理校點，校點者經過五六年時間，做了多方面的學術準備。

首先，筆者在 1980 年撰〈評張竹坡的《金瓶梅》評論〉，提交在武漢東湖賓館召開的中國古代文論學會第二屆年會，會後載《文藝理論研究》1981 年第 2 期。該文初步考證了張竹坡生平，肯定地評價張竹坡在小說理論上的貢獻。這促進了《張氏族譜》的發現，族譜內有張道淵撰〈仲兄竹坡傳〉，具體記敘了張竹坡評點《金瓶梅》的過程與宗旨，有力地破除了張竹

※《張竹坡批評第一奇書金瓶梅》封面

坡評點《金瓶梅》的懷疑論。

其次，1985 年 12 月，經過一年的搜集整理，筆者與侯忠義合編的《〈金瓶梅〉資料彙編》由北京大學出版社出版，輯錄張竹坡評點《金瓶梅》的總評、讀法、回評及生平資料。

再次，筆者到有關圖書館考察張竹坡評本的木刻本，確認吉林大學圖書館藏“本衙藏板翻刻必究”版本為張竹坡評本康熙年間原刊本（修訂本），並發現了大連圖書館藏本，在〈寓意説〉中多出二百二十七字的刊本為張評本的初刻本。校點本以吉林大學圖書館藏本為底本，參校了大連圖書館藏本。

最後，筆者考察了張評本原刊本、初刻修訂本、有回前評與無回前評本之間的關係，為張評本的校點打下了堅實的學術基礎。

2011 年 9 月，原新聞出版總署出版管理司發文同意齊魯書社重印《張竹坡批評第一奇書金瓶梅》（校點本）。校點者對 1987 年版做了適當修訂。該書附有〈修訂後記〉，向讀者説明修訂情況。本次重印增補了個別不應刪節的文字，使文句更加貫通。

《金瓶梅會評會校本》，中華書局 1998 年 3 月出版，上、中、下三冊，秦修容整理。卷前〈整理説明〉説：“本書以張評本為底本，以詞話本、崇本為校本，進行會評會校工作”，“本書將崇本評語和張本評語會輯一處，插入正文之中，是為會評”，“今存數種崇本中，刊入的評語雖絕大部分相同，但仍存在一些數量和文字上的差異。張本的情況也與之類似。本書會評以內閣文庫藏本和中華書局藏本為主，凡此本闕而它本存的評語也一併收錄”。

※《金瓶梅會評會校本》封面

整理者針對崇禎本、張評本文字上有差異，評語數量、位置、類型不同，而又要輯錄在一個底本上的情況，確定了解決的辦法，確立了整理的原則。這需要花費很大的力氣，是一項艱難繁重的整理工作。

整理者還通校了詞話本、崇禎本和張評本，撰寫了詳細的校記，置於全書之後，為讀者了解三系版本的差異提供了方便。對所刪節的文字字數，於當頁頁下註明。

《會評會校金瓶梅》，劉輝、吳敢輯校，香港天地圖書有限公司 1998 年初版，2010 年 5 月修訂版。2012 年 9 月修訂本第二版，吳敢撰〈三版後記〉，介紹了張竹坡與《金瓶梅》研究情況、會評會校工作過程、三版的勘誤修訂、附錄的調整。該書卷首有徐朔方撰寫的序文、劉輝撰寫的前言，在〈凡例〉中說明以首都圖書館藏《皋鶴堂批評第一奇書金瓶梅》為底本。

※《會評會校金瓶梅》封面

該書匯輯了《金瓶梅》崇禎本、張竹坡評本、在茲堂本文龍評三家的評語，是明清評點家評語集大成的整理本。中華書局版《金瓶梅會評會校本》未輯入在茲堂本文龍評語。

該書附錄四種，附錄一為明清時期《金瓶梅》序跋，附錄二為張竹坡評點的總評各篇與〈讀法〉一百零八條，附錄三為劉輝撰論文兩篇，附錄四為吳敢撰〈張竹坡傳略〉〈張竹坡年譜〉〈張竹坡金瓶梅評點概論〉〈張竹坡研究綜述〉。

《皋鶴堂批評第一奇書金瓶梅》校註本，王汝梅校註，國家新聞出版署圖管字〔93〕第 58 號文件批准，吉林大學出版社 1994 年 10 月出版，繁體豎排。以吉林大學圖書館藏《皋鶴堂批評第一奇書金瓶梅》為底本，與《金瓶梅》幾種主要版本參校，每回之後有註釋、校記。本書註釋範圍，大體包括文本涉及的方言、市語、職官、服飾、器物、飲食、遊藝等，結合

※《皋鶴堂批評第一奇書金瓶梅》校註本封面

校勘，注意語境，聯繫上下文意，予以簡明註釋。

大連圖書館藏《臯鶴堂批評第一奇書金瓶梅》總評中的〈寓意説〉最後多出二百二十七字，為其他張評本所無。該校註本據大連圖藏書館本排印補入此段文字。

該校註本前言第二部分〈張評本：新的發現、新的探索〉認為，大連圖書館藏本為張竹坡於 1695 年刊刻的初刻本。吉林大學圖書館藏本為據初刻修訂後的覆刻本，修訂刊刻者為張竹坡的弟弟張道淵。

《張竹坡批評第一奇書金瓶梅》於 1987 年 1 月由齊魯書社出版，促進了改革開放新時期的《金瓶梅》研究，產生了良好的社會影響。原新聞出版總署出版管理司出版管字〔2011〕1910 號文檔批准齊魯書社重印張竹坡評點本。校點者對 1987 年版做了適當的修訂。

初刊本為保持張評康熙刊本原貌，原可校改的字未改。本次重印以參校本為據，對應校改的字加以改動，使文意更為通順。如：第七回“做生日”，據前後文意，校改為“做三日”。古時新婦過門第三日，吃會親酒，拜認親眷，開始做家務。第十五回“蹴鞠齊眉”，詞話本作“蹴鞠齊雲”，齊雲社，古時園社的球會組織，本次重印，校“眉”為“雲”。

關於插圖，該書重印，不再用今人新繪圖，而是選用古代版本原圖。本次重印擇優選取天津圖書館藏崇禎本插圖三十二幅影印。

該書底本為吉林大學圖書館藏“本衙藏版翻刻必究”康熙年間刊本，缺“第一奇書目”，該書第二版據大連圖書館藏本

※《張竹坡批評金瓶梅》書影

增補〈第一奇書目〉，列為附錄。張竹坡認為全書一百回是兩對章法，一回前後兩事，合其目為二百件事（見〈讀法〉之八）。依此，將一百回繁目縮為簡目，並有評語。本次重印，把此篇排在〈批評第一奇書金瓶梅讀法〉之後，為總評中的一篇。

該修訂版雙色印製，評語一律為紅色，2014 年 12 月出版，卷末有王汝梅所撰〈修訂後記〉。

四、《金瓶梅》崇禎本的整理與出版

《新刻繡像批評金瓶梅》會校本，經原國家新聞出版署〔88〕602 號文件批准，由山東齊魯書社 1989 年 6 月出版，向學術界發行。1990 年 2 月，由三聯書店（香港）有限公司和齊魯書社聯合重印，在海外發行。該書是新中國成立後第一次繁體

※《新刻繡像批評金瓶梅》會校本封面

※《新刻繡像批評金瓶梅》會校本內封

直排崇禎本足本，是文化出版史上的一件盛事，在海內外產生了較大影響。美國哈佛大學學者指出："這個本子校點精細，並附校記，沒有刪節，對於繡像本《金瓶梅》研究十分重要。"（田曉菲《秋水堂論〈金瓶梅〉· 前言》）

是書的整理工作，得到了吳曉鈴先生、朱一玄先生的指導，得到了北京大學圖書館、天津圖書館、上海圖書館、吉林大學圖書館、大連圖書館的支持。時任齊魯書社社長趙炳南、總編輯孫言誠、文學編輯室主任閆昭典和吉林大學王汝梅教授通力合作，搜集版本，查閱文獻，足跡遍及全國，在較短時間內完成了整理校點。

王汝梅撰寫前言，論證了崇禎本與詞話本關係，崇禎本版本特徵類別及相互關係，評語在小說批評史上的重要地位。

2014 年 3 月，三聯書店（香港）有限公司出版了會校本的修訂版，卷末附有〈修訂後記〉。

《新刻繡像批評金瓶梅》，以內閣文庫藏本為底本，張兵、顧越校點，黃霖審定。收入《李漁全集》第十二、十三、十四卷，浙江古籍出版社 1991 年 8 月出版。

有學者認為崇禎本評改者是李漁。黃霖在該書《點校說明》中說："僅於首圖本見有回道人的題詩來說明李漁是崇禎本改定者的理由尚嫌不足。" 對 "李漁評改《金瓶梅》" 之說持有保留意見。不因崇禎本《金瓶梅》輯入《李漁全集》而附和未作定論的判斷，這是一種可貴的實事求是態度。黃霖在近著《〈金瓶梅〉演講錄》中用了較大篇幅論證李漁不是《金瓶梅》崇禎本評改者。

※黃霖輯著《五色彩印匯評全本金瓶梅》書影

黃霖指出："內閣本本身也非崇禎本的初刻本。" 內閣本第五十九回缺一葉。天一出版社影印本第四十二至四十三葉碼連排，第四十二至四十三葉之間缺一葉。該排印本已配補。此後，黃霖費多年心血彙集諸家評語，2021 年 6 月於新加坡南洋出版社出版《五色彩印匯評全本金瓶梅》（上、中、下），小 16 開本，是首次五色彩印古典文學，彙集所有主要傳本批點。該書在《金瓶梅》出版歷史上具有重大意義，被讀者稱為"五彩金"。

改革開放新時期以來，在馬克思主義指導下，在國家新聞出版主管部門大力支持下，《金瓶梅》的整理校註會評會校本出版了約十五種之多（加上影印本），真可謂是繁榮昌盛的三十年，基本上滿足了學術研究的需求。這為進一步探索《金瓶梅》的藝術奧秘，打下了堅實的基礎。誠如黃霖教授所說："今後《金瓶梅》的研究將永遠是春天。"

§ 第十九章 §

《金瓶梅》走向世界

一、《金瓶梅》在德文、英文、俄文與法文世界的翻譯與傳播

加布倫茲德譯本是《金瓶梅》國外譯本的第一個節譯本。

《金瓶梅》德文翻譯完成於 1862—1869 年，由加布倫茲父子翻譯，前後用了八年時間。德文譯本的底本是滿文本《金瓶梅》，四十八冊，一百回。滿文本《金瓶梅》刊行於康熙四十七年（1708）。加布倫茲父子對滿文比漢文更為熟悉。滿文是清王朝對外交往中的官方語言，滿語語言結構更接近印歐語系。在翻譯《金瓶梅》的同時，康農·加布倫茲還編纂了一部《德滿字典》，翻譯完成後，又編寫了一部《滿語俗語》手稿。加布倫茲譯本採用直譯方式，其翻譯忠實於原文，是一部具有較高水準的譯本。

1998 年，嵇穆教授最早發現加布倫茲譯稿的手稿，並進行

※《金瓶梅》加布倫茲德文譯本序書影

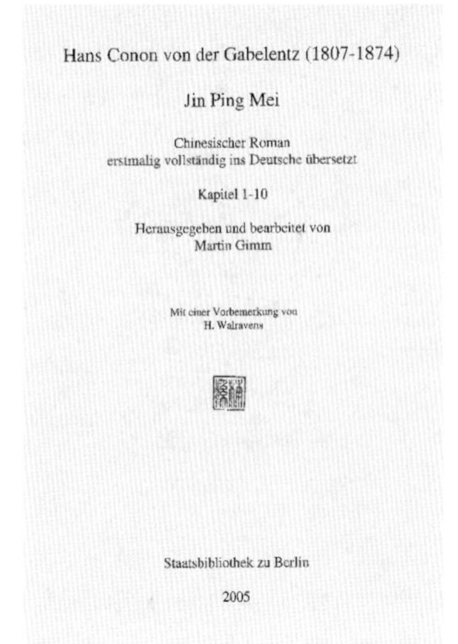
Hans Conon von der Gabelentz (1807-1874)

Jin Ping Mei

Chinesischer Roman
erstmalig vollständig ins Deutsche übersetzt

Kapitel 1-10

Herausgegeben und bearbeitet von
Martin Gimm

Mit einer Vorbemerkung von
H. Walravens

Staatsbibliothek zu Berlin

2005

手稿的整理與研究。2005—2013 年，其整理稿陸續由柏林國家圖書館刊行。嵇穆生於 1930 年，是德國著名滿學家和漢學家，德國科隆大學、慕尼黑大學教授。

《金瓶梅》德文譯本還有祁拔兄弟譯本和庫恩譯本。祁拔兄弟譯本，六卷全譯本，由瑞士天平出版社出版。弗朗茨·庫恩的節譯本《西門慶和他的六個妻妾的故事》，1950 年由德國英澤爾出版社出版。[1]

美國芮效衛教授英譯全本《金瓶梅詞話》，共分五卷：第一卷《會聚》，出版於 1993 年；第二卷《情敵》，出版於 2001 年；第三卷《春藥》，出版於 2006 年；第四卷《高潮》，出版於 2011 年；末卷《離散》，2013 年在普林斯頓大學出版社出

1 以上材料引自苗懷明、宋楠〈國外首部《金瓶梅》全譯本的發現與探析〉，李士勳〈關於《金瓶梅》德文全譯本——譯者祁拔兄弟及其它〉。

版。每卷譯文都附有尾註、參考文獻、詞語索引。齊林濤認為，芮效衛的譯本“乃是《金瓶梅》在英語世界的第一個全譯本”(見〈《金瓶梅》西遊記——第一奇書英語世界傳播史〉)。

《西門慶傳奇》，《金瓶梅》的英文節譯本，譯者 Chu Tsui-Jen，1927 年出版於紐約。譯文共十九章，配有女畫家克拉拉·泰斯所畫黑白插圖八幅。出版方限量發行。

1939 年，有兩種《金瓶梅》英譯本在倫敦出版：克萊門特·埃傑頓的全譯本《金蓮》，伯納德·米奧爾的節譯本《金瓶梅：西門慶與六妻妾奇情史》。為了翻譯《金瓶梅》，埃傑

※芮效衛英文全譯本《金瓶梅詞話》書影

頓到倫敦大學東方學院學習漢語，認識了時任漢語講師的老舍，向老舍學習漢語。老舍幫助埃傑頓翻譯。譯本《金蓮》於 1939 年 7 月出版。卷首扉頁上印有譯者獻辭“獻給舒慶春，我的朋友”。《金蓮》的譯者説明中寫道：“沒有舒慶春先生慷慨不倦相助，我可能根本就沒有勇氣翻譯此書。翻譯工作開始時，他是東方學院的中文講師。對於他的幫助，我將永遠心存感激。”《金蓮》譯本由羅特萊基出版社出版。譯本以張竹坡評本為底本，性描寫文字以拉丁文翻譯。人民文學出版社 2008 年出版《金瓶梅》漢英對照本，英文採用埃傑頓的譯本。

1939 年，倫敦鮑利海出版社出版伯納德．米奧爾的《金瓶梅》節譯本，共四十九章，卷首有漢學家阿瑟．韋利撰寫的前

言，介紹了小説的版本、作者、時代背景、文學價值。

1953 年，環球出版發行公司出版英譯《西門府妻妾成群》，該書是米奧爾譯本的節譯。

2008 年，絲綢塔出版節譯本《金瓶梅》，是 1953 年出版《西門府妻妾成群》的翻版。

1965 年，美國加利福尼亞布蘭登書屋發佈一個所謂新譯本《愛慾塔：西門與六妻妾艷史》，此譯本附著名心理學家阿爾伯特．艾利斯所作前言。譯本未註明譯者。

1960 年，美國塔托出版公司發行《中國的唐璜：〈金瓶梅〉中的一段孽戀》連環畫英譯本。文字譯者塞繆爾．巴克，繪畫作者是香港女畫家關山美。繪畫情節涵蓋原著第十三至

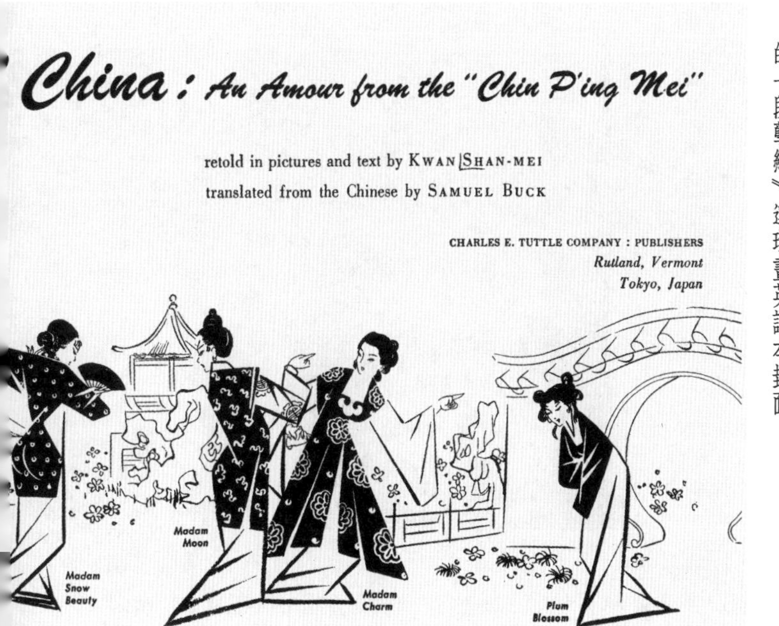

※ 美國塔托出版公司發行《中國的唐璜：〈金瓶梅〉中的一段孽戀》連環畫英譯本封面

十九回。[1]

雷威安《金瓶梅》法文全譯本，譯者把《金瓶梅詞話》譯為十部分：（一）〈金蓮〉；（二）〈瓶兒〉；（三）〈惠蓮〉；（四）〈王六兒〉；（五）〈瀆職〉；（六）〈少爺之死〉；（七）〈枕邊的幻想〉；（八）〈西門慶暴亡〉；（九）〈善有善報，惡有惡報〉；（十）〈土崩瓦解〉。1984 年在巴黎出版。雷威安 1925 年出生在天津市，在中國生活了十二年，1937 年返回法國，1974 年獲博士學位，曾任波多爾大學中國語文系教授、巴黎第七大學中文系教授。雷威安的《金瓶梅》譯本忠實於原著，頗受西方中國古典文學史家和法語讀者歡迎。譯本卷首有法國學者艾金布勒撰寫的前言。

※馬努欣俄文譯本《金瓶梅》書影

1 以上摘引自齊林濤〈《金瓶梅》西遊記——第一奇書英語世界傳播史〉，載《明清小説研究》2015 年第 2 期，謹表謝意。

1977 年，《金瓶梅》俄文譯本第一次在蘇聯發行，第一版印刷五萬部，受蘇聯漢學家和文學愛好者歡迎。《金瓶梅》俄文本出版被看作是蘇聯出版界的一件大事。蘇聯漢學家認為《金瓶梅》是中國文學史上“藝術認識發現”的一個新階段。俄文譯者馬努欣花了二十年時間，根據《金瓶梅詞話》翻譯。李福清為俄譯本寫了序言。

二、《金瓶梅》在日本、越南、韓國的翻譯與傳播

1941 年，日本日光山輪王寺慈眼堂發現了《新刻金瓶梅詞話》（與 1931 年山西介休發現的《新刻金瓶梅詞話》版式相同）。20 世紀 60 年代初，日本山口縣德山毛利就舉氏家中又發現一部《新刻金瓶梅詞話》。日本內閣文庫藏《新鐫繡像

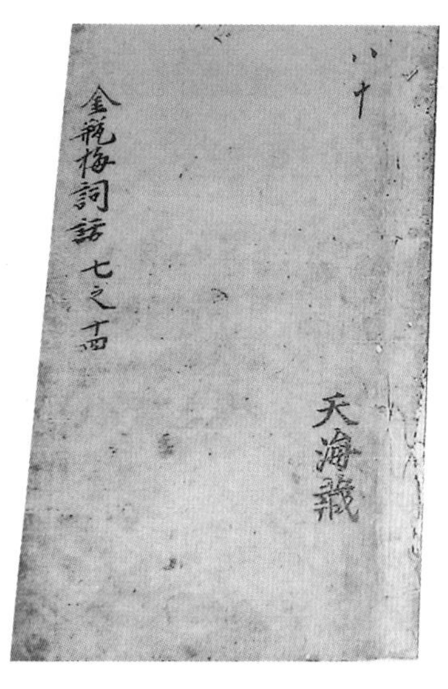

※日本日光山輪王寺慈眼堂藏《新刻金瓶梅詞話》封面

批評原本金瓶梅》，於正保元年（1644）入藏紅葉山文庫。其後，《彭城張竹坡批評金瓶梅第一奇書》（牌記署“本衙藏板翻刻必究”）張竹坡評點本，約在正德三年（1713）年傳入。從正德五年（1715）到安政二年（1855）《金瓶梅》舶載情況和書目來看，在一個世紀內，《金瓶梅》各種版本傳入日本共有二十一部之多。

江戶時期的全譯本《金瓶梅》，以張竹坡評本為底本，譯者荷塘一圭，歷時五年譯完。江戶末期，小說家曲亭馬琴有改寫本《新編金瓶梅》。明治十五年（1882），有《原本譯解金瓶梅》，譯者松村操（？—1884），以張評本為底本，僅刊出不足十回。

小野忍、千田九一譯《金瓶梅》先後於 1959—1960、1972、1973—1974 年，由東京平凡社、東京岩波書店出版。

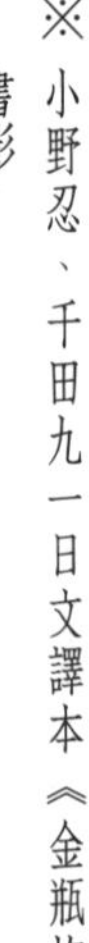

※小野忍、千田九一日文譯本《金瓶梅》書影

小野忍（1906—1980），1906 年生於東京都，畢業於東京大學文學部支那文學科，曾任和光大學教授。小野忍撰〈《金瓶梅》解說〉，載 1967 年東京平凡社刊“中國古典文學大系”本《金瓶梅》上卷卷末。

《金瓶梅》越南譯本 1969 年 8 月在西貢出版，昭陽出版社發行，阮國雄譯。陳益源教授曾指出越譯本所據“當係近現代中國坊間排印《古本金瓶梅》之流的刪節本。後人偽託的序跋，譯者似乎信之不疑”（《〈金瓶梅〉在越南》）。1989 年 1 月，河內社會科學出版社依據 1969 年譯本刊行《金瓶梅》，原著作者被改成“笑笑生”，託名袁枚的跋被刪除，內容按阮國雄譯本刊印。

《金瓶梅》於朝鮮中期以後傳到朝鮮半島，但直到 20 世紀 50 年代才開始出現翻譯本。全譯本具有一百回完整回目，具備首尾完整情節，有如下譯本：

※圖註：昭陽出版社版《金瓶梅》越譯本封面、封底

※河內社會科學出版社版《金瓶梅》越譯本封面

（1）金東成譯《金瓶梅》，三冊，乙酉文化社 1962 年出版。底本為張竹坡評本系統。

（2）趙誠出譯《金瓶梅》，六冊，三星出版社 1971、1993 年出版，譯本卷首譯序未説明所據底本，第一回回目譯文來自詞話本。

（3）朴秀鎮譯《金瓶梅》，六冊，青年社 1991—1993 年出版，底本據香港太平書局版《全本金瓶梅詞話》。

（4）康泰權譯《完譯〈金瓶梅〉：天下第一奇書》，十冊，松出版社 2002 年出版。[1]

1939 年，老舍先生在倫敦大學東方學院輔導埃傑頓翻譯《金瓶梅》，成為《金瓶梅》傳播史上的佳話。《金瓶梅》從 18 世紀中葉即傳播到國外，迄今已有德、英、法、俄、日、韓、越等十幾種語種譯本或節譯本。據雷威安法譯本《導言》，此書發行量達二十萬冊以上。1985 年，法譯本《金瓶梅》出版，法國總統專門為之發表講話，文化部出面舉行慶祝會，稱《金瓶梅》在法國出版，是法國文化界的一件大事。1983 年，美國印第安納大學主辦了《金瓶梅》國際學術研討會。1989 年 6 月，在中國召開了首屆國際《金瓶梅》學術研討會。《金瓶梅》已躋身世界文學之林，屬全人類的文學巨著。海內外"金學"家正在密切合作，《金瓶梅》已闊步走向世界，成為中外文化廣泛交流的對話熱點。

1 以上據〔韓〕崔溶澈〈《金瓶梅》韓文本的翻譯底本及翻譯現狀〉，見《2012 年台灣〈金瓶梅〉國際學術研討會論文集》，台灣里仁書局 2013 年版。

§ 第二十章 §

《續金瓶梅》《三續金瓶梅》

一、《續金瓶梅》的刊本與抄本

《續金瓶梅》，由丁耀亢自刊於順治十七年（1660），寫成於順治年間任容城教諭之時。康熙四年（1665）八月，丁耀亢因著《續金瓶梅》致禍下獄，至冬蒙赦獲釋，計一百二十天。"著書取謗身自災，天子赦之焚其稿。"（《七戒吟》）《續金瓶梅》刊行後不久即遭禁毀，順、康之際原刊本極罕見。傅惜華原藏順治刊本，圖與正文有殘缺。

刊本題署"紫陽道人編，湖上釣史評"，插圖記刻工王濱卿、劉孝先、黃順吉等人姓名，插圖自第三十回以下共存圖三十幅，雕繪精緻。全書十二卷，六十四回。卷首有天隱道人〈續金瓶梅序〉、南海愛日老人題〈序〉、西湖釣史〈續金瓶梅集序〉、〈續金瓶梅後集凡例〉、〈續金瓶梅借用書目〉五十九種。還有丁耀亢撰〈太上感應篇陰陽無字解序〉〈太上感應篇陰陽無字解〉。

山東省圖書館藏抄本三部，其中一部為莒縣莊維屏舊藏，此為原抄本，或者就是稿本。順治刊本是以此抄本為底本刊印的。

莊氏原藏抄本與順治刊本有不同之處。如第十六回回首詩與刊本不同，刊本缺開頭一段議論文字。莊氏原抄本回首詩：

續金瓶梅後集卷一

廣仁品

紫陽道人編

湖上釣史評

第一回

普淨師超○劫○度○冤○魂○　衆孽鬼投○胎○還○宿○債○

大方廣佛華嚴經

如來廣大目　清淨如虛空　普○現○諸○衆○生○

一○切○悉○明○了○　佛身大光明　遍照於十方

處處現前住　普遊觀此道○　佛身如虛空

續金瓶梅　第一回　一

※《續金瓶梅》第一回首半葉書影

好把良心莫亂行，前生造業及今生。
休倚我貴將他賤，才說他貧到我貧。
世事循環人難料，勸君何必苦勞心。
人間善惡無果報，天理何曾放一人！

刊本回首詩：

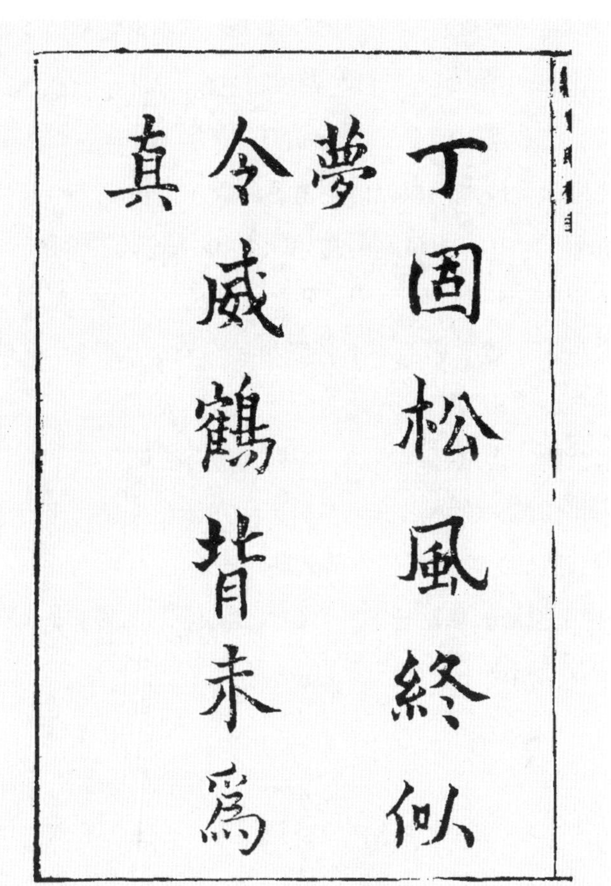
丁固松風終似
夢令威鶴背未爲
真

※《續金瓶梅》題詞書影

林中百舌聲仍亂，洞裏新桃花又疏。
芳草歸朝今尚爾，美人顏色近何如？
夏侯得似應傳業，詹尹無心為卜居。
最是深山鴻雁少，一春猶沮上林書。

顯然抄本回首詩與小說主旨更相符合。

莊氏舊藏抄本天隱道人序後有兩方印章："天隱""方外"。南海愛日老人序後有一方印章："默庵"。書口有"續金瓶梅范序"，由此可知"南海愛日老人"即范默庵。〈太上感應篇陰陽無字解〉後有兩方印章："丁耀亢印""令字西鶴"。

此種珍貴抄本何以流傳到莒縣莊氏，值得研究。據丁耀亢《出劫紀略》中的〈航海出劫始末〉〈從軍錄事〉可知：崇禎十七年甲申（1644），莒州豪俠之士莊調之欲報官軍"攻殺土賊"之仇。丁耀亢勸他不要殺戮村民，為之獻計說："借南兵以勤王為名，不殺不掠，此明太祖所以定天下也。"並表示與他一起行動，因之痛飲高歌，與盟而散。說明此時丁耀亢與莊氏建立了友誼。入清之後，不知丁耀亢與莊氏又有何交往，為何《續金瓶梅》之最初抄本落入莊氏後裔之手。

《續金瓶梅》順治刊本扉頁題《續編金瓶梅後集》，在這題目左側有介紹創作宗旨一段文字：

《金瓶梅》一書，借世說法，原非導淫，中郎序之詳矣。觀者色根易障，棒喝難提，智少愚多，習深性滅，以打諢為真樂，認火宅作菩提，如不闡明，反滋邪道。今遵頒行聖明太上感應諸篇，演以華嚴梓潼經誥，接末卷之報應，指來世之輪迴……以褻言代正論，翻舊本作新書……名曰公案，可代金針。

此段文字，可視為作者的自序。丁耀亢給《金瓶梅》以正面肯定評價，“借世說法，原非導淫”，由於讀者智少愚多，容

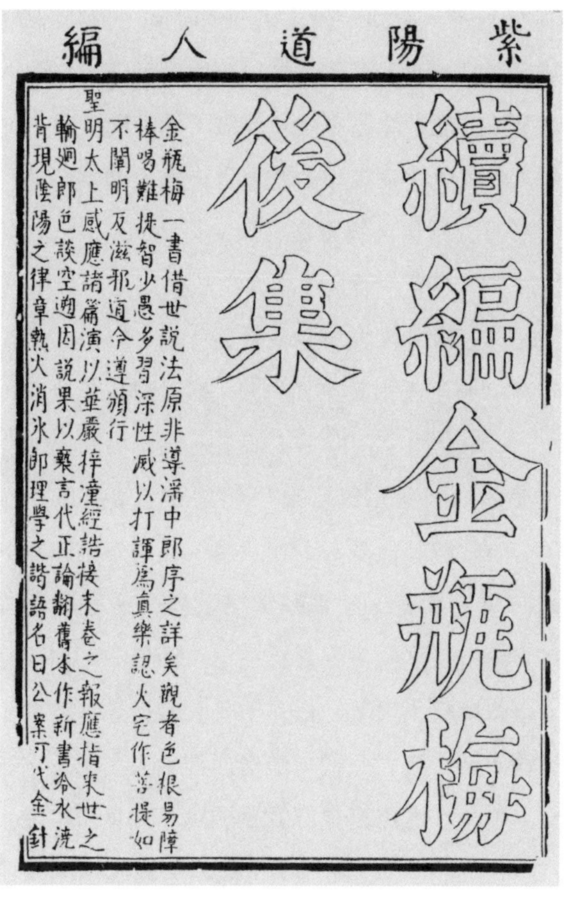
紫陽道人編

續編金瓶梅

後集

金瓶梅一書借世說法原非導淫中郎序之詳矣覩者色根易障
棒喝難提智少愚多習深性滅以打諢為真樂認火宅作菩提如
不聞明反滋邪道今遵頒行
聖明太上感應諸篇演以華嚴梓潼經誥接末卷之報應指來世之
輪迴即色談空遡因說果以褻言代正論翻舊本作新書冷水澆
背現陰陽之律章熱火消冰即理學之諧語名曰公案可代金針

※《續編金瓶梅後集》刊本扉頁書影

易誤讀，所以要加以闡明，“接末卷之報應，指來世之輪迴”。《續金瓶梅》是為了闡明前集、解讀前集而寫。

〈續金瓶梅後集凡例〉中說：“前集名為《詞話》，多用舊曲”，“客中並無前集”。這說明丁耀亢在杭州刊印《續金瓶梅》時，身邊並無詞話本。丁耀亢藏有之《金瓶梅詞話》應在諸城。

《續金瓶梅》與《金瓶梅》立意、背景、產生時代均不同，有其自身獨立存在的價值。

《金瓶梅》第一百回“韓愛姐湖州尋父，普靜師薦拔群冤”寫普靜禪師薦拔幽魂，解釋宿冤，讓眾幽魂隨方託化：西門慶往東京城內託生富戶沈通為次子沈鉞，潘金蓮往東京城內託生黎家為女，李瓶兒往東京城內託生袁指揮家為女，花子虛往東京鄭千戶家託生為男，龐春梅往東京孔家託生為女。《續金瓶梅》接前書寫西門慶、潘金蓮等人物託生以後的故事。

續作以宋王朝南渡後宋金戰爭為背景，以吳月娘、孝哥、玳安（前書中未死人物），李銀瓶、鄭玉卿（李瓶兒、花子虛託生人物），黎金桂、孔梅玉（潘金蓮、春梅託生人物）三組人物為主要描寫對象，以月娘、孝哥母子離散聚合為主要線索，中間交錯敘述其他兩組人物故事。在著筆描寫、刻畫虛構人物的同時，用約有十回篇幅穿插敘寫一些歷史人物故事：宋徽宗被俘途中聽琵琶；張邦昌在東京稱楚王，潛入宮闈，伏法被誅；宗澤單騎入山寨，招安王善；韓世忠、梁紅玉大敗金兀朮；洪皓使金，被囚北國；秦檜勾結金人，通敵陷害岳飛。在各回文字中，作者用寫史評的筆調寫了大量議論文字。作者說：“要說佛、說道、說理學，先從因果說起，因果無憑，又從《金瓶梅》說起。”（第一回）抽象議論與小說故事形象交叉。

《續金瓶梅》以宋金戰爭為背景，用金兵影射八旗軍，以清兵入關屠城的現實生活為基礎進行描寫，披著寫宋金戰爭的外衣，反映明末清初的戰亂與人民苦難。有時有“藍旗營”“旗下”等旗兵建制，把金兵當成清兵來寫。作者把叛將蔣竹山、張邦昌寫得沒有好下場，對抗金名將韓世忠、梁紅玉則熱情歌頌，表現了作者擁明抗清的立場。

作者對李師師、李銀瓶、鄭玉卿、黎金桂、孔梅玉等市民階層人物的塑造，暴露這些人物在宋金戰爭這種非常環境下的私慾、醜態，給予鞭撻；對她們受金貴族蹂躪欺壓，受壞人欺騙侮辱，表現了一定的同情。

李師師是宋徽宗寵妓，她以奉旨聘選為名，拐騙銀瓶（李瓶兒託生）當了妓女。金兵入城，東京大亂之時，李師師藉助降將郭藥師的庇護，未被金兵劫擄。李師師搬到城外，蓋造新房，大開妓院。徽宗被俘之後，李師師“故意要揑怪，改了一身道妝，穿著白綾披風、豆黃綾裙兒，戴著翠雲道冠兒，說是替道君穿孝”（第十六回）。她自號堅白子，誓終身不接客，實際以曾被宋徽宗包佔過為榮耀，抬高自己的身價。蔡京的乾兒子翟四官人要出一百兩銀子梳籠銀瓶，李師師利用幫閒鄭玉卿欺騙翟四官人，騙取重金。李師師把鄭玉卿認做義子，留在身邊，滿足淫慾。李師師發現鄭玉卿到銀瓶臥房偷採新花，就指使七八個使女把鄭玉卿打得鼻青眼腫，並大罵銀瓶。後來，鄭玉卿攜銀瓶乘船逃往揚州。李師師用巫雲頂替銀瓶，讓翟四官人謀殺巫雲，要置翟四官人於死地。李師師與金將的太太們秘通線索，把自己入在御樂籍中，不許官差攪擾。翟四官人被騙多次，受氣不過，控告李師師通賊謀反，隱匿宋朝秘室，通江南奸細。金將粘罕貪財，正要尋此題目，派一隊人馬把李師師綁了，打二十大板，送入女牢，將其家私籍沒入官，丫頭們當官賣嫁。李師師經刑部審問後，將她判給一個七十歲養馬的金兵為妻。李師師跟金兵到遼東大凌河，與老公挑水做飯。小説描寫李師師在宋金戰爭中與翟四官人的矛盾，顯示李師師是一個狡猾詭詐、唯利是圖、不顧廉恥的鴇兒形象，同時也形象地表現了這個鴇兒在宋金戰爭動亂年代中的浮沉，她開始想憑藉金將的庇護得勢，最後反被金將摧殘。這是《金瓶梅》中沒有的人物與內容。

李銀瓶，本名長姐，《金瓶梅》中李瓶兒死後託生袁指揮家為女。她被李師師以奉旨聘選名義，騙到妓院當了妓女。銀瓶想有一位才貌兼備的狀元偕老，苦惱不能嫁個好丈夫。李師師家有十個妓女，用各樣刑法拷打。因銀瓶“是當初道君皇帝自選過的才人”，被敬奉著，日後靠她掙錢。翟四官人出一百兩銀子要梳籠銀瓶，李師師貪圖錢財，用銀瓶利誘翟四官人。銀瓶未被梳籠之時，先與李師師的乾兒子鄭玉卿私會同房。後來，與鄭玉卿一起乘船逃往揚州。銀瓶是絕代佳人，在揚州被鹽商苗青看上。鄭玉卿被苗青外娶的妓女董玉嬌勾搭，便對董玉嬌説：“情願把銀瓶嫁了。”苗青設計要貼上一千兩銀子，用董玉嬌換銀瓶，把銀瓶用一頂小轎接入鹽店。苗青老婆是一個妒婦，用鐵火杖毒打銀瓶，銀瓶受屈不過，半夜自縊身亡。作者解釋説：“這段因果，當初李瓶兒盜花子虛半萬家財，貼了身子給西門慶。今日花子虛又託生做鄭玉卿索他的情債，那銀瓶欠他情債一一還完，還不足原數，因又添上一千兩賣身的錢，完了債。”（第二十六回）李銀瓶是一個被蹂躪、被侮辱的少女形象，她得不到正當的愛情，跟浮浪子弟鄭玉卿私奔，後又被鄭玉卿出賣。銀瓶的悲劇結局，暴露了封建社會的黑暗、殘酷。銀瓶形象與作者的因果說教相對立，與前集《金瓶梅》中的李瓶兒也無內在聯繫。

黎金桂，黎指揮娘子所生，從小由家長做主，與窮困殘疾鞋匠劉瘸子訂婚。她羨慕孔梅玉嫁給金貴族公子，並得到母親支持，決心悔婚，終因迫於金地方官的威權，招贅劉瘸子入門。金桂得不到應有的愛情，過著鬱鬱寡歡的生活。最後，她出家當了尼姑。這是一個令人同情的沒有美滿婚姻的普通女子形象。但是，作者為了藉此宣傳因果報應，把金桂寫成潘金蓮託生。為表達懲淫女的思想，讓她變成“石姑”，表達“淫女化為石女”“色相還無色相”的封建禁慾主義觀念。

孔梅玉為孔千戶之女。她父親投降金人，被經略種師道所殺，母親改嫁，家境貧困。她不甘心貧賤，一心想嫁一個富貴郎君。梅玉被孫媒婆所騙，終於嫁給金朝重臣撻懶的公子金二官人為妾。金二官人的大婦兇妒剽悍，隨意打罵梅玉，梅玉求生不得，求死不能。在金桂母女幫助下，出家做了尼姑，取法名梅心。作者把她寫成春梅託生。作者說“或說前集金蓮、春梅淫惡太大，未曾填還原債，便已逃入空門，較之瓶兒似於淫獄從輕，瓶兒亡身反為太重”，又說“瓶兒當日氣死本夫，盜財貼嫁，與金蓮、春梅淫惡一樣”（第四十八回），用這種“淫根”輕重觀點解釋金桂、梅玉的遭遇與結局，是與人物形象本身蘊涵的意義不兼容的。

丁耀亢用宿命因果報應思想解釋續書人物與前集《金瓶梅》人物的聯繫是牽強的。作者從“淫根”輕重觀點看待李瓶兒、潘金蓮、龐春梅等人物命運，也是很落後的。丁耀亢並不是《金瓶梅》作者的知音。當然，他對作品人物的描寫，表現了人物在典型環境中的性格，對《金瓶梅》人物形象畫廊有承襲，也有補充。

《續金瓶梅》藝術結構類似《水滸傳》單線獨傳而不同於《金瓶梅》的千百人合成一傳的複合結構。作者不重形象性格的刻畫，不以家庭為題材，人物大多活動在戰場、禪林、山寨、旅途、郊野，重在寫戰亂離散給人們帶來的苦難。在體裁上雜神魔、世情、演義、筆記於一爐，像一部雜著，或可以說是一部雜體長篇小說。《續金瓶梅》的改寫本《金屋夢》的〈凡例〉說：

> 可作語怪小說讀，可作言情小說讀，可作社會小說讀，可作宗教小說讀，可作歷史小說讀，可作哲理小說讀，可作滑稽小說讀，可作政治小說讀。

這足以說明《續金瓶梅》內容龐雜。這與《金瓶梅》集中表現出的世情小說特點有很大的區別。丁耀亢的小說觀與我們現在的觀念不同，與《金瓶梅》作者也有區別。他把雜文著作《出劫紀略》中〈山鬼談〉照錄進《續金瓶梅》第五十二回。《續金瓶梅》是他生活經歷的形象概括，又是他政治思想、宗教觀念、情慾觀念的直接闡發，真可以說是一部雜文長篇小說。

丁耀亢（1599—1669），字西生，號野鶴，又號紫陽道人、木雞道人，山東諸城人。清順治五年（1648）入京師，由順天籍撥貢，充旗學教習。順治十年（1653）冬，授容城教諭。順治十一年（1654）春就官，後遷福建惠安知縣。順治

※《續金瓶梅》刊本插圖「丁紫陽鶴化前身」（黃順吉刻）

十六年（1659）十月赴任，走揚州，入姑蘇，訪西湖。第二年未上任，辭官回轉，此後不再出仕。

二、《三續金瓶梅》抄本

《三續金瓶梅》，八卷，四十回，清道光年間抄本，北京大學圖書館藏。卷一前四回有少量眉批，有圈點。其餘各卷無眉批，無圈點。抄寫行款統一，每半葉十行，每行十七字。抄本所用俗別字，前後相同，如“光陰循速”“爪凹國”“握著嘴笑”“倒扎（閘）內”等，與其他白話小說用字不同。又如“跑跱”不作“咆哮”，“哮”因“跑”而作“跱”把偏旁弄齊，為刻工習慣。此書似有刻本。

卷首自序署“訥音居士題”，卷首小引題署“時在道光元年，歲次辛巳孟夏穀旦謄錄，務本堂主人識”，下有“訥音居士印”章。各卷卷題下署“訥音居士編輯”。作者訥音居士在自序中自稱“武夫”，云：“余本武夫，性好窮研書理，不過倚山立柱，宿海通河，因不惜苦心，大費經營，暑往寒來，方乃告成，為觀者哂之。”可見作者並非文壇才子，而是一位愛好文學的武夫。

丁耀亢《續金瓶梅》之後，有四橋居士作序的《三世報隔簾花影》。訥音居士不同意《三世報隔簾花影》中寫西門慶、春梅被挖眼、下油鍋。他認為應讓西門慶等人物改惡從善。從這一觀點出發，他要“法前文筆意，反講快樂之事”（〈小引〉），寫作《三續金瓶梅》。

自序。

閑窓靜坐，偶看到第一奇書，始[illegible]鳳洲先生手作。觀其妙文，[illegible]粉膩香濃，至藏針伏線，令人毛髮踈然。原本金瓶梅一百回內，細如牛毛千萬根，共具一體，血脉貫通，千里相擽。自第字起，孝字結，天理循還，幻化已了。但看三世報，雖係續作，因過猶不及，渺渺宾宾。查西門慶雖有武植算人命幾案，其惡在潘金蓮、王婆、陳敬濟、苗青四人，罪而當誅。看西門慶、春梅不過淫慾過度，刺心太重，若至控眼、下油鍋，三世之報，人皆以錯就錯，不肯改惡從善。故又引回數人，假捏金字、屏字、梅字，幻造一事。雖為風影之談，亦必分明理弊功效。續一部艷異之篇，名三續金瓶梅，又曰小補奇酸誌，共四十回。補其不足，論其有餘。自幻字起，空字結，文法雖准，藩本一切穢言污語，盡皆删去。不過循情察理，嘆洩世態炎涼，消遣時恨，令人回頭是岸，移禍為福。讀者不可以淫書續淫詞論。若看錯了題目，不惟失去本來面目，而更辜負作者之心。須觀其如何針鋒相對，曲折成文；如何因果報應，釀成奇酸。天下最真者，莫若倫常；最假者，莫如財色。譬如大塊文章，莫過一理。詩三百，一言以蔽之，曰思無邪已矣。余本武夫，性好窮研書理，不過倚山立柱，宿海通河。因不惜苦心，大費經營，暑往寒來，方乃告成。為觀者哂之，寫一軸虎頭蛇尾圖画，以嘲一笑云爾。

好好生 訥音居士題

※《三續金瓶梅・自序》書影

《三續金瓶梅》敘寫西門慶死去七年後，還陽復活，又活到五十歲這幾年的家庭生活與官場經歷。西門慶陽魂入殼，復舊如初，重整家園，官復原職。西門慶仍有一妻五妾，月娘為大娘子。春梅還魂永福寺，嫁給西門慶做二房娘子。何千戶死去，西門慶補何千戶員缺，娶何千戶之妻藍如玉為三房妾。娶葛翠屏為四房妾，黃羞花為五房妾，馮金寶為六房妾。《三續金瓶梅》對月娘、春梅、葛翠屏、黃羞花敘寫簡略，對藍如玉著筆較多。藍氏因生女娃二姐而受寵愛，遭到六娘馮金寶的妒嫉。藍氏為藍太監之姪女，西門慶曾多次派來興到臨安給藍太監拜壽送禮。孝哥會試考中，授歷城知縣，後補授沂州府知府，調補授泰安府兵備道，皆是藍太監在朝廷為其打通關節。藍太監之姪藍世賢到清河縣探親巡狩，西門慶盛宴接待，以逞其官場權勢威風。

《三續金瓶梅》雖以西門慶的行蹤貫串全書，但更側重敘寫了孝哥的入學、會試、授知縣知府以及與甘雨兒（云理守之女）結婚等情節。對西門慶的政治活動、商業活敘寫簡略。

第三十八、三十九、四十回寫人物結局。西門二姐與賈守備之子賈良玉結親。西門慶改惡從善，出家當了和尚。西門慶過五十歲生日之時，倏然悟道，不吃葷，不喝酒，不近婦女，把金銀施捨濟貧，以贖罪愆，讓丫環楚雲、秋桂、珍珠兒，分別與男僕春鴻、文佩、王經結婚成家。六娘馮金寶重回妓院，後雙目失明。五娘黃羞花原為王三官之妻，被休後嫁給西門慶，現二進昭宣府，與王三官破鏡重圓，生了一個兒子。四娘葛翠屏和三娘藍如玉出家為尼，後坐化修成了正果。大娘子吳月娘和二娘子春梅，由玳安引路，投奔泰安州小大官西門孝任所。西門孝探母，月娘受封誥，春梅受福，喬大戶攀親（喬大戶將女兒嫁給孝哥）。

西門慶悟道，是作者的"倏然悔過便超升"（結尾詩句）思想的註腳。作者不顧人物思想性格發展的邏輯，主觀地要西門慶"向善回心"，不合情理地改變了《金瓶梅》中西門慶自我毀滅的結局。《三續金瓶梅》中人物春梅得知西門慶要悔悟時說："若說別人還是有之，這行貨子要悟道，竟是放屁。"春梅即認為西門慶是不可能悟道的。

《三續金瓶梅》側重敘寫西門慶與妻妾、與僕婦、與妓女、與戲班女演員、與幸童之間的頻繁的性行為，這些描寫均孤立於人物性格心理之外。《三續金瓶梅》在人物之間外在關係、西門慶性行為這兩點上與《金瓶梅》貌似而神離。

《金瓶梅》中西門慶一妻五妾，《三續金瓶梅》也讓西門慶有一妻五妾。《金瓶梅》中李瓶兒生官哥，遭到潘金蓮嫉妒；《三續金瓶梅》寫藍氏生二姐遭到馮金寶嫉妒。《金瓶梅》中西門慶暴亡，孝哥出家，月娘長壽；《三續金瓶梅》中孝哥升官，西門慶出家，月娘受封誥。《金瓶梅》西門慶有胡僧藥；《三續金瓶梅》西門慶有三元丹。《三續金瓶梅》模仿世情書，但未能寫出世態炎涼，也不注意刻畫人物性格，不注意表現人物之間的矛盾糾葛，只是平面地、單線地、孤立地寫日常生活。而且語言乾癟、重複，寫性行為一律是"如漆似膘"，寫音樂之美一樣的"美耳中聽"，寫宴席一概是"上了割刀點心"。"三續"作者對《金瓶梅》"不解其中味"，未領會作書人"寄意於小引。

嘗聞酒色財氣四大迷瀾。貪嗔癡愛。人所不免。但不恐世事如夢。轉頭皆空。可歎一笑也。此書●何說起。因看列傳諸書。皆以美中不足。令人悲嘆。為能人多。懶看。余借金瓶梅筆法觀其一線串珠八面玲瓏。回回可愛。果稱奇才。寓意中雖云月被雲遮。風定塵息。雪消花謝。報應分明。但看到楚岫雲生。梅花復盛。自當有一片佳言。方合妙文。且書內。金瓶之事。叙至八十七回之多。獨梅花只作得十三回。似有如無。可見作者。神疲意懶。草草了。結大殺風景。既云孝弟起結。想當有忠信二字收局。故以目注兩堵為基。說以堆雲積翠。左盤右旋。至末卷有現見捉得住。共成一體。以公為忠。以禪作信。法前文筆意反講快樂之事。令其事事如意。為財色說法。一可悅人耳目。引領細觀。再看財色。始終是真是假。因果報應一絲不漏。可不慎乎。世人多被財色所惑。貪嗔迷戀。果不迂乎。若能於錦繡場中回首。打破迷瀾。修心種德。改邪歸正。雖不能超凡。尚可保身。豈不快哉。此書斷不可視為小說。草草看過。用此作一服開心藥。可分清濁矣。余雖無才。粗知筆墨。不過止於至善。非敢妄談。故竭力搜求。效而續之。

旹在

道光元年。歲次辛巳。孟夏穀旦。滕錄。

務本堂主人識

※《三續金瓶梅·小引》書影

時俗，蓋有謂也"之立意，未把握《金瓶梅》之底蘊。作者不但未能繼承《金瓶梅》而有發揮，相反，卻做了庸俗的接受。嚴格來説，《三續金瓶梅》不是《金瓶梅》的續書，而是一部不合《金瓶梅》原意的模仿之作，與《金瓶梅》貌似神離，是對《金瓶梅》積極意義的背離。

三、《隔簾花影》《金屋夢》對《續金瓶梅》的改寫

《三世報隔簾花影》四十八回，據《續金瓶梅》刪改，《續金瓶梅》六十四回，《隔簾花影》刪去十六回。卷首有四橋居士序，《快心編》評者也署"四橋居士"，四橋居士可能就是《隔簾花影》的編者。

《隔簾花影》，南京圖書館藏本衙藏板本，正文卷端題"新鐫古本批評繡像三世報隔簾花影"。無圖，正文半葉十一行，行二十四字。首有〈隔簾花影序〉：

> 《易》曰："積善之家，必有餘慶；積不善之家，必有餘殃。"《書》曰："作善，降之百祥；作不善，降之百殃。"依古以來，福善禍淫之理，天固不爽毫厘。即或有作善之人未嘗獲慶，作惡之人未見遭殃。其間不無可疑。然天道無私，不報於其時，必報於其後；不報於其身，必報於其子孫。從未有善人永不獲福，惡人世享豪華者。報應之機，遲速不同，人特未之深觀而默察耳。《金瓶梅》一書，雖係寓言，但觀西門平生所為，淫蕩無節，豪橫已報，宜

乎及身即受慘變，乃享厚福以終，至其歿後，亦不過妻散財亡、家門零落而止。似乎天道悠悠，所報不足以蔽其辜。此《隔簾花影》四十八卷所以繼正、續兩編而作也。至於西門易為南宮，月娘易為雲娘，孝哥易為慧哥，其餘一切人等，名目俱更，俾閱者驚其筆端變幻，波瀾綺麗，幾莫識其所自始。其實作者本意，不過借影指點，去前編有相為表裏之妙。故南宮生前好色貪財等事，於首卷輕輕點過，以後將人情之惡薄，感應之分明，極力描寫，以見無人不報，無事不報，直至妻子歷盡苦辛，終歸於為善，以贖前愆而後已。揆之福善禍淫之理，彰明較著。則是書也，不獨深合於六經之旨，且有關於世道人心者不小。後之覽者，幸勿以寓言而勿之可也。

四橋居士謹題

孫楷第《中國通俗小説書目》指出，《隔簾花影》"書即竄易丁野鶴書為之，殆康熙後書肆所為"。四橋居士在〈隔簾花影序〉裏說，"此《隔簾花影》四十八卷，所以繼正續、兩編而作也"，是以刪改本冒充新創作的續書。書中回目大部分被改寫，虛構人物大多更換了姓名，西門慶易為南宮吉，月娘易為雲娘，孝哥易為慧哥，等等。在《隔簾花影》裏，宋徽宗被擄、張邦昌稱帝、宗澤收復東京、韓世忠敗金兀朮、洪皓哭徽宗、秦檜通撻懶這些歷史故事被刪掉，改變了丁耀亢借宋金之戰表現擁明反清的思想內容，降低了《續金瓶梅》所表現的民族矛盾思想。

《金屋夢》六十回，把《隔簾花影》中改換的回目、人名，刪掉的歷史故事，對金兵大屠殺的描寫等，全部恢復了《續金瓶梅》的原貌。這是在清王朝滅亡後不再避諱的反映。

《金屋夢》由鶯花雜誌社印行，民國四年（1915）初版，民國五年（1916）再版，署“編輯者夢筆生”。《金屋夢》卷首有凡例九條，序文一篇，係抄錄《續金瓶梅》的序文、凡例，加以改寫而成。

§ 附錄 §

一、《金瓶梅》：晚明世情的斑斕畫卷

《金瓶梅》是《紅樓夢》之祖，沒有《金瓶梅》就產生不了《紅樓夢》。《金瓶梅》是晚明的真實歷史形象的再現，是一部偉大的世情小說。作者蘭陵笑笑生超越傳統的藝術革新精神，讓當今的作家為之讚歎、為之震驚。《金瓶梅》中有以前的作品裏所不能達到的新東西，是傳統文化歷史轉型期集大成之巨著，是中華民族的驕傲。經過近三十年來的深入研究，這一評價已為中國學界所共識，也為全世界所認定。美國學者海托華認為："中國的《金瓶梅》與《紅樓夢》二書，描寫範圍之廣，情節之複雜，人物刻畫之細緻入微，均可與西方最偉大的小說相媲美。" 走進經典名著《金瓶梅》的藝術世界，可以從中學寫作方法，從中了解歷史、了解傳統文化，從中感受古代人的情愛人性，可以從中汲取營養，以有助於提升自己的文化素養，有助於當今的文化建設。

《金瓶梅》文化藝術價值的三次歷史性發現

《金瓶梅》揭露腐敗，直斥時事，悲憫人性，探索人生，在明清時期受到有新觀念的作家文人的肯定讚揚。同時，也受到封建專制主義的禁毀打壓和讀者的曲解誤讀。《金瓶梅》像一位遭受冤假錯案的藝術家，數百年受冤枉、受委屈。雖然有禁毀、有誤讀，但沒有摧毀消滅它，更有獨具慧眼的天才人物發現《金瓶梅》的藝術美，有三次歷史性的發現。

第一次，晚明作家謝肇淛（1567—1624），在他的文集中有一篇〈金瓶梅跋〉。此跋評價《金瓶梅》直面人生、描繪世態人情的寫實成就，稱讚作品是"稗官之上乘"，作者是"爐錘之妙手"，塑造人物具有肖貌傳神、形神兼備特點，藝術成就超過《水滸傳》。因為《水滸傳》寫人物走的是老路，人物情節前後有重複之處，而《金瓶梅》寫人物則各有各的面貌，"聚有自來，散有自去，讀者意想不到"。

謝肇淛珍藏《金瓶梅》抄本，潛心細讀，多年把玩。他很可能是《新刻繡像批評金瓶梅》（簡稱"崇禎本"）的評改者。評改本的評語和〈金瓶梅跋〉是互補的，似應出自一人之手。評語肯定《金瓶梅》是一部世情書，而不是淫書。作者"針工匠斧"，寫人物"並聲影、氣味、心思、胎骨之怪，俱為摹出，真爐錘造物之手"。同情潘金蓮，欣賞潘金蓮，認為金蓮有諸多可愛之處。對《金瓶梅》人物形象的藝術美，多有新發現。謝肇淛是最早寫專文評價《金瓶梅》的作家。

第二次，在 20 世紀 20 年代，魯迅在《中國小說史略》中稱《金瓶梅》為世情書，“諸世情書中，《金瓶梅》最有名”，“《金瓶梅》作者能文”，“描寫世情，盡其情偽”，“作者之於世情，蓋誠極洞達，凡所形容，或條暢，或曲折，或刻露而盡相，或幽伏而含譏，或一時並寫兩面，使之相形，變幻之情，隨在顯見，同時説部，無以上之”。魯迅繼承明清批評家的觀點，進一步發現《金瓶梅》藝術獨創特點，肯定其在小説史上的地位，對現代《金瓶梅》研究起了開創作用。

第三次，1957 年，毛澤東在中共中央的一次談話中説：“你們看過《金瓶梅》沒有？我推薦你們看一看，這本書寫了明朝的真正歷史。” 1961 年 12 月，他在中央政治局常委和各大區第一書記會議上又説：“《金瓶梅》是《紅樓夢》的祖宗，沒有《金瓶梅》就寫不出《紅樓夢》。” 毛澤東特別關注作者對晚明社會經濟生活的描寫。他説：“《東周列國志》寫了很多國內鬥爭和國外鬥爭的故事，講了許多顛覆敵對國家的故事，這是當時上層建築方面的複雜尖鋭的鬥爭。缺點是沒有寫當時的經濟基礎、當時的社會經濟的劇烈變化。揭露封建社會經濟生活的矛盾，揭露統治者和被壓迫者矛盾方面，《金瓶梅》是寫得很細緻的。”[1]《金瓶梅》寫商業活動，反映經濟領域的矛盾，是《紅樓夢》中沒有或少有的。毛澤東發現了《金瓶梅》對解讀晚明商業資本的歷史價值。

1 逄先知〈古籍新解，古為今用——記毛澤東讀中國文史書〉、程冠軍《共和國思想者》。

對女性形象的新塑造　對小說藝術的新開拓

《金瓶梅》之所以偉大，在於它對女人的發現，對家庭的發現，對商品經濟與市民社會的發現。在描述這諸多發現時，蘭陵笑笑生顯示，他是曹雪芹藝術革新的先驅，是表現人類性愛的大手筆，是晚明社會開始轉型期的敏鋭觀察者、感受者，他以超前的意識思考人生、探索人性。

《金瓶梅》開頭幾回，借《水滸傳》中武松殺潘金蓮一段故事作引子（按：《金瓶梅》崇禎本改寫為“西門慶熱結十弟兄”），表面是宋代的故事，實際上寫明代的生活。《金瓶梅》著力描寫了西門慶家庭內部妻妾之間的爭寵鬥妍，但這種描寫不是孤立的，寫一家而及天下國家，“著此一家即罵盡諸色”（魯迅語）。它不但直接描寫了朝廷內部的矛盾鬥爭，而且把西門之家和官府、朝廷上下勾結連綴描寫，暴露了明代官場的黑暗、政治的腐朽。在某種意義上可以説，西門慶家庭是晚明社會的縮影。

富商西門慶有一妻五妾：吳月娘、李嬌兒、孟玉樓、孫雪娥、潘金蓮、李瓶兒。婢女、丫環有春梅、宋蕙蓮、玉簫、小玉、秋菊等，玩弄的女性有妓女李桂姐、吳銀兒、鄭愛月等，商舖店員的妻子王六兒、僕婦賁四嫂、奶媽如意兒、貴婦林太太等。全書一百回，約九十萬字，刻畫了七百多個人物，形象生動完整，在人物形象體系中佔有重要地位的有三十多個，其中女性形象佔了大多數。《金瓶梅》書名，即以潘金蓮、李瓶兒、龐春梅三個主要人物的名字各取一字合成。諸多女性形象，包括了市民社會中的各個階層。《金瓶梅》的藝術世界，是女性佔據舞台中心，以描寫女性主體意識、性格、心理、生存狀態為重點的女性群體世界。

潘金蓮是裁縫潘裁的女兒，是一位民間美女，也是一位時尚美女。就自然素質看，"有姿色"，也就是説容貌漂亮，"纏得一雙好小腳兒"，在晚明，腳是女人的性愛器官，對男性有無窮的魅力。"本性機變伶俐"，即聰明有心機。就才藝素養看，"從九歲賣在王招宣府裏，習學彈唱"，"教他讀書寫字"，會"品竹彈絲，女工針指"，聰明漂亮，才藝雙全，知書識字。金蓮在王招宣府七年，王招宣死後，又被賣與張大戶，在張大戶家再習彈唱，學彈琵琶。這時，金蓮"長成一十八歲，出落的臉襯桃花，眉彎新月"，已是一位成熟的美女。"張大戶暗把金蓮喚至房中，遂收用了。"使女被收用，就是與主人發生了性關係。這在古代是司空見慣的行為，是使女無法抗拒的。《水滸傳》原文寫金蓮"只是去告主人婆，意下不肯依從"，是不真實的。就金蓮的出身、形貌、素養，《金瓶梅》雖以《水滸傳》第二十四回為素材，但已就《金瓶梅》整體藝術形象的需要做了改寫，突出強調了潘金蓮的聰明美麗。

潘金蓮在張大戶家被"主人婆"趕出，嫁與武大為妻，後被西門慶娶為第五房妾。把金蓮嫁與賣炊餅的武大為妻，這張大戶早晚還要看覷金蓮。金蓮與武大的婚配，形成強烈的反差，等於是對金蓮的懲罰，是極不公平、極不合情理的。當打虎英雄出現在金蓮眼前，武松的男性美與力，不能不使金蓮動情。遭到武松嚴詞拒絕，金蓮仍"餘情不斷"。終於，金蓮的初戀失敗，愛的夢想破滅。金蓮在人生路途上遭受到沉重打擊，此後，走上歧變的人生之路。

在一夫多妻的西門慶家庭中，金蓮不安於被冷落的婢妾地位，爭生存，爭寵愛，處處時時採取主動，以爭取有利的地位。先後與孫雪娥爭、與宋蕙蓮爭、與李瓶兒爭、與如意兒爭、與吳月娘爭，最後敗下陣來，她的美麗與真情被徹底毀滅。

潘金蓮是《金瓶梅》女性世界中的第一號人物。可以說，沒有潘金蓮，就沒有《金瓶梅》。蘭陵笑笑生關注女性生存情態，觀察了解女性，感受研究女性，努力去理解女性。在描寫她們被扭曲的人性之時，很生動形象地展現女性身上的美和這種美的被毀滅。潘金蓮性格多面複雜，精神苦悶壓抑，人生道路曲折。她叛逆封建倫理道德，不滿男性中心社會，有很強的自我意識，爭生存，求性愛，不逆來順受，不安於現狀，反叛三從四德。在晚明這一特定歷史階段，作者敏鋭地感受到女性意識的初步自覺，女性的美與真，以及被社會扭曲的悲哀。作者用如椽之筆傾力塑造潘金蓮形象，從潘金蓮的複雜性格，從其爭生存、爭寵愛的困境中，讓我們今天的讀者觸摸到晚明社會初步轉型期的社會震蕩與時代的矛盾危機。面對社會的新舊因素交織，靈與肉、自然情慾與傳統倫理的複雜呈現，作者是困惑的。他不是婦女解放的呼喚者，時代距離這一要求還很遙遠。但是，蘭陵笑笑生卻是一位發現女人，認為女人也是人的古代不自覺的女性主義者。他給我們塑造了眾多有內在美與外表美的女性（包括宋蕙蓮、春梅等）以及她們的美的被毀滅。

他給我們形象地描寫了晚明的真實歷史。潘金蓮形象是只能出現在晚明的藝術典型，她不可能出現在晚明之前。潘金蓮形象有巨大的歷史深度和前所未有的開拓意義。作者以新的發現、新的感受，創造性地塑造了潘金蓮等成功的藝術典型，實現了小説藝術的重大突破，建造了中國小説史上的一塊重要的里程碑。

《金瓶梅》以市井平凡人物為主要角色，貼近現實日常生活，不再是帝王將相、神魔、英雄的傳奇，標誌著中國小説藝術進入一個歷史新階段。

西門慶：晚明社會開始轉型期的富商形象

西門慶作為 16 世紀的小説人物，是商場上的強者、官場上的貪吏、情場上的能手。但是，好景不長，韶華易逝，他三十三歲，適逢事業高峰、少壯之年暴亡，死得突然。就西門慶之死，有多義性，因而有多種解讀。其一，作者的寓意，想通過西門慶貪慾而亡，説明“女色殺人”，以慈悲哀憐之情懷，勸誡世人節制情慾。其二，讀者和評論家把西門慶作為文學形象看，雖死猶生，其名字可與日月同不朽，以至於在現當代，西門慶之知名度家喻戶曉，成年人無人不知，甚至於還要走向世界，成為國際知名人物形象。其三，從經濟史角度解讀，西門慶的暴亡是商業資本找不到出路的寫照。其四，明代中後期的皇帝，多因縱慾而早亡，正德帝武宗朱厚照，年三十一歲咯血而死，所以有學者認為西門慶形象影射明武宗。

西門慶死後，熱結的十兄弟悼念西門大哥，請水秀才代寫一篇祭文。祭文是一篇男根文化的戲謔之文，把西門慶當作了性的化身，是"堅剛"的，在"錦襠隊中居住，齊腰褲裏收藏"。西門慶死的同一時間，正妻吳月娘生下孝哥。西門慶死了，其生命在延續，託生為孝哥。結局讓孝哥被普靜禪師幻化，孝哥跟普靜禪師出家，起一個法名"明悟"。孝哥是西門慶的化身，出家做了和尚，走向禁慾之路。這是中國古代性小說的一種模式。在《肉蒲團》中，未央生在情場有類似西門慶的經歷，最後聽從孤峰和尚的勸誡，自閹，出家當了和尚，也是走上禁慾之路。作者的用意是善良的，但是，對掌握了性科學的當代人，是沒有説服力的，不會讓人產生畏懼心。

西門慶形象集富商、官吏、情場能手於一身，而主要身份是商人。他經營五六個專營店：藥舖、典當舖、絨線舖、綢絹舖、緞舖等。經營的緞舖，有西門慶和喬大戶兩方投資，正式簽訂合同，按股分紅。夥計韓道國、甘潤、崔本三人管理店舖，將他們算入三股之一的股份，佔有一定份額，利益按份額分配，實行的是股份制經營，建立了管理激勵機制。典當舖的成本為兩千兩，後發展到佔銀兩萬兩，增長十倍。他經營商舖的獲利，顯示出他經營的智慧和商人的才幹。

西門慶精通封建政治，官商勾結，以權謀財。明代鹽法實行"開中"，"開"由官方公佈條例辦法，"中"是官民之間發生關係，為增強邊境軍餉儲備，以糧食換鹽。商納糧後，出所交納糧數及應支鹽數，發給鹽引（支取鹽憑證）。宰相蔡京的乾兒子狀元蔡蘊，回家省親，囊中羞澀。西門慶宴請蔡狀元，並送了厚禮。不到一年，蔡狀元做了兩淮巡鹽御史，蔡蘊再到西門慶家，西門慶盛情接待，並有妓女遞酒陪宿。趁飲酒中間，西門慶提出手中有舊派三萬鹽引，要求比別的商人早支放一個月。結果，西門慶賺了一大筆銀子。（第四十九回）

西門慶一生以生子加官為分界，之前他只不過是一個城鎮小商。他有了錢財，買通官府，拜當朝太師蔡京為乾爹，得了理刑副千戶的官職。從此之後，與朝廷大臣、巡按、知府各方面官員交往甚密，周旋於勳戚大臣之間。情慾上，有一妻五妾，肆意淫人妻子，梳籠妓女李桂姐，霸佔鄭愛月。《金瓶梅》生動形象地描寫西門慶暴發後賄賂權貴、納妾嫖妓、吃喝玩樂，寫他追求高消費。他只看到商品的流通，沒看到商品生產，限於歷史條件，商業資本還不可能轉化為工業資本。

西門慶是晚明社會開始轉型期的商人，是晚明社會機體內在發展變化震蕩期生長出來的，而不是歐洲式的西方商人，也不是所謂"停滯"的封建社會商人，其悲劇性是晚明社會結構特點的悲劇結局所決定的。他不是"贅瘤"，也不是"新人"，而是亦舊亦新、亦商亦官、亦惡亦善、亦情亦慾的一個特殊的商人。所謂"新"，即具有與傳統"重農抑商"思想的不同意識，就當時環境而言，說他是一個強人，是一位特殊的"英雄"，也未嘗不可。

清光緒年間，文龍評點《金瓶梅》第七十九回評中說："《水滸傳》出，西門慶始在人口中；《金瓶梅》作，西門慶乃在人心中。《金瓶梅》盛行時，遂無人不有一西門慶在目中意中焉。其為人不足道也，其事跡不足傳也，而其名遂與日月同不朽。”作者塑造西門慶形象，刻畫其思想性格多面複雜。西門慶形象出現在十六世紀，賈寶玉形象產生在十八世紀，都是中國文學史上亘古未有的人物形象。西門慶形象是作者對中國小説藝術的偉大貢獻。

《金瓶梅》是《紅樓夢》之祖

《金瓶梅》成書於明嘉靖、萬曆年間，先是抄寫流傳，到萬曆四十五年（1617）年刊印《金瓶梅詞話》。現存《金瓶梅詞話》是最早的刊本。崇禎年間刊印的《新刻繡像批評金瓶梅》，是經過評改的本子。清康熙三十四年（1695），張竹坡評點刊印《張竹坡批評第一奇書金瓶梅》，以崇禎本為底本。清康熙四十七年（1708），滿族文臣和素將《金瓶梅》譯成滿文刊印。滿文本刊刻當為翻書房經辦，刊印後應首先呈康熙帝御覽。滿文本譯刊是滿漢文化交融的一個壯舉，説明滿族上層對《金瓶梅》的重視與感興趣。清初至清中葉，張竹坡評本、滿文譯本在宮廷和貴族中流行。曹雪芹讀的應該是張評本與滿文譯本。

最早指出《紅樓夢》受到《金瓶梅》的影響的是脂硯齋。《紅樓夢》甲戌本、庚辰本第十三回有一條眉批：“寫個個皆到，全無安逸之筆，深得《金瓶》壼奧。”《金瓶梅》比《紅樓夢》早問世二百年。在《紅樓夢》產生之前，評論家把《金瓶梅》與《水滸》《三國》《西遊》相並列，稱之為四大奇書中的第一奇書。從脂硯齋這條評語開始，人們把《紅樓夢》與《金瓶梅》相比較，研究二者的關係，開創《金瓶梅》與《紅樓夢》比較研究的新階段。有“脱胎於《金瓶梅》”（諸聯〈紅樓夢評〉）之説，“是《金瓶梅》之倒影”（曼殊〈小說叢話〉），“《紅樓》全從《金瓶》化出”（闞鐸〈《紅樓夢》抉微〉），還有《紅樓夢》是“暗《金瓶梅》”之論。雖然這些看法不一定準確，但都共同注意到了《金瓶梅》和《紅樓夢》之間的密切關係。

如果兩部書你都讀了，讀過之後你會感覺到《紅樓夢》有《金瓶梅》的影子，曹雪芹創作《紅樓夢》繼承與發展了《金瓶梅》的藝術經驗。蘭陵笑笑生是曹雪芹藝術革新的先驅，為《紅樓夢》的創作開闢了道路。

第一，從取材上來説，《金瓶梅》以家庭為中心，寫西門慶商人家庭上聯朝廷官府，下聯市民社會各個階層，寫一家聯繫到天下、國家，反映現實社會。這給《紅樓夢》寫貴族家庭的衰敗開了路。《三國演義》沒有寫家庭，寫的是政治鬥爭。《水滸》沒有寫家庭，寫的是綠林山寨。《金瓶梅》是中國以家庭為題材的第一部長篇小説。

第二，《金瓶梅》與《紅樓夢》共同發現女性美、著力塑造女性形象。兩位作家傾心於女性的世界，觀察、體驗、發現，把人類的另一半推向舞台的中心。這具有文學變革的重大意義，因為傳統的觀念不把女人當作人。他們不僅關注女性，而且發現了女性身上的美。實際上潘金蓮身上有很多美好的方面，蘭陵笑笑生寫潘金蓮的惡的時候沒忘記她有美好的一面。潘金蓮形象給王熙鳳形象塑造提供了經驗，王熙鳳形象裏面有潘金蓮的影子。這兩部書共同打破了過去小說寫好人完全是好、壞人完全是壞的單一寫法。

第三，《金瓶梅》以魯地方言為基礎，善於運用生動鮮活的俗語、歇後語、市語，把人物對話寫得有獨特性格，人物各有各的聲口。這完全為《紅樓夢》所繼承。蘭陵笑笑生與曹雪芹都是語言大師。

第四，打破大團圓的傳統結局，如實描寫人生悲劇。

《金瓶梅》寫成年人的性愛，成年人的性愛生活和性密不可分。《紅樓夢》主要寫情癡，不再以慾為主，而是以情為尚，表現人物之間的性愛時把情給昇華了。《紅樓夢》側重寫少年男女的戀情。要完整地了解少年期的性愛，又了解成年期的性愛，那就兩部書都讀。兩部書不但有繼承關係，還是互補的，可以認為是人生的一部大書的上下兩卷。性愛是人生的一個大問題，關係到我們自身的健康成長、生活的幸福，也關係到社會的和諧、民族素質的提高。英國社會學家埃利斯指出：性的方面符合自然的、健康的發展對於人類進步有重要作用。一個人的性素質是融合他（她）全身素質的一部分，是文化素質的一部分。《紅樓夢》發展了《金瓶梅》拓展的審美領域，直承《金瓶梅》而昇華，不是因襲而是發展。《紅樓夢》繼承《金瓶梅》而超越《金瓶梅》，使中國古代小說達到最高峰。而《金瓶梅》為其開闢了道路，創造經驗，成為《紅樓夢》之祖。可以說，沒有《金瓶梅》就不可能產生《紅樓夢》。兩部巨著都是中華民族的驕傲。

怎樣看《金瓶梅》中的性描寫

關於《金瓶梅》中的性描寫，四百年來眾說紛紜。《金瓶梅》出現在理學走向分化的明代後期，以一種極端的方式，表現了人的自然本性對"天理"的衝擊。從整體上看，把性描寫與社會矛盾的暴露、道德反省、人性弱點的悲憫、人物性格刻畫等內容的結合，把被否定了的、被掩蓋了的性描寫加以正視。從性文學發展史上看，《金瓶梅》中的性描寫有很大的突破，對性文學發展史的研究，也具有一定的參照意義。

《金瓶梅》的兩性不是互愛與平等的，更不是和諧與美好的。性愛生活的更新、美化，是未來社會的一項偉大工程。以寫實見長的《金瓶梅》，不可能寫出這種理想化的性愛。從現在的觀點和文學審美的角度來看，《金瓶梅》中的性描寫，多純感官的再現，實多虛少，缺少情愛的深化，並濃重地反映了封建文人落後的性情趣、性觀念與性恐怖，這些都是應該加以批判的。

作者之謎

《金瓶梅》"直斥時事"，借宋寫明，又是當下時事，有具體的政治背景，有強烈的政治針對性。有學者指出，《金瓶梅》借宋徽宗罵明世宗。宋徽宗、明世宗二人都崇尚道教，二人帝位都是兄終弟及，都缺乏治國能力，朝政腐敗。第七十一回寫道："這帝皇生得堯眉舜目，禹背湯肩，才俊過人……朝歡暮樂，依稀似劍閣孟商王；愛色貪花，彷彿如金陵陳後主。”第三十回寫道：“那時徽宗天下失政，奸臣當道，讒佞盈朝，高、楊、童、蔡四個奸黨，在朝中賣官鬻獄，賄賂公行，懸秤升官，指方補價。夤緣鑽刺者，驟升美任；賢能廉直者，經歲不除。以致風俗頹敗，贓官污吏遍滿天下，役煩賦興，民窮盜起，天下騷然。”作者的筆鋒直指時事，甚至直接批評指責皇帝。著書冒著殺頭的危險，所以作者將真實姓名隱埋得很深，只在序文中留下“蘭陵笑笑生”這一化名。作者到底是誰，三四百年來，眾說紛紜，迄無定論。

作者之謎的破解，成為《金瓶梅》研究的一個熱點問題。雖然，學者們提出的候選名單有一大串，有幾十位作家姓名，分歧很大。也有幾點漸趨一致或多數學者主張：（1）作者個人創作，或一人的創作為主，另有友人參助（另有世代累積説或集體創作説）；（2）作者生活在魯南蘇北方言區，或熟悉此地方言；（3）創作時期在嘉靖末至萬曆初；（4）作者是大手筆、大名士；（5）作者經歷過患難窮愁，入世極深，有深沉的感慨憤怨；（6）熟悉宋史、明史，熟悉小説戲曲。

關於《金瓶梅》作者之謎的破解，應該持樂觀態度。經過學者們的共同努力，從各個不同方面研究考證，會進一步促進對此書創作主體的認識，作者的真姓名、真面貌將會逐漸清晰明朗起來。到那時，我們將會給這位天才作家立一塊豐碑。

中央民族大學學術講座演講稿，原載《光明日報 · 光明講壇》
2011 年 5 月 9 日

二、《金瓶梅》《紅樓夢》合璧閱讀

一位現代著名作家在 1995 年寫的文章中說，《金瓶梅》像《紅樓夢》一樣，是屬全人類的文學瑰寶，不僅屬我們民族，更是屬全人類的文學巨著。到下一個世紀，我們有可能更深刻地理解到這一點。該文章還描述了他讀《金瓶梅》時受到的震撼與感受到的神奇魅力。現在已經進入這位作家所說的新世紀，到了我們更深刻理解《金瓶梅》的年代，況且《金瓶梅》已經經歷了四百多年的歷史檢驗，說明《金瓶梅》有與天地相終始的強大藝術生命力。《金瓶梅》通過讀者而存在，生命不息，光照人間。

《金瓶梅》在前，產生在明嘉靖、萬曆年間（16 世紀）；《紅樓夢》在後，產生在清乾隆年間（18 世紀）。《紅樓夢》沿《金瓶梅》而產生，《金瓶梅》因《紅樓夢》而更具藝術魅力。《金瓶梅》重寫性寫實，開掘至人性極深處；《紅樓夢》重寫情寫意，通向人類未來。以前，兩部書在讀者中是隔離的，讀者對《金瓶梅》有道聽途說的誤解。對《金瓶梅》的誤解，也影響了對《紅樓夢》更深刻的理解與研究。把《金瓶梅》與《紅樓夢》合璧閱讀，有人生價值觀修煉與文學創新研究的重要意義。

《金瓶梅》是《紅樓夢》之祖，《紅樓夢》繼承與發展了《金瓶梅》的藝術經驗

中國古代小説，到明代、清代極為繁榮昌盛，達到了歷史的高峰。《金瓶梅》《紅樓夢》就是古代小説的兩個高峰。《紅樓夢》可以説是最高峰，《金瓶梅》是次高峰。

明代有四部著名的長篇小説——《三國演義》《水滸傳》《西遊記》《金瓶梅》，合稱為"四大奇書"。《金瓶梅》是四大奇書中的第一奇書，明清有三種木刻版的《金瓶梅》，其中有一種就叫《張竹坡批評第一奇書金瓶梅》。《金瓶梅》比《三國演義》《水滸傳》更偉大、更豐富、更複雜、更創新。《三國演義》寫政治鬥爭，寫各個統治集團之間的戰爭，是歷史演義小説。《水滸傳》寫綠林山寨、傳奇英雄故事，是英雄傳奇小説。《金瓶梅》寫一個商人西門慶的家庭興衰故事，是以家庭為題材；寫現實日常生活，是一部世情小説。西門慶家一妻五妾：吳月娘、李嬌兒、孟玉樓、孫雪娥、潘金蓮、李瓶兒。西門慶經營五六個商舖：生藥舖、緞子舖、綢絹舖、絨線舖、典當舖等。西門慶本來是一個普通的小商人，從父親那裏繼承了一個生藥舖，因為他善於經營，積累了更多財錢，用錢買官，給朝廷太師蔡京的管家翟謙送上西門慶夥計的女兒韓愛姐做小妾，後通過翟謙給蔡拜壽送上大量禮物，拜蔡京做乾爹，蔡京讓他做了提刑所副千戶。西門慶通過政商勾結、販鹽、放貸等積累了大量財富，家財有十幾萬兩。《金瓶梅》寫一商人之家，輻射到朝廷、官府。其描寫以家庭為中心，聯繫到整個晚明社會，是

中國以家庭為題材的第一部長篇小說。《紅樓夢》寫賈府，賈元春做了皇妃，上連朝廷，元春說自己到了那“不得見人的去處”。《紅樓夢》寫賈府內部主奴之間、妻妾之間、奴僕之間的矛盾，就人物結構關係而言，有類似西門慶家庭的地方。《紅樓夢》寫到賈府的衰敗，坐吃山空，出的多，進的少，抄檢大觀園之後，樹倒猢猻散，“落了一片白茫茫大地真乾淨”。在《紅樓夢》之前，《金瓶梅》寫商人家庭的敗落，在西門慶死後，妻妾各奔東西，西門慶的遺腹子孝哥被普靜禪師收留，出家做了和尚。

《金瓶梅》以家庭為中心，聯繫整個社會，反映廣闊的晚明社會現實，給《紅樓夢》寫貴族家庭的興衰開闢了道路。明代的其他三部奇書《三國演義》《水滸傳》《西遊記》都沒有寫家庭。這是《金瓶梅》影響了《紅樓夢》的第一方面。

第二，《金瓶梅》塑造了眾多女性形象，妻妾潘金蓮、李瓶兒、孟玉樓、吳月娘，丫環女僕宋惠蓮、春梅、如意兒、秋菊，妓女鄭愛月、李桂姐、吳銀兒等。成功的人物形象有三十多位，人物之間形成一群體結構體系，相互依存又相互矛盾衝突，爭寵鬥艷。《紅樓夢》對女性形象的塑造，借鑒了《金瓶梅》。王熙鳳形象有潘金蓮的影子，王夫人形象有吳月娘的影子，晴雯形象有春梅的影子。兩書都傾心於女性世界，觀察、體驗、發現，把人類中的另一半推向舞台的中心，而且共同發現女性美、女性的聰明才智以及語言的生動流利與尖刻。兩部書寫了兩個不同時代的女兒國。儘管有的女性有淫蕩、爭寵等負面的品格，但又都有美好的一面。打破敘好人完全是好、壞人完全是壞的單一寫法，是從《金瓶梅》開始，《紅樓夢》又加以發展。《金瓶梅》《紅樓夢》的主要人物形象都是多重性格的複雜人物。潘金蓮、王熙鳳都有狠毒的一面，有些惡的品質。但是，讀者又喜歡她們。潘金蓮、王熙鳳是兩個有才能的女人，兩個要強的女人，兩個有自主意識的女人，兩個向男性霸權挑戰的女人，兩個分別來自上層與下層但都被社會制度毀滅的女人。兩個女性形象的悲劇結局，呼喚社會改變女人的處境地位。

第三，《金瓶梅》以魯地方言為基礎，善於運用生動鮮活的俗語、歇後語、市語，把人物對話寫得有獨特性格。這一點完全為《紅樓夢》所繼承。《金瓶梅》寫人物語言的功力更在《紅樓夢》之上。我們經常提到《紅樓夢》中的一些話："千里搭長棚，沒有不散的宴席""捨得一身剮，敢把皇帝拉下馬""前人撒土，迷了後人眼""打旋磨兒""不當家花花的"都是《金瓶梅》中的語言。張竹坡在評《金瓶梅》時專寫一篇《第一奇書金瓶梅趣談》，輯錄《金瓶梅》中歇後語近一百條。在語言上，兩書有一點不同，《紅樓夢》產生在清代乾隆年間，曹雪芹受滿族文化影響很深，懂滿語，《紅樓夢》中有滿語詞，滿漢兼詞。《紅樓夢》第五十三回，烏進孝繳租單當中有"暹豬"，為滿漢兼詞，滿語"暹比"，脱落之意。暹豬為脱毛的豬，即白條豬，而非"暹羅種的豬"[1]。又如，"龍豬"，即籠豬，係指用白樺小木籠專門飼養的小乳豬，送京師、盛京，係吉林

1　周定一主編：《〈紅樓夢〉語言詞典》，商務印書館 1995 年版，第 929 頁。

將軍大宴用品。周定一主編《〈紅樓夢〉語言詞典》解："龍豬，豬的一種，毛長，肉瘦。" 甚費解，與原意不符。

第四，《金瓶梅》《紅樓夢》打破大團圓的傳統結局，如實描寫人生悲劇。兩書都背離傳統，肯定人慾，置身現實，追求創新。《紅樓夢》直承《金瓶梅》而超越《金瓶梅》，使中國古代小說達到最高峰。

最早指出《紅樓夢》受《金瓶梅》影響的是脂硯齋。《紅樓夢》第十三回有一條眉批："寫個個皆到，全無安逸之筆，深得《金瓶》壼奧。"（甲戌本眉批、庚辰本眉批）在《紅樓夢》產生之前，評論家把《金瓶梅》與《三國演義》《水滸傳》《西遊記》相並列，稱為"四大奇書"。脂硯齋這條批語開始，把《金瓶梅》與《紅樓夢》相比較，研究二書之間的關係，開創了《金瓶梅》《紅樓夢》比較研究的新階段。清末民初有如下一些說法：

> 《紅樓夢》脫胎於《金瓶梅》（諸聯〈紅樓評夢〉）。
>
> 《紅樓夢》是《金瓶梅》之倒影（曼殊〈小說叢話〉）。
>
> 《紅樓夢》全從《金瓶梅》化出（闞鐸〈《紅樓夢》抉微〉）。
>
> 《紅樓夢》借徑在《金瓶梅》…… 是暗《金瓶梅》（張新之〈《紅樓夢》讀法〉）。

直到現在，讀者仍關注《金瓶梅》與《紅樓夢》之關係。哈佛大學華裔學者田曉菲在《秋水堂論金瓶梅》一書中認為：

《紅樓夢》是對《金瓶梅》的改寫、重寫。

雖然這些看法不完全準確、科學，但都共同注意到《金瓶梅》對《紅樓夢》的影響。

毛澤東在 20 世紀五六十年代中央高層幹部會議上的講話中曾指出："《金瓶梅》是《紅樓夢》的祖宗，沒有《金瓶梅》就寫不出《紅樓夢》。""這本書寫了明朝的真正歷史。"[1]

《金瓶梅》《紅樓夢》：以情愛為主題，是情愛這部人生大書的上下卷，兩書不但有繼承關係，還是互補的

兩部書都寫性愛這一主題（"情愛"與"性愛"二詞略有差別，但可通用）。《金瓶梅》寫性愛以性為中心，直接描寫了人物的性行為、性心理。《金瓶梅》第二十七回"李瓶兒私語翡翠軒，潘金蓮醉鬧葡萄架"是書中的重要章回，並列寫李瓶兒的溫柔平和、潘金蓮的激情醉鬧，在多配偶家庭結構中，描寫一男多女之間情愛的微妙差異與矛盾。在這一回，金蓮、瓶兒、玉樓、春梅相繼出場，分別顯示不同的性格。金蓮嫉妒，爭寵愛，心直口快，語帶鋒芒，顯示與瓶兒的針鋒相對。玉樓超脫冷靜，以彈月琴的主要動作襯托金、瓶二人。春梅在主子面前故意撒嬌，顯示亦備受寵愛。

第二十七回寫"私語"與"醉鬧"有三重背景：西門慶派家人來保去東京給太師老爺送禮行賄，販私鹽罪鹽商王霽雲

1 龔育之、逄先知、石仲泉：《毛澤東的讀書生活》，生活·讀書·新知三聯書店 2009 年版。

等獲釋放，翟謙要西門慶在六月十五日給太師慶壽。這兩件事，使西門慶“滿心歡喜”，開始給太師打造上壽的銀人、壽字壺、蟒衣，並派來保送往東京。這是社會大背景。六月初，天氣炎熱，雷雨隱隱，瑞香花盛開，石榴花開。這是小環境中的自然背景。西門慶勾結官府得逞後，在翡翠軒卷棚內散發披衿避暑。這是人的心理背景。在三重背景下寫“私語”與“醉鬧”。西門慶與瓶兒私語：“我的心肝，你達不愛你別的，愛你好個白屁股兒。”瓶兒説：“奴身中已懷臨月孕。”這兩個重要信息被敏感的潘金蓮聽到。她心直口快，並不把信息暗藏在心裏，在“醉鬧”前，玉樓、金蓮來到翡翠軒，西門慶等丫頭拿肥皂洗臉，金蓮説：“尋那肥皂洗臉，怪不的你的臉洗的比人家屁股還白！”金蓮坐豆青瓷涼墩兒，玉樓叫她坐椅子上，那瓷墩兒涼，金蓮道：“不妨事，我老人家不怕冰了胎。”已顯見金蓮與瓶兒針鋒相對，與之爭寵。西門慶與瓶兒真情私語，與金蓮則是有性無愛地醉鬧。此回著力寫潘金蓮的性行為、性心理，突出刻畫她的自然情慾與爭強好勝的“掐尖”性格，把性行為描寫與廣闊的社會生活聯繫，與人物性格刻畫聯繫，與探索人性聯繫。表現了蘭陵笑笑生通過性愛塑造人物、探索人性奧秘的非凡藝術才華。

《紅樓夢》寫情愛，以情為靈魂，描寫情的昇華。《紅樓夢》第十九回“情切切良宵花解語，意綿綿靜日玉生香”，寶玉到黛玉房中看望，要替黛玉解悶。寶玉要與黛玉枕一個枕頭上，黛玉讓寶玉枕自己的枕頭，黛玉另拿一個，自己枕了，對面倒下。黛玉發現寶玉臉上有胭脂膏子，黛玉用自己的手帕替他揩拭了。寶玉只聞得一股幽香從黛玉袖中發出，問這奇香是從哪裏來的，黛玉問：“我有奇香，你有暖香沒有？”（人家寶釵有“冷香”，你就沒有“暖香”去配？）黛玉用手帕蓋上臉，寶玉怕她睡出病來，寶玉給講耗子精故事：一小耗子接受耗子精指令去偷食品，小耗子用變成香芋的辦法去偷，結果變成一位美貌小姐。要變果子怎麼變出小姐？“我説你們沒見世面，只認得這果子是香芋，卻不知鹽課林老爺的小姐方是真正的香玉呢。”黛玉要擰寶玉的嘴。這時寶釵來到，二人罷手。

這是寶玉、黛玉相愛過程中最為歡娛的時刻，充滿了純真相愛的真摯情感，又淡淡地表現了黛玉的擔心與排他的摯愛之情。曹雪芹繼承了李贄“童心説”思想，塑造了純情的賈寶玉形象，以西門慶形象為反向參照，顛覆了西門慶，呼喚人類在心靈上回歸童年。

《金瓶梅》第二十七回淋漓盡致寫西門慶與李瓶兒、潘金蓮的歡愉性行為，從早晨歡愉到日色已西。本回回末有詩説“休道歡愉處，流光逐暮霞”，隱寓西門慶樂極悲生，終走向死亡。全面的性滿足，則離死亡不遠。西門慶不講性安全，不講性道德，瘋狂地放縱情慾，耗竭腎陽，染上楊梅瘡（可能從妓女鄭愛月染上）而死亡，終年三十三歲，以極端的方式背離“樂而有節”的優良傳統，毀滅了生命。

《金瓶梅》《紅樓夢》合璧閱讀，會覺得兩位作家共同探討一個人生的大問題：人性中的情與性如何平衡和諧？古代作家描寫、思考這一問題，感到困惑：為什麼人世間因性愛而產生這麼多痛苦、煩惱、悲哀呢？人性怎樣去惡從善呢？性與情之間怎麼這麼多樣複雜呢？因性生愛，因愛生性，性與愛共生，怎麼會有性無愛呢？

陰陽和合，節制慾望，精神、肉體並重是中國古代性愛文化的主流。在這種觀念指引下，性愛被看作是合乎自然的行為，而不是罪惡。性愛是關乎我們自身的健康成長、生活幸福，也關乎社會和諧、民族素質提高。英國學者埃利斯在《性心理學》中指出："在性的方面，符合自然的、健康的發展，對於人類的進步有重要作用。" 性愛是人生的大問題，也是文學永恆的主題。

《金瓶梅》不是單純地寫性，它描寫慾望和生命的真實，批判虛偽，批判縱慾，探索人性到極深處。我們應以極嚴肅的態度、極高尚的心理，閱讀理解《金瓶梅》的性描寫。潘金蓮、龐春梅是市民中的平凡女性，她們以自己的美麗與才藝為驕傲，自卑的是貧窮，她們以極端的方式手段叛逆正統，爭生存求性愛，不甘心人生命運的卑賤。《金瓶梅》與《紅樓夢》是女人的悲劇，其中的每位女性都值得同情、憐憫，引起我們的深思探索，它們是中國古代文學寫性愛的最偉大作品，它們給我們了解明代市民與清代貴族青年性愛生活提供了形象資料。性愛生活上，堅持美的追求，達到美的境界，是人類自身解放個性自覺、精神文明建設的長遠課題，潘金蓮、龐春梅、林黛玉形象是女性的過去。我們今天的姐妹們要建設美好的生活，我們有美好的明天。

《金瓶梅》《紅樓夢》分別表現了少年之情與成年之性，在這種意義上說，兩書是互補的，是性愛人生的上下卷。

賈寶玉、林黛玉是重情感的代表，他們的情愛是通向未來的；西門慶、潘金蓮表現從自然本性出發的生理需求，他們在慾望的泥潭中掙扎

《紅樓夢》一百二十回分前八十回、後四十回，前八十回是曹雪芹的原著，後四十回是高鶚的續作，後四十回不如前八十回那麼好，有些地方違背了曹雪芹的原意，但也有貢獻。黛玉焚稿斷癡情，王熙鳳她們搞了個調包計，背著賈寶玉把薛寶釵當作林黛玉與寶玉成親。黛玉悲憤死亡，寶玉終於出家當了和尚，造成人生的大悲劇。《紅樓夢》寫賈寶玉、林黛玉愛情悲劇，以賈府的興衰為背景。沒有了賈寶玉、林黛玉的愛情悲劇，也就沒有了《紅樓夢》。

《紅樓夢》第五回，警幻仙子領寶玉遊太虛幻境，送寶玉到一香閨繡閣之中，裏面有一位鮮艷嫵媚的女子，像寶釵，又像黛玉。接著警幻仙子與寶玉談話，警幻仙子說：

> 吾所愛汝者，乃天下古今第一淫人也……淫雖一理，意則有別。如世之好淫者，不過悅容貌，喜歌舞，調笑無厭，雲雨無時，恨不能天下之美女供我片時之趣興，此皆皮膚濫淫之蠢物耳。如爾則天分中生成一段癡情，吾輩推之為“意淫”。“意淫”二字，惟心會而不可口傳，可神通

而不可語達。汝今獨得此二字，在閨閣中固可為良友，然於世道中未免迂闊怪詭，百口嘲謗，萬目睚眦……

“意淫”的提出和對賈寶玉的形象的塑造，在中國古代性愛史上具有劃時代意義。賈寶玉形象所體現的“意淫”有多層的含義（也就是説，賈寶玉、林黛玉的愛情有什麼特點）。

第一，熱愛女性，尊重女性，體貼女性，反對男性中心、男尊女卑。“女兒兩個字極尊貴、極清淨的，比那阿彌陀佛、元始天尊的這兩個寶號還更尊榮無對的呢。”（《紅樓夢》第二回）尊重女性，超越佛、道二教。女性是美的象徵，是情愛的天使。現代作家冰心説，女性有人類百分之五十的真，百分之七十的善，百分之八十的美。曹雪芹發現並讚揚青春女性的美。賈寶玉説，女兒是水做的骨肉，見了女兒便覺清爽，男人是泥做的骨肉，見了男人便覺濁臭逼人。這種意識是純潔的，也是有現實依據的。賈府中的男人賈赦、賈璉、賈珍都是“皮膚濫淫”之輩，他們身上充滿了腐敗的思想行為。

第二，“意淫”帶有浪漫理想色彩。大觀園是人世間的桃花源，是少男少女情愛的世界。賈寶玉是在逍遙之境生發情愛，展示情愛。在實際生活中，在成年人那裏，應該説，性大於愛，性大於情。《紅樓夢》以情為核心，寫青少年男女的戀情，是浪漫的、理想的。

第三，以現代思想觀念審視“意淫”是一種超前意識，具有劃時代意義。賈寶玉、林黛玉之間所以執著相愛，是有共同的思想，反對走仕途之路，反對封建倫理，有民主意識，是叛逆者。寶釵也有形體美，寶玉欣賞寶釵的臂膀，心想：這膀子為什麼不長在林妹妹身上。但寶玉終不願與寶釵結合，寶玉不愛寶釵的心靈，因寶釵勸他按傳統要求做人。寶、黛愛情有共同一致的思想基礎，這是《紅樓夢》深刻偉大之處。過去的《西廂記》《牡丹亭》都沒有這種思想，都寫一見傾心，簡單、平面而沒有更深厚的內容。青年男女相愛，除思想一致、感情投合之外，不附加金錢、權力等條件，這是現代愛情原則。《紅樓夢》寫寶、黛之間具有現代愛情的特色，《紅樓夢》寫情愛展開了一個新的境界，寫出了建立在相互了解、思想一致基礎上的愛情。

第四，《紅樓夢》把美好的同性戀與異性戀同樣放在"意淫"範疇內，放在情的高度上，加以含蓄描寫，持同情、寬容態度。寶玉與秦鍾、寶玉與蔣玉函都有同性戀傾向。在中國古代性文化史上，稱同性戀為"斷袖""分桃""龍陽"，有一些古代小説寫了古代同性戀題材。

第五，"寶玉情不情，黛玉情情"（《紅樓夢》己卯本夾批引書末情榜評）。寶玉是大愛，對花木鳥獸等"不情"他也愛，他是主動愛而不是被動接受愛。

全面分析"意淫"，從"意淫"在賈寶玉形象中的體現看，"意淫"不是脱離肉慾的精神戀愛，寶玉除了情，也有慾的方面，如：《紅樓夢》第五回寫寶玉遊太虛幻境，受到性啟蒙，在秦可卿臥室夢中遺精。《紅樓夢》第十九回寫寶玉聞黛玉的體香從袖中發出，聞之醉魂酥骨。襲人是寶玉的丫鬟，等同於侍妾，《紅樓夢》寫了寶玉與襲人同領警幻仙子所訓雲雨之事。

不能説寶玉的愛情完全脱離肉慾，《紅樓夢》在情愛描寫上，更重視情的昇華，注意把情與性統一起來。這種藝術成就，今天仍可作為當代文學創作的借鑒。

現代社會是一個經濟增長凌駕於情感滿足之上的社會。物質慾望膨脹，精神需求萎縮，就更需要加強精神生活建設。幸福美滿的愛情，要靠新一代青年創造。恩格斯在《家庭私有制和國家的起源》中論述真正的愛情時説：成長起來的新一代"這一代男子一生中將永遠不會用金錢或其他社會權力手段去買得婦女的獻身；而婦女除了真正的愛情外，也永遠不會再出於其他某種考慮而委身於男子"。賈寶玉的"意淫"，林黛玉的情癡，屬真正的愛情，把金錢、權力和情感顛倒了過來，寶、黛愛情對傳統社會具有顛覆性作用，是通向未來的。

在《金瓶梅》中西門慶與妻妾之間，金錢、權力凌駕於情感滿足之上，男女在性與情感上是不平等的。從人的自然屬性出發的生理需求更突出，物慾、性慾橫流，他們在慾望的泥潭中掙扎、沉淪、毀滅。賈寶玉、林黛玉是重情的代表，表現對自然本性的超越，他們的愛在大觀園中提升。説到這裏，有一個很尖鋭的問題擺在我們面前：我們反省自身，更像賈寶玉、林黛玉呢，還是更像西門慶、潘金蓮？哈佛大學有一位學者認為我們大多數人更接近西門慶、潘金蓮。對這種觀點應加以修正。少年男女更接近賈寶玉、林黛玉，人類形而上的本性、人類自我完善的方向更接近賈寶玉、林黛玉。素質低，放任自然本性，就更接近西門慶、潘金蓮。

《金瓶梅》《紅樓夢》合璧閱讀，使人既了解成年人的性愛，也了解少年人的情感至上，啟示我們深入了解人性，遠離對人性的盲目，懂得人性，修煉人性，超越自然本性，回歸宇宙大愛，走向人生的天地境界（人生可分自然境界、功利境界、道德境界、天地境界，以天地境界為最高）。

大連圖書館白雲書院演講稿，原載《光明日報．光明講壇》
2013 年 1 月 7 日

三、《金瓶梅》的一項基礎研究工程：崇禎本、張評本的整理、校註

1987 年得到齊魯書社版《金瓶梅》，簡體字橫排，裝幀古雅，是王汝梅等同志校點的。齊魯版是“張竹坡批評第一奇書”本。稍後，香港星海文化出版有限公司出版了梅節校點的《金瓶梅詞話》。時隔八年，即 1994 年，我又高興地讀到了王汝梅同志獨自校註的《金瓶梅》張評本。吉林大學出版社出版，繁體字豎排，裝潢艷麗，流光溢彩，賞心悦目。前此，他與齊煙合作校點出版了崇禎本的會校本。我看到的是三聯、齊魯聯合版（1990，香港），四號字繁體豎排，特十六開本，紙張印製皆精良。《金瓶梅》的版本，兩系三類，即詞話本、崇禎本和張評本，王汝梅同志的校點整理工作，居然“三分天下而有其二”，其地位和價值是不言而喻的。此外，他還與侯忠義同志合編了《〈金瓶梅〉資料彙編》（初編、續編），參加了王利器先生主編的《〈金瓶梅〉詞典》的編寫工作，以及出版專著《〈金瓶梅〉探索》。從 1981 年他在《文藝理論研究》上發表〈評張竹坡的《金瓶梅》評論〉算起，十五年來，他勇於探索，孜孜不倦；在《金瓶梅》校註方面，更是刻苦研討，精益求精。

版本研究是校勘古書的基礎，古典小說也不例外。而且在古時小說每被看作閒書，非比經史詩文，誰抄誰改，誰刻誰改，形成極其錯綜複雜的系統和種類，不分清它們的源流、系

統及其分合，校勘工作將無從入手。《金瓶梅》自問世以來，四百年中屢遭禁毀，即使如此，已發現者大約亦不下三十種，分散保存在國內外各大圖書館以及藏書家個人手中。當然無法集中，比對研究也就有莫大的困難。因係奇書，孤本秘籍，查閱也至為不易。

怎麼辦？只有跑圖書館。據齊魯版張評本〈校點後記〉記載，首先是長春市的四個大圖書館，東北的還有大連圖書館；隨後進關，京津地區是重點，四個圖書館，北方的還有山東大學圖書館；最後南下，來至滬上，查了兩個圖書館。可謂千辛萬苦。收穫也是豐富的，此次校勘，除以本校館藏本做底本外，參校的版本即有北京大學圖書館藏本、天津圖書館藏本、上海圖書館藏本、首都圖書館藏本、四十七回殘本（以上，屬崇禎本系統），本衙藏板本、影松軒藏板本、清乾隆丁卯本、在茲堂本、皋鶴草堂梓行本（以上，屬張評本系統）——佔有儘可能多的版本，是校勘古書的最必要的條件。

重要的是通過初步比對，確定了諸本間的版本關係：“張評本是以《新刻繡像批評金瓶梅》，即崇禎本為底本的。這個本子和詞話本有若干不同之處。”（〈校點後記〉）因此，用崇禎本為參校本，而未用詞話本參校。在張評本內部，又區分出有回前評本與無回前評本兩種，確定以有回前評語的“本衙藏板翻刻必究”本，即吉林大學藏張評康熙本（王汝梅稱“甲種本”）做底本，因為它和無回評的“本衙藏板翻刻必究”本，即康熙張評乙種本（與甲種本為同板）是後來的兩個系列的翻刻本的祖本。最後，“為保持張評康熙本原貌，對確定為張評本有意刪改或據崇禎本刪改的文字（‘據’，當改作‘沿襲’），不據參校本補改”（〈校點後記〉）。這個原則也是正確的。

問題是吉大本缺〈凡例〉和〈第一奇書非淫書論〉兩篇，而無回評的在茲堂本等卻不缺，從而引起人們對該兩篇是否出於張竹坡之手的懷疑。王汝梅同志進行了頗有説服力的考證，證明也是竹坡所作，因據在茲堂本補入。

齊魯版張評本印了萬部，很快售空，於是加以重印，王汝梅同志在重印本的跋語中對校點上存在的失誤做了檢討與修正，主要是“初印本在改字上，持了過於拘謹的態度。有些字，可以徑改的，也未改。重印本，以崇禎本為依據，作了改正”。舉了五個例子，如初印本的“喬多孔子”，崇禎本和詞話本皆作“喬家孩子”。校點者勇於自我批評和對讀者高度負責的精神是難能可貴的。

意義重大的是公佈發現了一部完整的張評本原版本，“它與我們作為校點底本的康熙本為同版。卷首總評部分不缺〈凡例〉〈第一奇書非淫書論〉兩篇。此部張評康熙本的發現，證實了我們在張評本〈校點後記〉中的推演是符合實際的。校點本初印時據在茲堂補入的兩篇，重印本中用原刊本核校過”。這當然是非常可喜的，遺憾的是並未公開此原刊本的收藏處所。

按下張評本一端，我們再看王汝梅同志對於崇禎本一系諸本內部關係的探討。

他在崇禎本會校本〈前言〉中說：“崇禎本系統，即《新刻繡像批評金瓶梅》，現存約十五部（包括殘本、抄本、混合本）。”又說：“現仍存世的崇禎本（包括清初翻刻的崇禎系統版本）有十幾部，各部之間大同中略有小異。從版式上可分為兩大類。一類以北京大學圖書館藏本為代表，書每半葉十行，行二十二字，扉頁失去，無〈廿公跋〉，回首詩詞前有‘詩曰’或‘詞曰’二字。日本天理圖書館藏本、上海圖書館藏甲乙兩本、天津圖書館藏本、殘存四十七回本等，均屬此類。另一類以日本內閣文庫藏本為代表，書每半葉十一行，行二十八字，有扉頁，扉頁上題《新鐫繡像批評原本金瓶梅》，有〈廿公跋〉，回首詩詞前多無‘詩曰’或‘詞曰’二字。首都圖書館藏本、日本京都大學東洋文化研究所藏本屬此類。”會校本的好處在於有校字記。我考察過此本全部校記，北大本和內閣本對於詞話本分別有各自的修改文字，確屬兩類版本。（兩者出現異文時，張評本多從北大本）

兩大類內部之區別，則根據眉批行款的不同：“崇禎諸本多有眉批和夾批。各本眉批刻印行款不同。北大本、上圖甲本以四字一行居多，也有少量二字一行的。天圖本、上圖乙本以二字一行居多，偶有四字一行和三字一行的。內閣本眉批三字一行。首圖本有夾批無眉批。”（會校本〈前言〉）

那麼，會校本以何種版本做校勘底本呢？校者選定了北大本。原刊本不存，而“北大本是以原刊本為底本翻刻的，為現存較完整的崇禎本”（會校本〈前言〉）。

主要參校本有內閣本、首圖本、吳藏本、詞話本、張評本。吳藏本，係吳曉鈴先生藏抄本，屬北大本一類。據我的考察，又跟張評本有共同異文。此次會校，採取了詞話本是一個進步。因為“大量版本資料說明，崇禎本是以萬曆詞話本為底本進行改寫的，詞話本刊印在前，崇禎本刊印在後。崇禎本與詞話本是母子關係，而不是兄弟關係”（會校本〈前言〉）。

在如何使用參校本以及寫定正文用字方面，齊煙在〈校點後記〉中所撰校例，是有重要的參考價值的。

一再校勘，積累了豐富經驗，於是王汝梅同志得以獨立完成新的張評本校註工作。

新本新在何處？從版式上看，改舊本簡字橫排為繁體豎排。前者有普及性，包括一般讀者。新本僅印三千，供研究之用。繁體直排可以更好地保持此書的原貌。其次，舊本將眉批、旁批一律移至地腳。新本底本中的眉批、行內雙行小批，均依原位置付排。行間旁批，移入行內排成雙行小批，每條批語前加“旁批”二字註明，以與行內雙行小批相區別。此種變通方法，眉目清爽，便於排印和閱讀。

在內容上，新本增加了校記和註釋。

有重大學術意義的是所用底本性質的確認和參校本的使用。新校本的底本雖然仍是吉林大學圖書館收藏的“本衙藏板翻刻必究”本，但經與前面提到的原刊張評本（大連圖書館藏本）對讀，發現兩者並非同版。比較正文的結果是：“所有文字相異處，大連圖藏本同崇禎本，而吉大圖藏本則與崇禎本相異。說明大連圖藏本正文更接近崇禎本，大連圖藏本刻印在前，吉大圖藏本是據大連圖藏本加工修飾而成。”（新校本〈前言〉）於是重新定名大連圖藏本為張評甲本，吉大圖藏本為張評乙本。

張評乙本的加工刊刻者是誰？經王汝梅同志考證，初步判定為張竹坡的弟弟張道淵。“張道淵是竹坡評點刊刻《金瓶梅》的知情者、支持者，在竹坡死後，又是張評本的修訂覆刻者，也應是竹坡手稿的存藏者。”（新校本〈前言〉）張道淵，字明洲，號蘧庵，江蘇銅山（今徐州市）人。生於康熙十一年壬子（1672），死於乾隆七年壬戌（1742），享年七十一歲，鄉謚孝靖先生。性友愛，富藏書，不樂仕進，有詩文之豪興，著有〈仲兄竹坡傳〉等，他在文化工作方面做了兩件大事：一是修撰《張氏族譜》，二是復刻修訂張評本《金瓶梅》。對後者，王汝梅同志考證頗詳。張評甲本評語與張評乙本在文字上有差異，並且有若干小批、眉批，為乙本缺略。如第一回回前評語，甲本：卜鄰亦要緊事也。乙本：卜鄰當慎也。乙本文字便有可能是張道淵所改。

校勘所用參校本有五：大連圖書館藏本、內閣藏本、北大藏本、吳藏本、詞話本。兩系三類有代表性的版本具備，即此亦足。採用詞話本是必要的，因為崇禎本一改，張評本再改，以訛傳訛，訛而又訛，在所難免。張評甲本對於校勘的重要性是顯而易見的，雖然它也有獨出之異文，係後人所改，或寫刻訛誤。張評本之所以重要，就在於它有張竹坡的評語。張評乙本缺略者，以張評甲本批語校補，方得完全。這是取長補短，使舊校本更新，首先要提到的。特別重要的是，在張竹坡書前總評〈寓意說〉之末，張評甲本多出二百二十七字，是一段小序性的文字，有重要的史料價值。

在正文校勘方面，“底本正文文字，悉從原貌，除明顯誤刻外，一般不做改動。底本與參校本有重要異文者，則一面保留原文，以存其真；一面酌情出異文校記，以供了解文字異同、版本嬗變情況，以求有助於閱讀理解本文”（〈校註說明〉）。這是校者擬定的校勘原則。通讀全部校記，得知汝梅基本上貫徹了這一準則，就是說誤刻外，也有少量據參校本改的，如“閥閱”改作“閒閱”之類。這些改補完全是必要的。

清代的校勘學家有兩派，一派以顧廣圻為代表的所謂“不校之校”學派，即不以參校本異文改易底本原文，而把異文寫入校勘記。另一派主張可酌情用參校本異文改補底本之訛脫，其代表者為王念孫、王引之父子。阮元校《十三經注疏》和王利器校天都外臣序本《水滸傳》，皆係“不校之校”。

看來汝梅同志取法的是顧派，又稍有變通。做如此之選擇，是有他的考慮的。他在齊魯版重印本跋中說：“張竹坡評本《金瓶梅》初刊在康熙三十四年（1695）。張評康熙本極罕見。原刊本，暫時不能影印，研究者又想見到原貌。適應這一要求，初印本在改字上，持了過於拘謹的態度。有些字，可以徑改的，也未改。”這個問題，新校本依然存在，比如“何沂”為“何讐”的誤刻，“狄斯杇”乃“狄斯彬”，“孟商王”應是“孟蜀王”，“陳宗美”詞話本作“陳經濟”，這是人名或稱號，自應以改正為是。再如以下三條校記：“‘薑汁’，詞話本作‘人言’。人言即信石，砒霜之別稱。崇禎本改‘人言’為‘薑汁’與文意不符。”既然如此，便應據詞話本徑改。“‘一個砂子’，崇禎本同。詞話本作‘一個漢子’。”此指陳經濟，崇禎本誤改。“‘龔其’，詞話本、崇禎本作‘龔共’。有學者考證應作

'龔夫'，北宋時歷史人物。"——按："夫"當作"夬"，"夫"字或誤排。這些名稱錯誤，本來全是汝梅同志校對出來的，然而，只不過寫在校記裏，對於正文來説，卻是知錯而未改，顯然是為自律所限。

當然，汝梅同志有很強的辨識能力，新本的校勘是極精審的。下述各例，便可説明：

1. "挺臉兒"，詞話本、崇禎本同。疑為"涎臉兒"。

2. "如今急水發，怎麼下得槳"，詞話本作"如今施捏佛施燒香，急水裏怎麼下得槳"。"施"，當可校作"旋"。

3. "看來的的可人娛"，崇禎諸本、張評諸本同。"的的"疑為"灼灼"的誤刻。——按：此句的上句是"種就藍田玉一株"，下文有"妖嬈偏與舊時殊"。

4. "白皇親"，詞話本、崇禎本同。應作"向皇親"，宋徽宗無白姓後妃。

5. "虎摘三生路"，詞話本、崇禎本同。應作"虎擋三生路"。

6. "張親家母"，應作"崔家母"。喬洪的姐姐，崔本的母親。

7. "衛主"，詞話本原作"舊主"，崇禎本、張評本改作"衛主"。戴校本、梅校本均據崇禎本改詞話本"舊主"為"衛主"，不妥。——按：此條本在註釋之中，有詳註，略去。

8. "刀截"，詞話本作"槍截"。槍截，語言粗魯冒犯。"槍"，似應作"戧"。

9. "半捨"，詞話本、崇禎本同。"半捨"與"半射"音近義同。

10.“則可”，與“則個”音近義同，語氣助詞，在句末表請求。

上述各條，除六、七、九、十這四條之外，都是根據字形相似導致訛誤並考究詞義而推測出來的，屬理校，因以校記出之，足見其審慎。

新校本之精益求精，還體現在汝梅同志在校記中直言不諱地訂正舊校本中的漏校和誤校，至少有五六處之多。多處明言採取他人校勘成果，也有助於提高校勘質量。這充分表現出他不避自己之短，不掩他人之長的學者大家風度。

校記數量並不算多，但我以為有一些是可以去掉的。我指的是那些某一個參校本（單一本子）之訛文和妄改，它們既説明不了版本關係，也於校訂正文毫無作用，是不必出校的。

新校本的學術成就還在於它的註釋。《金瓶梅》是一部難註的書，名物制度、俗語方言、成語典故、諺語隱語、拆白道字、反語借字、市井語、歇後語、諧音話、雙關語，無奇不有，五花八門。用事用典，或有據可查，搜羅查考，已屬不易；俚語方言，流傳民間，口頭傳説，地域所限，時代更替，存亡變遷，若要解説，難於捕風捉影。非此小説產生的方言區的人，是無能為力的。況且《金瓶梅》雖説是魯西南方言，而吳語、晉語兼有之。不是博學通家，只能望書興歎而已。

王汝梅同志能夠註釋此書，因為他生於山東省濟寧兗州縣（今濟寧市兗州區），正是魯西南地區，所以熟悉了解《金瓶梅》的基本方言。他是吉林文史出版社出版的《〈金瓶梅〉詞典》的副主編，協助王利器先生編撰此書，有些疑難詞語詞典未收，在所著《〈金瓶梅〉探索》第五講疑難詞語解說第一題〈《金瓶梅詞話》疑難詞語試釋〉中加以解釋。此外，《解說》還包括崇禎本和張評本校點札記以及讀梅節撰《〈金瓶梅詞話〉辭典》札記，辛勤探索，素有積累，厚積薄發，遂成新本之佳註。

〈校註說明〉註釋條說："本書註釋範圍，大體包括本文涉及的方言、市語、職官、服飾、器物、飲食、遊藝等。結合校勘，注意語境，聯繫上下文意，予以簡明註釋。引證所據文獻，一般只註明出處，對文獻材料不作詳細引述，如'晏公廟'，見《留青日札》卷三十七'晏公廟'條。所釋詞語有多種意義者，一般不作本文之外的詞義說明。"

通讀全部註釋，感到註者倒不完全為手定註釋體例所拘，當詳則詳，當略則略，簡明精當是其主要特色。如"衛主""邸報"即屬詳解。"割鼻〔臂〕截髮"，事出《左傳》《晉書·陶侃母湛氏傳》，指明出處而已；"熊罷之兆"，不僅說明出於《詩經·小雅·斯干》，而且引述兩句詩："維熊維罷，男子之祥。"非如此不足以說明該語是"生男的徵兆"的註語。但此種情況極少，絕大部分是簡潔明瞭的註解。如下述各例：

1. 乜斜——在此指眼眯成一縫而斜視，動情之態。

2. 汗邪——患熱病，邪氣內搏，汗出復熱，神智昏迷，往往說胡話。所以罵人胡言亂語為汗邪。

3. 東淨——廁所，又叫"東司""東廁"。寺院於堂東建廁，故稱東廁。古稱廁為"圊"，諧音稱"東淨"。

4. 六丁——道教神名。詞話本作“六十”，六十甲子的歇後。“甲子”與“假子”諧音，指女婿，此指陳經濟。

5. 流星門——即欞星門，道觀的第一道門，多以二立柱一橫枋構成。

6. 小太乙兒——太乙，本為天神名。此處“太乙”諧音太醫，或本義即指太醫，而寫刻為“太乙”。小太乙兒，隱指官哥是醫生蔣竹山與李瓶兒之子。

7. 一攬果——一總。

當然，註釋條目極個別的也有不足之處。如“坐草”，註作“孕婦分娩”是對的。但為什麼如此稱呼呢？應進一步加以解釋。原來過去孕婦分娩時是坐在土炕上的草上邊的。再如“白衣”，釋為“沒有官職的平民百姓”也是對的。那麼為何這樣叫呢？吳晗在《燈下集》中專門講過古代人的服飾，封建社會官和民的服裝顏色是有區別的。“滿朝朱紫”，以彩色衣服指達官貴人；白衣布衣是平民的衣裳，於是用來指平民百姓。這是修辭學中的借代用法。對於讀書人這是常識，而普通讀者卻未必了解。“枕頂”解作“枕頭”是誤解，受了各本下文皆作“枕頭”的影響。枕頂即枕頭頂，從前的枕頭是長方形的，枕頭的一端則為正方形，可繡花，名曰枕頂。這種舊式枕頭現在的偏僻農村偶爾還有。“搗謊架舌”下註“說琵”，應是誤排，“琵”是“謊”之訛文。“架舌”應是搬弄是非。另外，對生僻字未加注音，也不便於讀者。——這些自然是白璧微瑕，是微不足道的，信筆指出，聊供參考而已。

《皋鶴堂批評第一奇書金瓶梅校註本》的出版，是學術界和讀書界的一件大好事。學者們看繁體字，可睹原書真貌，可學校註經驗；廣大讀者通過註釋，完全能夠讀懂，不會再束手無策。這是值得歡迎的。因此，特鄭重地向此書的研究者和愛好者予以推薦，並對王汝梅教授在校註過程中取得的學術成就，致以衷心的祝賀！（1995 年 6 月 9 日）

鄭慶山

原載《〈金瓶梅〉與艷情小說研究》，時代文藝出版社 2003 年版

四、《金瓶梅》不同版本書名一覽

- 新刻金瓶梅詞話（北平圖書館購藏本）
- 新刻金瓶梅詞話（古佚小説刊行會影印本）
- 新刻金瓶梅詞話（人民文學出版社 1957 年影印本）
- 金瓶梅詞話（日本大安株式會社 1963 年影印本）
- 金瓶梅詞話（台北聯經出版事業公司 1978 年影印本）
- 金瓶梅詞話（香港太平書局 1982 年影印本）
- 新刻繡像批評金瓶梅（北京大學圖書館藏本）
- 新刻繡像批評金瓶梅插圖兩冊二百幅（北平古佚小説刊行會影印）
- 新鐫繡像批評原本金瓶梅（殘存四十七回，東北師範大學圖書館藏）
- 新刻繡像批評金瓶梅抄本（吳曉鈴原藏乾隆年間抄本）
- 繡刻古本八才子詞話（大興傅氏碧蕖館舊藏）
- 新刻繡像批評金瓶梅（周越然藏本）
- 新刻繡像批評金瓶梅（天津圖書館藏本）
- 新刻繡像批評金瓶梅（上海圖書館藏甲、乙兩種）
- 新鐫繡像批評原本金瓶梅（日本天理圖書館藏本）
- 新鐫繡像批評原本金瓶梅（日本東京大學東洋文化研究所藏本）
- 新鐫繡像批評原本金瓶梅（首都圖書館藏本）
- 張竹坡批評第一奇書金瓶梅（大連圖書館藏本）

- 張竹坡批評第一奇書金瓶梅（韓國梨花女子大學圖書館藏本）
- 張竹坡批評第一奇書金瓶梅（吉林大學圖書館藏本）
- 彭城張竹坡批評第一奇書金瓶梅（苹華堂藏板，台灣學生書局影印出版）
- 康熙乙亥年第一奇書（在茲堂本，國家圖書館藏本）
- 全像金瓶梅（本衙藏板，多倫多大學東亞圖書館藏本、吉林大學圖書館藏本）
- 彭城張竹坡批評金瓶梅第一奇書（影松軒藏板，大連圖書館藏本）
- 彭城張竹坡原本奇書第四種（丁卯初刻，華東師範大學圖書館藏本）
- 彭城張竹坡批點第一奇書金瓶梅（姑蘇原板皋鶴草堂梓行，北京師範大學圖書館藏本）
- 滿文譯本金瓶梅（中央民族大學圖書館藏本）
- 滿文譯本金瓶梅抄本（吉林大學圖書館藏本）
- 滿文金瓶梅（日本天理圖書館藏本）
- 滿文金瓶梅（日本靜嘉堂文庫藏本）
- 滿文金瓶梅（國家圖書館藏本）
- 翻譯世態炎涼（滿文金瓶梅抄本，大連圖書館藏本）
- 清宮珍寶皕美圖（部分彩圖藏美國密蘇里州堪薩市尼爾遜-阿特金斯博物館）
- 曹涵美畫第一奇書金瓶梅全圖（兩集版本、十集版本，上海圖書館藏本）

- 白鷺畫繪畫全本金瓶梅（香港民眾出版社出版）
- 金瓶梅一百圖（胡永凱畫，香港心源美術出版社出版）
- 畫說金瓶梅（劉文嫡繪，作家出版社出版）
- 金瓶梅百圖（吳以徐繪，香港香江出版有限公司出版）
- 金瓶梅詞話（施蟄存校點本，上海雜誌公司出版）
- 金瓶梅詞話（戴鴻森校點本，人民文學出版社出版）
- 金瓶梅詞話校註本（列入世界文學名著文庫，人民文學出版社出版）
- 金瓶梅詞話校註（岳麓書社出版）
- 夢梅館校本金瓶梅詞話（香港星海文化出版公司出版）
- 雙舸榭重校評批金瓶梅（作家出版社出版）
- 劉心武評點金瓶梅（灕江出版社出版）
- 張竹坡批評第一奇書金瓶梅（校點本，齊魯書社出版）
- 金瓶梅會評會校本（中華書局出版）
- 會評會校金瓶梅（香港天地圖書有限公司出版）
- 皋鶴堂批評第一奇書金瓶梅校註本（吉林大學出版社出版）
- 新刻繡像批評金瓶梅會校本（齊魯書社出版）
- 新鐫繡像原本金瓶梅（《李漁全集》第十二、十三、十四卷，浙江古籍出版社出版）
- 全本詳注金瓶梅詞話（人民文學出版社出版）
- 金瓶梅（加布倫茲德文譯本，德國柏林國家圖書館刊行）
- 金瓶梅（祁拔兄弟德文譯本，瑞士天平出版社出版）
- 西門慶和他的六個妻妾的故事（弗朗次．庫恩譯本，德國英澤爾出版社出版）

- 金瓶梅詞話（芮效衛英譯全本，美國普林斯頓大學出版）
- 金蓮（克萊門特．埃傑頓譯本，人民文學出版社出版漢英對照本，英文採用埃傑頓譯本）
- 愛慾塔：西門慶與六妻妾艷史（美國加利福尼亞蘭登書屋發佈）
- 中國的唐璜：《金瓶梅》中的一段孽戀（連環畫英譯本，香港女畫家關山美畫，美國塔托出版公司發行）
- 金瓶梅詞話（雷威安法文全譯本，在巴黎出版）
- 金瓶梅詞話（馬奴欣俄文譯本，在前蘇聯發行）
- 金瓶梅（小野忍、千田九一日文譯本，東京平凡社、東京岩波書店出版）
- 金瓶梅（阮國雄越文譯本，西貢昭陽出版社發行）
- 金瓶梅（金東成韓文譯本，乙酉文化社出版）
- 金瓶梅（趙誠出韓文譯本，三星出版社出版）
- 金瓶梅（朴秀鎮韓文譯本，青年社出版）
- 完譯《金瓶梅》：天下第一奇書（康泰權韓文譯本，松出版社出版）
- 續金瓶梅（順治十七年刊本）
- 續金瓶梅抄本（山東省圖書館藏本）
- 三續金瓶梅抄本（北京大學圖書館藏本）
- 三世報隔簾花影（南京圖書館藏本）
- 金屋夢（鶯花雜誌社印行）

後　記

2005 年年初，《夢梅館校本金瓶梅詞話》校點者梅節先生邀約筆者合作撰寫《〈金瓶梅〉版本史》，並提出，他負責撰寫詞話本部分，筆者負責撰寫崇禎本、張評本及其他。筆者遵囑編撰了《〈金瓶梅〉版本史綱目》，寄至香港，請梅節先生審閱修改。

筆者因忙於目前的學術項目，遲遲未能動筆，一拖就是十年，但“版本史”時時在心，一直在思考與繼續搜集文獻資料。雖積累了三十多年，但仍感到有需目驗與考察的版本。

2005 年 6 月 18—20 日，西北大學文學院主辦中國古代文學理論學會第十四屆年會暨國際學術研討會。筆者參加此屆學術會，提前到西安，在西北大學原黨委副書記董丁誠教授大力支持下，到西北大學圖書館珍藏部，查閱了館藏古佚小說刊行會影印北平圖書館購藏本《新刻金瓶梅詞話》。

2010 年 8 月，到韓國首爾參加學術會議。趁此時機，由宋真榮教授嚮導，到她的母校梨花女子大學圖書館考察了張竹坡評點本的原刊本（〈寓意說〉不缺二百二十七字）。

2011 年 4 月，應邀到中央民族大學作學術講座。趁此良機，在講演之後，由傅承洲教授做嚮導，到該校圖書館考察了鎮館之寶滿文譯本《金瓶梅》康熙四十七年（1708）序刻本（在此之前只借閱過趙則誠先生藏滿文譯本《金瓶梅》刊本半部及吉林大學圖書館藏抄本）。

2012 年 8 月，參加在台北召開的《金瓶梅》國際學術研討會。會間抽出時間，由陳益源教授陪同黃霖教授與筆者到台北故宮博物院考察北平圖書館購藏本《新刻金瓶梅詞話》。

2013 年 6 月，應邀到大連圖書館白雲書院作《〈金瓶梅〉〈紅樓夢〉合璧閱讀》演講，趁此機會，得到館長批准，考察館藏《翻譯世態炎涼》（滿文譯本《金瓶梅》抄本）。

2014 年 11 月，參加蘭陵《金瓶梅》研討會後，自棗莊到南京，在蕭相愷、苗懷明兩位教授陪同下，在圖書館借閱《居東集》（崇禎本評改者謝肇淛在東昌任職時的文集，館藏孤本）。

2014 年 12 月，到北京大學，在潘建國教授幫助下，在圖書館古籍部借閱館藏《金瓶梅》抄本。

再往前回溯，最繁忙是 1989 年春，為在較短時間合作完成崇禎本會校工作，幾位同仁春節未休假，筆者在大年除夕乘火車到濟南，住鐵路公寓。正月初二即到齊魯書社進行合作會校。初稿完成後，身背書稿乘火車到上海，在上海圖書館查閱館藏崇禎本兩種。之後，北上天津，在朱一玄先生親自陪同下，到天津圖書館借閱館藏崇禎本。

1980 年始，筆者與《金瓶梅》結緣已有四十多個年頭，仍覺研究不夠。在拙著《王汝梅解讀〈金瓶梅〉》的後記中，筆者建議讀者不但不要誤讀，而且要愛上《金瓶梅》。筆者不但愛上《金瓶梅》藝術，也愛上了各種各樣的《金瓶梅》版本，與之結下情緣。

古人云："讀萬卷書，行萬里路。""讀萬卷書"，我沒有做到，"行萬里路"做到了。從事新聞報道的友人常說"腳底板下出文章"，我深有同感。《〈金瓶梅〉版本史》是"行萬里路"，腳底板走出來的。

2012 年 8 月，筆者在台北參加《金瓶梅》國際學術研討會，有幸與梅節先生相會。梅節先生年事已高，身體狀況不如十年以前，囑筆者執筆《〈金瓶梅〉版本史》全稿。梅節先生表示提供所需文獻資料。由於梅節先生未親自執筆，本書關於詞話本的兩章顯得薄弱。《金瓶梅傳》抄本，無實物遺存，研究起來極端困難。現存詞話本為最早刊本，詞話本與崇禎本為母子關係而不是兄弟關係，可以確定，不必再詳述各種不同意見。

經過四十多年積累，筆者取得國內外幾十家圖書館的大力支持；得到吳曉鈴先生、朱一玄先生、趙則誠先生的指導；得到諸位師友梅節、米列娜、黃霖、吳敢、苗懷明、大冢秀高、宋真榮、潘建國、傅承洲、高振中、齊林濤、張青松等的熱情幫助。在此表示衷心感謝！

在撰寫過程中，筆者翻閱幾十年的筆記，查閱數百篇論文，參考吸收"金學"同仁關於版本研究的成果，雖有辛苦，也有學術快樂。《〈金瓶梅〉版本史》涉及的文獻資料浩繁。一個人的眼界與水平有限，對書稿存在的缺失與錯誤，敬請專家與讀者朋友指正。

對馮其庸先生為本書題簽，深表感謝！

鄭慶山教授 1995 年 6 月撰〈《金瓶梅》的一項基礎研究工程：崇禎本、張評本的整理、校註〉，刊為附錄三，以表對鄭慶山教授的懷念與哀悼。

《〈金瓶梅〉版本史》於 2015 年 10 月由齊魯書社出版，受到廣大讀者歡迎，榮獲了華東地區古籍優秀圖書獎，再版於 2019 年 10 月，當時增加五章內容。近年來，隨著"金學"的發展以及研究的推進，在齊魯書社副總編輯劉玉林先生的建議下，筆者據最新出版的重要版本與進一步考察的收穫，予以酌情修訂，又增補了兩個篇章，增加了部分文字及若干彩圖，重新編排出版，以饗讀者。齊魯書社為本書增訂版細心審校，精心設計，使《金瓶梅》版本研究攀登上中國小說史之高峰。我對齊魯書社表示衷心的感謝！同時也希望本書的出版能迎來"金學"的"第二個春天"！

王汝梅

2023 年 11 月 28 日

作者簡介

王汝梅，1935 年生，山東兗州人，吉林大學文學院教授。中國古代文學理論學會常務理事，曾任中國《金瓶梅》學會副會長。1959 年畢業於吉林大學中文系，1980 年在華東師範大學中國文學批評史師訓班結業，1993 年赴加拿大多倫多大學東亞學系訪問。

主要從事中國文學批評史與明清小説的教學研究。著有《〈金瓶梅〉探索》《中國小説理論史》《金瓶梅與艷情小説研究》《中國文學批評史》等。